十九首世界诗歌批评本丛书 "上海高校服务国家重大战略出版工程"资助项目

包慧怡 著

中古英语抒情诗的艺术

The Art of Middle English Lyrics

华东师范大学出版社

图书在版编目（CIP）数据

中古英语抒情诗的艺术/包慧怡著. —上海：华东师范大学出版社,2018
（十九首世界诗歌批评本）
ISBN 978-7-5675-8430-3

Ⅰ.①中… Ⅱ.①包… Ⅲ.①英语诗歌—诗歌欣赏—世界—中世纪 Ⅳ.①I106.2

中国版本图书馆 CIP 数据核字（2018）第 237714 号

中古英语抒情诗的艺术（十九首世界诗歌批评本）

著　　者	包慧怡
策划编辑	王　焰　顾晓清
责任编辑	顾晓清
审读编辑	李玮慧
责任校对	周爱慧
装帧设计	卢晓红

出版发行	华东师范大学出版社
社　　址	上海市中山北路 3663 号　邮编 200062
客服电话	021-62865537
网　　店	http://hdsdcbs.tmall.com

印 刷 者	杭州日报报业集团盛元印务有限公司
开　　本	890×1240　32 开
印　　张	14
字　　数	232 千字
版　　次	2021 年 1 月第 2 版
印　　次	2021 年 1 月第 1 次
书　　号	978-7-5675-8430-3
定　　价	69.80 元

出版人　王　焰

（如发现本版图书有印订质量问题，请寄回本社客服中心调换或电话 021-62865537 联系）

献给母亲

目 录

1	序论　羊皮纸边缘起舞的歌者
1	术语缩略表

第一部分
十九首中古英语抒情诗主题研究

3	第 一 章　归春诗传统
15	第 二 章　死亡抒情诗传统
25	第 三 章　"死亡征兆"与"灵肉对话"主题
39	第 四 章　"幸福的罪"主题
49	第 五 章　谜语诗传统
61	第 六 章　圣母颂传统
73	第 七 章　"颠倒的世界"主题
89	第 八 章　"凤"形象的嬗变
103	第 九 章　色情诗与猜物诗传统
117	第 十 章　"故乡与别处"主题
129	第十一章　"花园"形象的嬗变
145	第十二章　情诗信及其镜像
161	第十三章　圣体节颂歌传统
177	第十四章　圣诞颂歌传统

1 9 7	第十五章 谣曲—民谣传统
2 1 3	第十六章 英格兰谣曲在苏格兰
2 2 7	第十七章 誊抄工与"护书诅咒"主题
2 4 1	第十八章 寓言、诗体信与怨歌传统
2 5 5	第十九章 "典雅爱情"主题及其反讽

第二部分
五十二首中古英语抒情诗详注(扩展阅读)

2 7 1	1. 林中的飞鸟
2 7 3	2. 荆棘下,清泉畔
2 7 5	3. 整夜在玫瑰边
2 7 7	4. 我寻找一位不会衰老的青年
2 7 9	5. 在一切树木之中
2 8 1	6. 塔巴特喝醉了
2 8 4	7. 日光落在十字架下
2 8 6	8. 我爱一朵花
2 9 2	9. 冬日唤醒我所有的忧愁
2 9 5	10. 每当我想到那三件事情
2 9 7	11. 现在你啊,可悲的肉体

299	12. 献给圣母的短祷文
301	13. 死亡
303	14. 春日绵延时多么快活
305	15. 洁白如百合的玫瑰
308	16. 十一月有三十天
310	17. 十二农事歌
312	18. 献给约翰的一支歌
316	19. 祭坛圣仪
318	20. 哦，残忍的人类
320	21. 耶稣，我真善的佳偶
322	22. 甜蜜的耶稣
324	23. 无论谁看到十字架上
326	24. 在那边森林里有座大厅
329	25. 我们将手拉着手宣誓
332	26. 什么，你还没听说？
335	27. 日安，日安
338	28. 去吧，小戒指
340	29. 噢，有福的天主，为何会这样
342	30. 若他要在所有方面都成为爱人
344	31. 致你，亲爱的甜心
350	32. 风向上吹，风向下吹
354	33. 诚实

357	34. 缺乏恒定
360	35. 起身来,吾妻
362	36. 圣母,基督的生母
364	37. 去爱你
366	38. 耶稣,成为我的欢喜
368	39. 哦上帝,强力的王
370	40. 上帝之爱
374	41. 来自十字架上最后的声音
377	42. 那如今是干草的地方曾是青草
379	43. 描摹他丑陋的女郎
381	44. 贝茜·邦亭
383	45. 一支给玛丽的新歌
386	46. 阿金考特颂歌
391	47. 只信任你自己
393	48. 詹金,教士勾引家
398	49. 耶稣伤口的深井
400	50. 耶稣!带给我们和平
402	51. 贬低女人
404	52. 冬青树和常春藤
408	参考文献
418	后记

序论 羊皮纸边缘起舞的歌者

包慧怡

一、作者、手稿、定义

"抒情诗"(lyric)一词的词源来自古希腊语竖琴(里拉琴,λύρα),希腊神话中手持竖琴以歌声打动冥王换回挚爱的俄耳甫斯(Orpheus)也常被看作西方第一位抒情诗人。英语语境中,"抒情诗"这一术语直到16世纪晚期才正式出现,而用这个词来表示一首表达私人情感的诗作,则是19世纪晚期的事——出自《牛津英语词典》中收录的英国批评家约翰·罗斯金(John Ruskin)在1873年对"抒情诗"的定义:"诗人对自身情感的特定表达。"这也是现代读者最熟悉的定义。到了20世纪,海伦·文德勒(Helen Vendler)的定义进一步强化了该术语的私人性质和自传性质:"抒情诗是属于私人生活的文类;它是我们独身一人时对自己说的话。"[1]"罗斯金—文德勒"式的抒情诗定义(以及基于该定义的传统解读方法)虽然经典,严格来说却仅适用

---

[1] Helen Vendler. *Poems*, *Poets*, *Poetry: An Introduction and Anthology*, 2nd edition. Boston and New York: Bedford Books, 2002, p.xlii.

于文艺复兴及之后的抒情诗作,在考量中古英语抒情诗和广义上的中世纪抒情诗时则会出现诸多问题。

  首先,我们对绝大多数中古英语抒情诗作者的身份一无所知,这种普遍的匿名性决定了我们无法对这些作品进行任何基于诗人生平的研究,无法谈论一个在历史语境中有"情感表达"诉求的抒情主体。其次,即使许多中古英语抒情诗的确聚焦于对情感的表达,这种情感却很少是个人的和私密的,其表现程式往往依赖于一系列继承和发展自拉丁古典文学的修辞传统(convention)和文学主题(topos),[1]比起仰仗超群心灵、个人天赋和对发出独特声音之渴望的浪漫主义式抒情,这些古老的诗歌更像是作者在约定俗成的文学程式中商榷、整饬、试炼自身技艺的结果,其性质更多是公共的和开放的。托马斯·邓肯(Thomas Duncan)就此表述得更为绝对,但的确触及了中古英语抒情诗的"抒情"核心:"个性或者真诚——无论是情感还是表达上的——都不是问题所在。中古英语诗人乐于使用一套共享的词汇和短语……游戏于一系列文学传统之间。"[2]沿袭了整个中世纪欧洲对基于手抄本工艺的"古书"(中古英语词组"olde boke")传统的(有时

---

[1] 本书通篇是在库尔蒂斯的意义上使用"主题"这个术语的,该词源于希腊古典修辞术中 τόπος(地方)一词,为古希腊语 τόπος κοινός(常去的地方)之简称。在库氏巨著《欧洲文学与拉丁中世纪》名为"主题学"的著名章节中,古典至中世纪文学—修辞体系中的任何常见主题或论证程式都可称为 topos(复数 topoi),英文也译作 topic。Ernst Robert Curtius. *European Literature and the Latin Middle Ages*. Trans. Willard R. Trask. Princeton: Princeton University Press, 1991, pp.79 - 105.

[2] Thomas G Duncan. "Introduction", xxi, in Duncan, ed. *A Companion to the Middle English Lyric*. Cambridge: D. S. Brewer, 2005, pp.xiii - xxv.

趋于盲目的)膜拜和遵从,中古英语诗人比起自身的原创性更乐意强调自己对前人杰作的继承——经常到过分谦卑的地步,比如假托自己的原创诗作是对古人某部佚失作品的翻译或编辑,因为这更能给作品带去威望。这也注定了许多抒情诗的写作是在短小的篇幅内带着镣铐舞蹈,而"游戏性"(jouissance)是我们一窥在诸多限制中写作的中古英语诗人个人才智的重要渠道。

  以英语写作于中世纪的抒情诗(包括古英语和中古英语)在文学史中一直是一个比较边缘的文类,这不仅是指研究现状,也指这些作品流传到我们手中的情况:留存至今的中世纪英语抒情诗与原先写下的数量相比,只占据非常小的比例,我们对它们的认识取决于一些手稿中恰好保存下多少。实际上,15世纪之前,没有任何主要内容为英语抒情诗的手稿流传下来——我们所能见到的最早可被称为"抒情诗集"的手稿来自以中古英语写作的法国公爵奥尔良的夏赫勒(Charles d'Orlean),他于英国被俘期间写作的诗歌集(British Library MS Harley 682,于1440年左右汇编完毕)共收录200多首英语诗,主要是谣曲和回旋曲,并且学界就这些作品当归入译作还是原创,以及是否全部出自他本人尚有争论。[1] 缮写年代稍晚的斯洛恩手稿(British Library MS Sloane 2593)和罗林森手稿(Bodleian Library MS Rawlinson D. 913)固然是保留了众多中古英语抒情诗的重要抄本,它们本身却并非为此目的而汇编,其大部分内容与抒情诗无关。

---

[1] John Scattergood. "The Love Lyric before Chaucer", p.41, in Thomas G. Duncan ed. *A Companion to the Middle English Lyric*. Cambridge: D. S. Brewer, 2005, pp.39–67.

古英语(盎格鲁—撒克逊)抒情诗的情况更甚,以至于早期研究者 R. M. 威尔逊(R. M. Wilson)在 1939 年作出"古英语时代没有抒情诗歌流传下来"的断言,虽然后来他的确进行了补充,认为"一小部分更合适被归入挽歌的诗作"中可能包含抒情诗的成分。[1] 威尔逊的看法在今天即使不能被称作错误,也必须被看作粗疏和不严谨的:写于 9 或 10 世纪的两首古英语"女歌"(frauenlied)《狼与埃德瓦克》(Wulf and Eadwacer)和《妻室哀歌》(The Wife's Lament)的情感基调和抒情声音甚至可以说接近一部分现代英语浪漫主义诗歌;而篇幅更长的古英语挽歌《航海者》(The Seafarer)和《戴欧》(Deor)在结构和基调上都是抒情诗的。不过,收录这些古英语诗作的 10 世纪手稿《埃克塞特抄本》(Exeter Book)当然不是一本抒情诗选集,莫如说它是留存至今的最重要的盎格鲁—撒克逊文学杂编本,内容包罗万象,从谜语诗到"灵肉对话"论辩诗。因此,若将威尔逊的论断改述为"古英语时代没有抒情诗汇编集流传下来"则毫无问题。

总体而言,相比起文艺复兴之后的境况,抒情诗(尤其是世俗题材的抒情诗)在中世纪英国的确不是一个占据核心地位的文类。这一点也体现在许多抒情诗被保留下来的物质载体上:羊皮或牛皮手稿中的零散页和宽边页缘(marginalia)、其他非抒情诗文本的背面、杂货商的私人摘抄本(见本书第十五章)……但是,若我们就此忽略这些失落在散页和尘埃中的无名之作,我们将损失的不

---

[1] R. M Wilson. *Early Middle English Literature*, 3rd edition. London:Methuen, 1968, p.250.

仅是以英语写就的一些最质朴最动人的早期诗歌,更将失去一个连接后世抒情诗发展史的重要环节,一把通向全面理解英语诗歌之渊源的钥匙。

这也将引出我们在本书中对中古英语抒情诗的定义。由于它们很难被纳入"罗斯金—文德勒"式的、强调私人情感表达的近现代抒情诗范畴,并且在各自的中世纪文本语境中从未真正被称作"抒情诗",而是被称作颂歌(carol)、赞美诗(hymn)、短祷文(prayer)、谜语(riddle)、诗体信(verse epistle)、谣曲(ballad)、怨歌(complaint)等,本书遵循国际学界惯例,把所有这些主要创作于13至15世纪的(少数为16世纪)、以中古英语多种方言写就的(主要为伦敦方言,也有西北方言乃至苏格兰方言)、大多独立成篇但偶然也作为长诗中的"植入诗"(embedded lyric)出现的短诗,都统称为中古英语抒情诗,并且将基于其千差万别的主题和形式,在本书各章内择其优秀代表作,进行分门别类的文本细读和语境分析。

二、渊源、背景、原文研究的意义

中古英语抒情诗的渊源十分庞杂,主要的根系大致包括(但不限于)这些:"直系的"古英语诗歌传统、古典与中世纪拉丁语文学传统、基督教圣仪学、神哲学论著与教理问答、英格兰本土的中古英语民歌和舞曲、欧陆(主要来自法国,也包括德国和意大利)宫廷诗歌和情诗传统的间接影响。一般认为中古英语抒情诗开始大量被创作是在13世纪,比起兴于11世纪的法国南部游吟诗歌传统或兴于12世纪的德国情歌(Minnesang)传统,它可谓欧洲中世纪俗语(vernacular)诗歌传统中的一个晚到者。[1] 抒情诗在英国首次密集出现的时代,与(以方济各会与多明我会为代表的)各派游方僧修士(friar)——相对于在修道院中过着固定集体生活的僧侣(monk)——在英国扎根并密集活动差不多是同一个时期。因此许多诗作被发现于修士所作的布道手册也就不足为奇:毕竟比起平淡冗长的散文,音乐性强且通常押韵的分节诗是辅助记忆的好帮手,无论对布道者还是听众都是如此。约翰·赫许(John Hirsh)将中古英语抒情诗的源头直接追溯到基督教诞生之初:小普林尼(Pliny the Younger)早在公元1世纪致罗马皇帝图拉真的信中就记录了早期基督徒在黎明时分向基督唱赞美诗的习惯;4世纪时,以安布罗斯主教(Ambrose of Milan)为代表的一些早期教父将深受拜占庭影响的圣仪赞美诗传统在西方进一步推广,因为在宗教集会上唱诗能够跨越性别和贫富,尽可能多地团结信众,并尽力"贴近平民的价值观"。[2] 安布罗斯的追随者奥古斯丁(Augustine of Hippo)在《忏悔录》第九章中记载:"采取这一决定是为了模仿东方教会的做法,引入赞美歌和唱诗传统,以阻止人们屈服于抑郁和疲惫。自那时起到今日,这一习俗都得到了保持,并且世界各地几乎所有的教民都模仿了这一习俗。"[3] 可以说英语乃至欧洲宗教主题抒情

---

[1] John Hirsh. "Introduction", pp.4-5, in Hirsh, ed. *Medieval Lyrics: Middle English Lyrics, Ballads and Carols*. Oxford: Blackwell Publishing, 2005, pp.1-20.

[2] *Ibid.*, pp.3-4.

[3] Augustine of Hippo. *Confessions*. Trans. Henry Chadwick. Oxford: Oxford University Press, 1992, p.165.

的一个重要渊源在于宗教歌曲,而且是植根于拜占庭的东方教会唱诗传统。

到了中世纪盛期的英格兰,许多宗教题材的抒情诗和世俗题材的抒情诗之间已经不再泾渭分明,如本书中收录的《我吟唱一位少女》和《少女躺在荒原中》等诗显然消弭了"宗教—世俗"的分界,能够同等可信地被当作其中任何一类来解读。这种绝非个别的现象,一部分可归因于诺曼征服之后深受法国文学传统影响的英国本土宫廷诗歌的发展。从 12 世纪起,法国南部宫廷游吟诗人传统——包括抒情诗人(troubadour)和叙事诗人(trouvère)——所产出的成熟、辛辣、富有情感深度的法语作品对于海峡对岸的英语宫廷诗歌的发展起到了不可估量的影响。从 12 世纪中叶亨利二世登基为英王至 1485 年理查三世战死,这三百多年内统治整个中世纪盛期和晚期英格兰的,正是来自法国安茹地区、具有诺曼人血统的金雀花王朝的诸君们:在他们的宫廷中,盎格鲁—诺曼法语(Anglo-Norman,即在英格兰土地上逐渐被本地化、与中古英语杂糅的"英语化"的法语,区分于纯正的"巴黎"法语)始终是第一书面语言,适用于政治、司法、编年等一切非宗教的正式语境中(拉丁文依然是绝大多数宗教语境的官方语言)。在这样的文化氛围下兴起的、最初仅作为盎格鲁—诺曼文学之补充的中古英语宫廷文学深受法国文学传统影响——无论在语言上还是主题和风格上——是十分正常的事。宫廷抒情诗(courtly lyric)和民间抒情诗(popular lyric)绝非对立,而都属于世俗主题的抒情诗中各有侧重的手足文类,如道格拉斯·格雷(Douglas Gray)所言:"一首诞生于民间的诗歌很可能会被收入宫廷背景的手稿中;一首诞生于宫廷的诗歌也可能最终成为一首流行歌曲或民谣。"[1]而那些全面影响了中古英语世俗抒情诗的古法语诗歌本身就有不少是宗教与世俗主题交织的产物，比如著名古法语诗人贝尔纳·德·樊塔东（Bernart de Ventadorn）的抒情诗名作《当我看见云雀跃动》（Car Vei la Lauzeta Mover）就以节庆弥撒中的《垂怜曲》歌词开篇。茱莉亚·柏菲（Julia Boffey）评论道："要想让英格兰读者严肃对待作为阅读文本的抒情诗，它们似乎只能以法语写成，或是有深厚的法国渊源。"[2]虽然这种意见可能失之极端，但法语文学——不仅是抒情短诗，也包括后来被《坎特伯雷故事集》作者杰弗里·乔叟（Geoffrey Chaucer）翻译成中古英语的《玫瑰传奇》（Le Roman de la Rose）等在整个欧洲广受欢迎的罗曼司长诗——对于中古英语抒情诗（尤其是其中世俗主题的那些）的成形和成熟起过决定性的影响，这是不争的事实。作为本书第一部分论述对象的十九首抒情诗中，世俗主题与宗教主题的篇目大约各占一半，除了对整体平衡的考虑外，也是为了反映两者在其法语渊源中就有所体现的相互渗透的状态。

当我们以中古英语诗歌原文，而非其现代英语译本为研究对象时，我们正踏入一个在语言学、文本发生学以及阐释学意义上都与它的近现代后裔"同源异质"的疆域。这片疆域在作为俗语的英语第一

---

[1] Douglas Gray. "Middle English Courtly Lyrics：Chaucer to Henry VIII", p.120, in Thomas G. Duncan, ed. *A Companion to the Middle English Lyric*. Cambridge：D. S. Brewer, pp.120－149.

[2] Julia Boffey. *Manuscripts of English Courtly Love Lyrics in the Later Middle Ages*. London：Woodbridge, 1985, p.129.

次取代官话(拉丁文和中古诺曼法语)成为正式文学语言登上历史舞台的过程中扮演了至为关键的角色,对它的研究却与这种重要性不成正比。从原文入手研究中古英语抒情诗的理论价值主要包括(但不局限于)以下几点:

首先,就诗歌的形式而言,今天被认为理所当然的"分节体"(stanza form,每节行数相同,每行长度大致相当,遵循规律的尾韵体系)实际上是在早期中古英语(乔叟写作前的两个世纪)中才第一次在英语诗歌里集中出现。换言之,12世纪之前的英语诗歌无论长短,绝大部分都是以同一种形式写就的——也就是说,用古英语头韵体:每行分为两个半句(half line),中间以一个停顿(caesura)断开,每个半句内分别有两个重音,重音词之间由头韵(alliteration)建立联系。古英语诗歌中不存在分节的做法,是中古英语诗歌向拉丁文和古法语诗歌传统汲取养分,头一次发展出英语诗歌中的分节体。因此,研究中古英语诗歌,尤其是在长短上近似于现代抒情诗的中古英语抒情诗(相对于《农夫皮尔斯》一类的中古英语长诗而言)的结构和形式,有助于我们更好地理解文艺复兴至现当代英语抒情诗的形式,建立起追本溯源、承前启后的研究视野。

其次,以英语写就的无涉宗教、纯世俗主题的诗歌正是在中古英语抒情诗中第一次大面积出现。我们经常容易忘记,现代意义上非宗教主题的英语抒情诗的源头既不在古典拉丁传统,也不在古英语文学传统中,恰恰植根于12至15世纪(以14世纪为"黄金时期")的中古英语抒情诗传统。如上文所述,这些于中世纪盛期至晚期初次登上文学舞台的短诗许多起源于宫廷和贵族文化背景,也有一部分起源于民间,它们都以前所未见的生动修辞在俗语中处理爱情、节庆、日常生活、政治讽喻等主题,并刻画其中个体的恐惧、悲悼、欢乐、孤独等情感,为抒情诗在文艺复兴之后越来越转入个人情感抒发的领域铺设了道路。

最后,中古英语抒情诗直接体现着英国中世纪俗众/平信徒(laity)的价值体系、宗教观和信仰实践方式。比起同时期其他与宗教密切互动的文类(布道文学、教理问答、改编自《圣经》的叙事长诗等),俗语抒情诗更直观也更鲜活地保存了不同阶级和职业的人群真实的宗教经验,是通往理解基督教背景下英国中世纪社会现状和时代精神的一把必不可少的钥匙。

所有这些研究价值,若绕开原文,而仅以各种现代英语译本作为研究的出发点,都将产生不可挽回的损失。许多现代英语单词虽然直接自中古英语词源派生而来,但在几百年的语言演变过程中,许多词汇的语义都发生了扩容、缩减、偏离或者是彻头彻尾的变异。虽然好的现代英语译本并非不存在,但译者在移译过程中使用现代英语同源词来翻译中古英语单词的普遍倾向,会使得不谙原文的读者陷于一种危险的"表面相似性"中,类似于相近语言中的"假朋友"(faux amis),对细读和理解诗歌——这种需要字斟句酌,对辨析词语的意层、质地、音色提出了最高要求的文体——造成诸多伪装成便利的干扰。因此,谈及中古英语诗歌的研究,乃至对任何古英语、中古英语文本进行的严肃学习,都必须在原文的基础上展开,这一点是再强调也不为过的。正如我们研究任一种以外文写就的诗,都不能只从译本入手,在诗歌研究中,我们也宜将中古英语及其各种方言当作一门外语来对待,而非现代英语的某种古早形式。此外,在篇幅允许的范围内,本书第一部分十九章中的每首中古英语诗歌都在原文和中译之后对一些重点词汇进行了标注,希望能有助于读者梳理语言发展过程中部分词语对其源头的承继或背叛。

三、风格、分类、本书体例

虽然共享"抒情诗"这一大文类,中古英语抒情诗的抒情性(lyricality)却与现代英语后裔有着巨大的差异。如果说现代英语抒情诗的首要诉求之一是表达诗人高度个人性的情感(以及对这种情感的反思),那么中古英语抒情诗的抒情风格却往往是公众的、普遍的、寓意化的:抒情主人公的声音是"每个人"(Everyman)的声音,一如它们绝大多数情况下没有留下名姓的匿名作者。但这不是说中古英语抒情诗是全然程式化的。如果我们从12世纪的作品一路读到15世纪,就不难发现,中古英语抒情诗发展的历史是诗人个人化的声音逐渐彰显的历史,也是各种陌生的主题、变奏的形式、独特的风格逐渐崭露头角的历史。本书希望通过对12至15世纪特定主题抒情诗的细读分析,梳理植根于中古英语抒情诗的共性——定义其特殊抒情性的那类元素——并呈现一条从中世纪盛期到中世纪晚期,再到文艺复兴早期的英语抒情诗歌的发展脉络,为英国中世纪文学中极其重要的一类作品揭去语言和文化背景隔阂的面纱,同时也为研究那些深受中世纪主义(medievalism)影响的近现代英语诗人(弥尔顿、丁尼生、济慈、艾略特、拉金等)提供一些新的解读可能,而不仅仅是溯源。

本书录入正文第一部分"十九首中古英语抒情诗主题研究"（下文简称"精读十九首"）篇目的抒情诗子文类主要有：归春诗、死亡抒情诗、情诗、谜语诗、诗体信/信件诗、怨歌、颂歌（包括圣母颂、圣体节颂歌、圣诞颂歌等）、谣曲/民谣等；扩展阅读部分的五十二首则涵盖了更广阔的题材，包括岁时历法诗、基督受难诗、圣母短祷文、谚语诗、童谣、"提供好建议的歌谣"等。选篇的时候尽量考虑了宗教主题抒情诗和世俗主题抒情诗之间的平衡，并且收入从13世纪中古英语诗歌兴起到16世纪向早期现代英语过渡这三个多世纪间每个时期的作品，力求体现中古英语作为一门俗语文学语言，从逐步独立和茁壮，到进入"黄金时代"，再到演变为早期现代英语的漫长过程中不同阶段的语言风格。这一诉求也体现在本书原文选录时的正字法原则上：在诸如是否将字母þ（大写为Þ）转写成其现代英语形式th（大写为Th）这类细节问题的决策上，本书以尽可能接近原手稿的拼写为准，而不是一律按照现代正字法转写，以期体现不同时期的英语文字本身的特色。如同中世纪英国其他领域的写作一样，这些抒情诗时常是在主体部分的中古英语中掺杂拉丁文或者诺曼法语的"多语种写作"，因此，为了体现这种差异，本书中对《圣经》人物等人名的翻译从其特定语境，例如将原文为拉丁文的圣母名字（Maria）译作"玛利亚"，而将原文为中古英语的圣母名字（Marie/Mary等）译作"玛丽"。

此外，一如绝大多数中古英语抒情诗，本文中收录的大部分诗作都是匿名氏的作品，正文"精读十九首"中唯一的例外是"英国诗歌之父"乔叟，扩展阅读部分则收入了理查德·罗尔（Richard Rolle）、约翰·奥德雷（John Audrey）、约翰·利德盖特（John Lydgate）、托马斯·霍克利夫(Thomas Hoccleve)等英国中世纪晚期—文艺复兴早期诗人的抒情诗作品。对于非匿名氏的诗人,本书的选录标准主要是该诗人对"抒情诗"这一文类的拓展、创新和后世影响,因此,主要以长篇寓言诗(allegory poem)或长篇梦幻诗(dream vision poem)传世的中古英语诗人如威廉·邓巴尔(William Dunbar)和詹姆斯一世(King James I)未被收入,不是因为诗艺不达,而是因为他们的文学贡献主要不在抒情短诗领域。其他一些未收入本书的非匿名氏作者亦如此。

如同绝大多数欧洲中世纪匿名氏抒情诗,本书中收录的诗歌除极个别情况外均无标题,后世编校者通常以全诗第一句(或第一句的一部分)为它们加上标题,本书从之。在手稿信息(抄写年代、收藏地、馆藏编号、具体诗页在抄本中的位置等)完整可考的地方,本书一律随文提供了能够提供的信息;在正文"精读十九首"的每篇标题处,则提供了该诗原文所出自的现代校勘本的信息,以便感兴趣的读者进一步查阅。一些对手稿研究术语或校勘本简写信息陌生的读者,[1]亦可以在本书伊始找到一份最常见的术语缩略表。

四、国内外研究现状简述

早在1907年,弗兰克·塞奇威克(Frank Sidgwick)和E. K. 钱伯斯(E. K. Chambers)编选的《早期英语抒情诗集》就提供了一个具有

---

[1] 比如手稿馆藏编码后附注的小写字母 r(recto 的缩写)表示一张对开的羊皮或牛皮手抄本翻开时正对读者的那一面;反之,v(verso 的缩写)代表该抄本对开页需要翻页才能呈现的那一面。

代表性的、可供读者一窥中古英语抒情诗之浩瀚的原文注释本,但其中的文本脚注和批评性介绍内容都十分有限。此后半个多世纪虽然也不断有选本和研究著作问世,但中古英语抒情诗在国际中世纪英语文学界仍是最边缘的领地之一。直到大约 1965—1975 年,该领域的专题研究(包括校勘本的出版、现代英语译文选编本的出版,以及综合研究性论著和专题研究专著的问世)才逐渐升温,十年内频频出版(主要是英美学者的)重量级著作。同于 1968 年出版的罗斯玛丽·沃尔夫(Rosemary Woolfe)的《中世纪英语宗教抒情诗》和彼得·德龙科(Peter Dronke)的《中世纪拉丁与欧洲爱情抒情诗的兴起》(修订版)两本专著在宗教与世俗题材、俗语与官话领域互相补充,共同奠定了中古英语抒情诗作为中世纪"文学经典"中的一个新文类的地位。1969 年出版的《中古英语抒情诗的神学与诗艺》(Sarah Weber)、1972 年出版的《中世纪英语宗教抒情诗中的主题和意象》(Douglas Gray)以及《中古英语抒情诗的艺术》(Edmund Reiss)等代表性著作分别从诗艺的个体性、美学创新、宗教与世俗主题抒情诗不同的文化背景、对欧洲中世纪拉丁语文学的承继和贡献等角度出发,为深入研究中古英语抒情诗开辟了崭新的视野。紧随着 20 世纪 70 年代中期诺顿批评本《中古英语抒情诗选》的出版,此后三十年内,中古英语抒情诗相比史诗、梦幻寓言及长诗、神秘剧、亚瑟王系列传奇等中世纪文类不再是一片"弱势领地",尤其在 1975 年格雷杰出的编选暨批评集《宗教抒情诗选》问世后,众多以此为文本基础的批评专著纷纷问世,从性别与文化研究、政治神学、语文校勘、韵律学等众多角度入手,不断以新的方法丈量这片新近进入学者视野的"热土";与此同时,传统的"文本—历史"诗歌解读方式在这期间频频受到质疑。而最近十多年的研究更是呈现百花齐放的样貌,学者们致力于避免将近代之后抒情诗研究的预设和方法论照搬到各方面都与之迥异的中世纪抒情诗研究中,并对此前被作为前提接受的中古英语抒情诗的普遍匿名性和其他文本属性提出挑战。这期间,同样出版于2005年的邓肯主编的《中古英语抒情诗伴读》和赫许主编的《抒情中世纪:中古英语抒情诗、民谣与颂歌》是两部博采众长的里程碑式文集,邓肯的新著《中世纪英语抒情诗和民谣》(2013)则是近年该领域最重要的专著之一。

以上仅简述对本书的写作起到重要参考作用的著作,更详尽和全面的书目信息可以在书末的"参考文献"中找到。同时,正文"精读十九首"每章具体涉及的引用文献则附在该章的末尾,方便读者即时参阅。应该说,中古英语抒情诗的国际研究史和接受史就是学者们不断质疑习以为常的近现代抒情诗研究模式,不断为英语诗歌寻根溯源,并以被中世纪诗学传统拓宽的思维方式反过来为文艺复兴、浪漫主义时期以及更晚近的诗学传统补充新视野、注入新生命的历史。

在国内,李赋宁与何其莘两位先生合著的《英国中古时期文学史》(2006)虽为中古英语诗歌专辟章节,但主要聚焦于长篇作品(论辩诗《猫头鹰与夜莺》、历史诗《布鲁特》、骑士罗曼司《霍恩王》、布立吞籁歌《奥菲厄王》等),未论及中古英语抒情短诗;陈才宇先生撰写的《古英语与中古英语文学通论》(2007)及其译著《英国早期文学经典文本》(2007)中均收入一系列从现代英语转译的中古英语短诗,归入"无名氏抒情诗"子章节下;沈弘先生在台湾出版的繁体字版《英国中世纪诗歌选集》(2009)在《农夫皮尔斯》、《珍珠》、《高文爵士与绿衣骑士》等著名长篇叙事诗外,亦翻译了约十首中古英语抒情诗,包括《我来自爱尔兰》等名篇。以上著作或编著中对中古英语短诗的选录,虽然篇目不多,但无疑在这片国内学界几乎空白的研究领域起了意义重大的垦荒作用。

  本书是目前汉语语境中第一本专论中古英语抒情诗的著作,作者不仅从中古英语原文完整翻译了大量代表文本——正文"精读十九首"加上扩展阅读篇目,共收入中古英语抒情诗70余首,其中绝大多数是首译——还仿照文德勒《莎士比亚十四行诗的艺术》的体例,[1]采用每首诗一章、逐篇精读的体例,以语文学析词为基础,以文本细读为进路,重点研究了十九首代表性中古英语抒情诗的主题、形式、修辞、经源、文化背景、思想观点。假如本书能为对中古英语诗歌,乃至对英国中世纪文学感兴趣的读者打开一扇通往这片瑰丽海洋的窗,吸引更多的目光投注到这些在俗语文学的黄金时代写作却没有留下名姓的抒情诗人,聆听这些在羊皮纸边缘默默舞蹈了半个多千禧年的歌者的微弱而美妙的声音,作者的努力就没有白费。

  就让我以乔叟的名句收尾:"去吧,小小书。"

---

[1] Helen Vendler. *The Art of Shakespeare's Sonnets*. Cambridge, MA: Harvard University Press, 1999. 本书通常被认为是20世纪以文本细读方式解析莎士比亚十四行诗的最杰出的著作。

术语缩略表
List of Abbreviations

BL	British Library
Brown A	Brown, Carleton, ed. *English Lyrics of the XIIIth Century*. Oxford: Clarendon Press, 1932 (rpt. 1965).
Brown B	Brown, Carleton, ed. *Religious Lyrics of the XIVth Century*, 2nd edition. Oxford: Clarendon Press, 1957.
Brown C	Brown, Carleton, ed. *Religious Lyrics of the XVth Century*. Oxford: Clarendon Press, 1939 (rpt. 1962).
Child	Child, Francis James, ed. *The English and Scottish Popular Ballads*, 5 volumes. Boston and New York: Houghton, Mifflin; London: Henry Stevens Sons and Stiles, 1882–1898 (rpt. New York: Dover Publications, 1965).
Coffin	Coffin, Tristram Potter. *The British Traditional Ballad in North America*. Austin and London: University of Texas Press, 1977.
col.	column

Davies	Davies, R. T., ed. *Middle English Lyrics: A Critical Anthology*. London: Faber and Faber; Chicago: Northwestern University Press, 1964.
Duncan A	Duncan, Thomas G., ed. *Medieval English Lyrics, 1200–1400*. Harmondsworth: Penguin Books, 1995.
Duncan B	Duncan, Thomas G., ed. *Late Medieval English Lyrics and Carols, 1400–1530*. Harmondsworth: Penguin Books, 2000.
EETS	Early English Text Society (OS: Original Series; ES: Extra Series; SS: Supplementary Series)
fol./f.	folio
Gray	Gray, Douglas, ed. *A Selection of Religious Lyrics*. Oxford: Clarendon Press, 1975 (rpt. 1992).
Greene	Greene, Richard L., ed. *The Early English Carols*, 2nd edition. Oxford: Clarendon Press, 1977.
Hirsh	Hirsh, John, ed. *Medieval Lyrics: Middle English Lyrics, Ballads and Carols*. Oxford: Blackwell Publishing, 2005.
IMEV	Brown, Carleton and Roseell Hope Robbins, eds. *The Index of Middle English Verse*. New York: Columbia University Press for the Index Society, 1943.
Luria & Hoffman	Luria, Maxwell and Richard Hoffman, eds. *Middle English Lyrics*. New York: W.W. Norton & Company, 1974.

MED	*Middle English Dictionary* (http://quod.lib.umich.edu/m/med/)
MS	Manuscript
Niles	Niles, John Jacob, ed. *The Ballad Book of John Jacob Niles*. Boston: Houghton Mifflin, 1961 (rpt. New York: Dover Publications, 1970).
PMLA	*Publications of the Modern Language Association*
r.	recto
Robbins	Robbins, Rossel Hope, ed. *Secular Lyrics of the XIVth and XVth Centuries*, 2nd edition. Oxford: Clarendon Press, 1955.
Sidgwick & Chambers	Sidgwick, Frank and E.K.Chambers, eds. *Early English Lyrics*. London: Sidgwick & Jackson, 1907.
v.	verso

第一部分
十九首中古英语抒情诗主题研究

第一章
归春诗传统

《春日已降临》乐谱及歌词手稿，
大英图书馆馆藏(BL MS Harley 978, fol. 11v)

春日已降临[1]

春日已降临[2]
高声歌唱,布谷!
种子萌芽,草甸开花
森林正在破土而出
唱吧,布谷!

母羊跟着羊羔咩咩
母牛跟着牛犊哞哞
公牛腾跃,雄鹿放屁[3]
欢唱吧,布谷!

布谷,布谷,
你唱得可真妙呀,布谷!
永远别停止歌唱,布谷!

现在唱吧,布谷,唱啊布谷!
唱啊布谷,这就唱吧,布谷![4]

Sumer Is Icumen in

(*IMEV* 3223. Brown A no. 6, Davies no. 3, Duncan A no. 110, Hirsh no. 8)

Sumer is icumen in

Lhude sing, cuccu!

Groweþ sed and bloweþ med

And springþ þe wde nu.

Sing, cuccu!

Awe bleteþ after lomb,

Lhouþ after calve cu,

Bulluc sterteþ, bucke uerteþ.

Murie sing, cuccu!

Cuccu, cuccu,

Wel singes þu, cuccu.

Ne swik þu naver nu!

Sing cuccu nu, sing cuccu!

Sing cuccu, sing cuccu nu!

注释

[1] 本书中所有中古英语抒情诗（精读部分十九首与扩展阅读部分五十二首）均由作者从中古英语原文译出，下文不再赘述。读者可在精读部分每首诗的原文标题下方找到作者所采用或参考的一个或数个中古英语校勘底本。

[2] 第 1 行：sumer 此处指春日。中古英语诗人常用 sumer 或 somer 表示春分与秋分之间的任何时节，与中古拉丁语中的 aestas 一词对应，后者在《布兰诗歌》(*Carmina Burana*)中常被用来表示"春天"。学者们校正罗马儒略历的算法偏差后，通常将本诗描写的时节定在四月中旬，也正是布谷鸟来到英国南部海岸的季节（Moore 51）。

[3] 第 8 行：bucke 可以指雄鹿或者公山羊。第三人称单数动词 uerteþ 存在校勘争议，早期研究者将它看作誊抄笔误，原文应为 verteþ，译作"藏匿于草丛中，吃草"（Sidgwick and Chambers 4）；从手稿状况来看，誊抄笔误的可能性很小，目前学界的共识是此处原手稿用词无误，uerteþ 原形为 uerten，为动词 ferten 或 farten（"放屁"）之异形。

[4] 这两行在手稿上以红色拉丁文标注为 pes（"足"，或译"基础音"），表示此为重复叠唱句。实际表演中叠唱句从头到尾贯穿整首乐曲，并由专人负责，直到曲末由全员加入合唱。

解读

《春日已降临》(Sumer Is Icumen in)或许是现存所有中古英语抒情诗中最著名的一首,别名《布谷之歌》,有时又被称为《夏日卡农》或者《雷丁轮唱曲》(Reading Rota),因为保存原诗(包括乐谱)的唯一抄本是在英格兰东南部伯克郡的雷丁修道院发现的,手稿现藏大英博物馆(MS Harley 978 fol. 11v)。此诗大约在1240—1260年以中古英语威塞克斯方言写就,作者不详,一些学者认为出自13世纪英国作曲家韦康比(W. de Wycombe)之手。这首轮唱曲(rota)是现存最早以英语作词的六声部复调歌(Hirsh 36)。根据手稿上的有量乐谱(mensural notation,13世纪至16世纪盛行于欧洲的主要复调音乐记谱法),第一歌者从曲头唱到第一行标记红色十字的地方时(红色十字相当于现代记谱法中的分节线),第二歌者开始重复第一歌者刚才唱过的旋律,以此类推。尤其难得的是手稿上除了包含诗文—歌词以及乐谱本身,还完整保留了可能是实际演唱的僧侣们以拉丁文添加的合唱指示,也就是乐谱手稿第四行以下黑色细框内的文字:

除去负责"基础音"的两人,轮唱部分可由另外四人演唱,不应少于三人,最少不能少于两人。唱法如下:一名轮唱人与基础音演唱者同时开口,其余轮唱人不出声,当第一轮唱人唱到十字标记(它标志着前两小节的终点)后的第一个音节时,第二轮唱人开始唱,以此类推。所有人都应该注意那些和一个长音同长的休止符,而不是其他那些……

我们不知道雷丁修道院的唱诗班僧侣是否认为这样的指示足够明晰——很可能如此,所以七百多年来《春日已降临》一直是中古民谣演出的常备曲目。它欢快而朗朗上口的旋律、生动模仿布谷鸣叫的人声合唱、悠扬的伴奏及其营造的令人愉悦的氛围使它在现代听众中如同在中世纪一般受欢迎。本章末尾将附上它的五线谱,有兴趣的爱乐者不妨一试歌喉。但对我们而言,《春日已降临》首先是一首形式和内容都具有高完成度的抒情诗,更确切地说是一首"归春诗"(reverdie,古法语字面意思"再度变绿"),一种源自中世纪早期欧陆吟游歌谣、此后备受英语诗人青睐的节日庆典诗体。

在"归春"为主题的中世纪寓言诗中,叙事者往往会遇见人格化的"春日女士"(Lady Spring)或者"自然女神"(Goddess Natura)并与之展开对话,该传统主要可以溯源至罗马诗人克劳迪乌斯(Claudius Claudianus)未完成的史诗《冥后之劫》(*De Raptu Proserpinae*,4世纪)、柏拉图主义哲学家伯纳德·西尔维斯特里斯(Bernard Silvestris)的散文诗《宇宙全论》(*De Universitate Mundi*,12世纪)和"百科博士"里尔的阿兰(Alain de Lille)的论著《自然哀歌》(*De Planctu Natura*,12世纪)等(Curtius 106 - 122)。20世纪最杰出的中世纪文学研究者之一恩斯特·罗伯特·库尔蒂斯在《欧洲文学与拉丁中世纪》中,还有中世纪学者作家C. S. 刘易斯在《废弃的意象》中,都曾专辟章节论述这位自然女神在古典至中世纪文学中的形象演变。刘易斯认为这位女神只有到了中世纪才得到全面而充分的人格化塑造:"自然或许是最古老的事物之一,但'自然女神'却是最年轻的神祇之一。"(Lewis 37)

然而在《春日已降临》这首13世纪"归春诗"中,人格化的自然女神无踪可循,取而代之的是春天骤然打开她丰沛的礼盒,各种形式的生命如泉水般倾泻而出。第一节中植物们缓慢的律动和果决的萌发,仿佛暗示刚刚结束的是一个多么漫长的冬天;第二节中动物们迅捷的腾跃和兴高采烈的叫声与上节形成对照,无论是母羊小羊的咩咩声、母牛小牛的哞哞声,还是曾引起颇多语文学争议的公山羊或雄鹿的放屁声(见注释[3]),都踩着短句子的轻快鼓点,带着对自身生命力的纯然欣喜,异口同声唱出对万物复苏、春回大地的多声部礼赞。布谷鸟横贯全诗的啼声("cuccu"一词既是鸟的名字,也是鸟鸣的拟声词)犹如一把魔法花粉,被洒到的一切都会重新焕发生机,成为春日回归的鲜活见证。

诗题中的"sumer"对应着布谷重回英格兰的四月,基本已是定论(见注释[2])。而或许是所有中古英语归春抒情诗中状物和情感基调与《春日已降临》最接近的《春天随着爱情到来》(*Lenten Ys Come wiþ Love to Toune*)一诗,则选择"lenten"一词指代春季——中古英语"lenten"原指复活节前的四十日大斋,或以 3 月 25 日圣母领报节(Feast of Annunciation)为标志的春日的起点。

我们会注意到,现代英语"spring"的各种中古英语形式(spryng、springe、sprincg 等)在这两首最著名的"归春诗"的诗题和正文中醒目地缺席,除非是作为表示植物生长的动词出现,"当车叶草开花/它们的冬愁就消散"(Away is huere wynter wo/When woderoue springeth,《春天随着爱情到来》第 8—9 行)。这是因为中古英语中名词"spring"可以表示"泉水"、"源头"、"树枝"、"日出"、"跳跃",却几乎不用来表示春天。"Sumer"则可以指春分与秋分之间的任何季节,具体的月份取决于上下文语境。此外,在许多广义的"归春诗"中,全文甚至不需要出现任何表示春天的词眼,并且会将人世悲欢置于春日大自然的欢庆气氛中对照书写,比如这首同样写于13世纪后半叶、仅有五行并传下曲谱的《林中的飞鸟》(*Foweles in the Frith*):"林中的飞鸟/水中的游鱼/我准是发了疯/满心悲伤地走着,只为/血肉之躯中最美的那一位"(Bodleian Library MS Douce 139〔*SC* 21713〕fol. 5)。无论是旋律还是诗文,《林中的飞鸟》与《春日已降临》的情感基调截然不同。

《春日已降临》对英语诗歌的影响如此深远,以至于T. S. 艾略特的《荒原》(*Wasteland*)和威廉·卡洛斯·威廉姆斯的《春日及一切》(*Spring and All*)亦被看作它的现代主义遗产,虽然这两首作品的主题已与它们洋溢着狂欢节氛围的"归春诗"祖先相去甚远。当然,也不乏埃兹拉·庞德这样把它作为老掉牙的文学遗产恶搞一番的——庞德在1916年出版的诗选《拔除集》(*Lustra*)中对《春日已降临》的戏仿之作《冬日已降临》(*Winter Is Icumen in*)大意如下:

冬日已降临

高声歌唱:"他妈的"

雨滴落下,污渍溢出

大风刮得真叫狠!

唱吧:他妈的!

巴士打滑,我们蹒跚

一场病夺走我的火腿

河儿冻,肝儿颤

你该死;唱吧,他妈的!

他妈的,他妈的,

这就是为什么,妈的

我那么反对冬天的膏药!

唱吧,妈的,唱啊他妈的!

唱啊他妈的,唱吧,妈的!

《春日已降临》(《雷丁轮唱曲》)的现代五线谱

或许《冰与火之歌》中临冬城的族语"凛冬将至"(Winter is Coming)亦可以通过庞德上溯到我们这首13世纪中古英语"归春诗"。

引用文献

Curtius, Ernst Robert. *European Literature and the Latin Middle Ages*. Trans. Willard R. Trask. Princeton: Princeton University Press, 1991.

Hirsh, John, ed. *Medieval Lyrics: Middle English Lyrics, Ballads and Carols*. Oxford: Blackwell Publishing, 2005.

Lewis, C. S. *The Discarded Image: An Introduction to Medieval and Renaissance Literature*. Cambridge: Cambridge University Press, 1964.

Moore, A. K. *The Secular Lyrics in Middle English*. Lexington: University Press of Kentucky, 1951.

Sidgwick, Frank and E. K. Chambers, eds. *Early English Lyrics*. London: Sidgwick & Jackson, 1907.

第二章

死亡抒情诗传统

当土壤成为你的塔楼

当土壤成为你的塔楼,[1]
当坟墓成为你的闺房,
你的肌肤和你雪白的喉[2]
都将交付蠕虫去享受。[3]
到那时,整个尘世的欢愉
对你又有什么帮助?

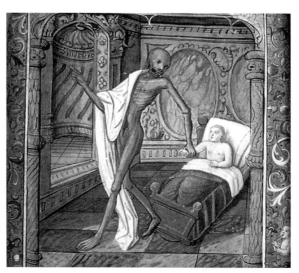

"死亡之舞"(Danse Macabre),15世纪手稿,
法国国家图书馆馆藏(BNF MS Fr 995)

Wen þe Turuf Is Þi Tuur

(*IMEV* 4044. Brown A no. 30, Duncan no. 45, Gray no. 84, Hirsh no. 5)

Wen þe turuf is þi tuur,

And þy put is þi bour,

Þy wel and þi wite þrote

Sulen wormes to note.

Wat helpit þe þenne

Al þe worilde wenne?

注释

[1] 第 1 行:turuf(另有 tore, torf, ture, turfe 等异形),中古英语首义项为"草皮,带有草根的表层土",常用来指代"土壤、大地、尘土",如在本诗中。另可参见《世界漫游者》(*Cursor Mundi*):"我们祈祷……能寻得她的爱子(基督)为友,当我们回归尘土(to ture quen we sal turn)"(第 24730 行,Morris 985‑991)。

[2] 第 3 行:与上一句中的选词"bour"(卧房,尤指女子的闺房)类似,此处行文暗示被描述者为女性,但本诗人称代词并未区分"你"的性别。

[3] 第 4 行:此处"note"作名词解作"用处、益处","to note"意为"(变得)对……有用"。类似的中古英语表达还有"putten to note"(使有用)、"don god note"(做有益的事)、"þou might to note"(你或许会派上用场)等。

解读

《当土壤成为你的塔楼》(*Wen þe Turuf Is þi Tuur*)只有一份手稿存世(Trinity College, Cambridge, MS 323, fol. 47v),该手稿编写于13世纪下半叶,今藏剑桥大学圣三一学院,学者们根据其较小的开本和有多名誊抄员参与缮写的痕迹,认为它很可能是由游方僧团体而非修道院编纂,并且主要功能是供布道修士在布道中使用(Wenzel 8;Fletcher 204)。本诗是中世纪英国及欧陆盛行的"死亡抒情诗"(death lyric)中一个精湛的典范,死亡及其不可避免性是存在于中世纪人的心灵后景和集体意识中最重要的事件,也深刻地影响了宗教仪式、节日历法、建筑空间、绘画雕刻的发展,渗透到日常生活的方方面面。《当土壤成为你的塔楼》在形式上是一首准挽歌体,但挽歌的庄重句式和哀伤氛围又与"死后"或曰"尸检式"(post-mortem)的庸常细节形成对照,在短短六行内产生一种可怖的戏剧张力。

此诗虽短,却继承并发展了好几个贯穿古典时代晚期至中世纪盛晚期的核心文学主题,其中之一就是西方思想史上具有重要地位的"鄙夷尘世"母题(*contemptus mundi* motif),以此为主题的拉丁语和俗语(vernacular)诗作都被归入"鄙世诗"(*contemptus poems*)的行列。"鄙夷尘世"母题在晚古传统中的代表作是波伊提乌斯(Anicius Manlius Severinus Boethius)的散文名著《哲学的慰藉》(*De Consolatione Philosophiae*),在早期教父传统中的代表作是里昂的尤基里乌（Eucherius of Lyon）的书信《论对尘世的鄙夷》（*De Contemptu Mundi*），在中世纪神学家作者传统中的典例则有克吕尼的贝尔纳（Bernard of Cluny）的同名讽喻诗《论对尘世的鄙夷》，以及教皇英诺森三世（Innocent III）的散文《论人类境遇之悲惨》（*De Miseria Humanae Conditionis*）等——后者曾被乔叟翻译成中古英语，但译本已失传。该母题沉思俗世生命和人世荣华富贵的必朽性，认为个人生前拥有的一切都是虚空中的虚空，其中一个可能出自波伊提乌的著名句式后来单独演变为一个诗歌子题"今何在"（*ubi sunt*）。早在9世纪或者更早，英语文学传统就已在《流浪者》（*The Wanderer*）这首雄浑悲壮的古英语哀歌中回应了这一子题：

Hwær cwom mearg? Hwær cwom mago? Hwær cwom maþþumgyfa?
Hwær cwom symbla gesetu? Hwær sindon seledreamas?
Eala beorht bune! Eala byrnwiga!
Eala þeodnes þrym! Hu seo þrag gewat,
genap under nihthelm, swa heo no wære.

（《流浪者》第92—96行，Marsden 333）

骏马们去了哪里？骑士们去了哪里？财富的分发者去了哪里？
盛宴上的宝座去了哪里？厅堂里的欢愉今何在？
呜呼，闪亮的杯盏！呜呼，穿锁子甲的武士！
呜呼，王公的荣耀！那时光如何逝去

隐入黑夜的荫蔽,仿佛从不曾存在! （拙译）[1]

同样收录于埃克塞特抄本(*Exeter Book*,成书于10世纪,已知保留最多古英语文学作品的抄本)中的其他盎格鲁—撒克逊诗歌中——譬如《废墟》(*The Ruin*)、《航海者》(*The Seafarer*)、《戴欧》(*Deor*)以及史诗《贝奥武甫》(*Beowulf*)的片段——都可以找到对"今何在"子题的动人演绎。而它最著名和完整的拉丁文演绎要到与《当土壤成为你的塔楼》同时期或稍晚的一首"饮酒诗"(goliardic poem)中才会出现。该饮酒诗题为《论人生苦短》(*De Brevitate Vitae*),更广为人知的标题是它配乐版的首句"让我们尽情欢愉"(*Gaudeamus Igitur*)。这首欢乐的歌谣是许多中世纪和近代大学毕业典礼上的必唱曲目:"让我们尽情欢愉/趁青春年少/快活的青春逝去后/忧愁的老年逝去后/土壤会吞噬我们/那些在我们之前来到此世的人们/今何在?"(... Ubi sunt qui ante nos /in mundo fuere?)此外,13世纪中古英语抒情诗《先来之人今何在》(*Uuere Beþ Þey Biforen Us Weren*)亦以几乎原封不动的句式,非常直接地继承和处理了这一子题,它的第一节如下:

Uuere beþ þey biforen vs weren,

---

[1] 本书中的古英语诗歌文本(除史诗《贝奥武甫》之外),若无特殊说明,均由作者自《剑桥古英语读本》(Richard Marsden, ed. *The Cambridge Old English Reader*. Cambridge: Cambridge University Press, 2004)所录古英语底本译入中文,下不赘述。

Houndes ladden and hauekes beren

And hadden feld and wode?

þe riche leuedies in hoere bour,

þat wereden gold in hoere tressour

Wiþ hoere bri3tte rode … (Brown 86)

先来之人今何在?

那些牵着猎鹰和猎犬

并占有田野和树林的人?

闺房里的富家千金们

发辫里佩戴金饰

脸蛋儿明艳无比…… （拙译）

《当土壤成为你的塔楼》与《先来之人今何在》差不多是同时期的作品,同样在俗语文学传统中,同样在口口相传的抒情诗文体中,《土壤》以一种更含蓄却也更严酷的口吻传递"今何在"子题背后的道德讯息:"到那时,整个尘世的欢愉/对你又有什么帮助?"这也是本诗适宜出现在上文所诉布道语境中的原因之一。与此同时,虽然《土壤》处理的是普世语境下死亡的庸常,它使用的核心意象却都具有宫廷文化背景:"塔楼/钟塔"(tuur)与"闺房/卧室/内室"(bour)都是典型的城堡建筑组件;而第三行"你的肌肤和你雪白的喉"虽未区分人称性别,却暗示"你"很可能是一位生活优渥的贵族女士。这些宫廷文化元素几乎是拉丁语文学中"尘世荣光"(*gloria mundi*)的缩影,而它们与"土壤"、"坟墓"和"蠕虫"的紧凑并置所产生的修辞效果,让人倾向于相信本诗行文表面上的"高古风格"(High Style)旨在戏仿或反讽(Oliver 79)。这也是《土壤》通篇回应的另一个盛行于宫廷文学和骑士罗曼司的传统主题——"塔楼/闺房里的少女"(Damsel in the Tower/Boudoir),虽然是以反讽并突出"死亡面前人人平等"为目的。"塔楼"、"闺房"、"肌肤"、"雪白的喉"属于现在,"土壤"、"坟墓"和"蠕虫"则属于必将莅临的将来,此诗的匿名作者是一位不可能犯错的先知,口吐必将实现、无人怀疑的预言。而"塔楼"与"闺房"可被想象的宽敞舒适以及"土壤"和"坟墓"的肮脏逼仄在短短两行诗中构成剧烈反差,使这首短小精悍的"鄙世诗"同时围绕阿兰·J. 弗莱彻所谓的"道德—时间"(moral-temporal)轴和"道德—空间"轴运作(Fletcher 206),如咒语般令读过的人过耳不忘。

"他如是说,如是说/那位卡斯特梅尔的王公/而今大雨在厅堂上方悲泣/没有一个人聆听……"乔治·R. R. 马丁为《冰与火之歌》所作歌谣《卡斯特梅尔之雨》(*The Rains of Castamere*)可谓流行文化中演绎"鄙世诗"之"今何在"子题的杰作。当它的器乐版和声乐版分别在 HBO 版《权力的游戏》"红色婚礼"和"紫色婚礼"上响起(紫色婚礼上的演奏者是当代冰岛后摇天团 Sigur Rós,可惜中途被命不久矣的少年国王乔弗里跋扈地打断),我们仍可以跨越一个千禧年感受到那份扣人心弦的悲剧力量。

引用文献

Fletcher, Alan J. "The Lyric in the Sermon." *A Companion to the Middle English Lyric*. Ed. Thomas G. Duncan. Cambridge: D. S. Brewer, 2005.

Marsden, Richard, ed. *The Cambridge Old English Reader*. Cambridge: Cambridge University Press, 2004.

Morris Richard, ed. *Cursor Mundi: A Northumbrian Poem of the XIVth Century, edited from British Museum Ms. Cotton Vespasian A.3, Bodleian Ms. Fairfax 14, Göttingen University Library Ms. Theol, 107, Trinity College Cambridge Ms. R.3.8.* (EETS OS 62). London: Oxford University Press, 1874 (rpt. 1966), pp.985–991.

Oliver, Raymond. *Poems Without Names: The English Lyric, 1200 – 1500*. Berkeley: University of California Press, 1970.

Wenzel, Siegfried. *Preachers, Poets and the Early English Lyrics*. Princeton: Princeton University Press, 1986.

第三章

"死亡征兆"与"灵肉对话"主题

当我双眼蒙眬

当我双眼蒙眬,

当我双耳失聪,

当我鼻梁冷却,

当我舌头打结,

当我皮肤起皱,

当我双唇变黑,

当我嘴巴咧大,[1]

当我口水流下,

当我头发脱落,

当我心脏悸动,

当我双手颤抖,

当我双脚僵硬——

一切都太迟了,太迟了,

当棺材已到大门口。[2]

然后我会坠落,[3]

从床上落到地上,

从地上落到裹尸布,

从裹尸布落到棺材,

从棺材落到墓穴里,

然后墓穴被封上:

于是我的房子造在了我的鼻尖上:

而我把这世界看得一文不值。[4]

Whanne Mine Eyhnen Misten

(Brown A no. 71, Luria & Hoffman no. 234)

 Whanne mine eyhnen misten,
 And mine eren sissen,
 And my nose koldeþ,
 And my tunge foldeþ,
 And my rude slakeþ,
 And mine lippes blaken,
 And my mouth grenneþ,
 And my spotel renneþ,
 And min here riseþ,
 And min herte griseþ,
 And mine honden bivien,
 And mine fet stivien —
 All too late, all too late,
 Whanne þe bere is ate gate.

 þanne I schel flutte
 From bedde to flore,
 From flore to here,
 From here to bere,

From bere to putte,

And þe putt fordut:

Þan lyd min hous uppe min nose.

Of all this world ne give ic a pese.

注释

[1] 第7行：动词 grennen（及其异形 grennien、grenen、grinen、girnen 等）涵盖了现代英语中"咧嘴笑"（grin）和"扮鬼脸"（grimace）的义项，在本诗语境中不仅描述临终人的面相，亦令人想起骷髅似笑的面部构造。除人类外，grennen 也常用于描述坟墓、船只甚至地狱"张开大口"（gape open）的样貌，比如在《唐利神秘剧》（Towneley Plays）中："待到地狱张口笑嘻嘻／人们便知末日已降临"（þen shall hell gape and gryn／þat men may know thare dome therin）。

[2] 第14行：名词 bere 既可以指棺材／灵柩，又可以指尸架／灵床。词组"被抬上尸架"（ben brought on bere）意指某人死亡，更简短的同义词组有 ben on (in) bere 或 lien on (in) bere 等。Bere 是个单形多义词，其作名词时更常用的义项包括"熊"、"大麦"、"枕头"、"海浪"、"树林"、"出生"等，因此常在诗歌中被用作双关词。

[3] 第15行：动词 flutten 常见的形式是 flitten（有时也写作 fletten），可以表示掉落／下坠（比如落下马鞍，flutten fro sadel），也可表示普遍的离开，比如在"死亡"的委婉说法"离世"（flutten out of world）中。

[4] 第22行：原文字面意为"对这个世界我连一粒豌豆（的价值）都不愿出（不在乎）"，类似于现代英语口语中"我完全不在乎"（I don't give a damn）。

解读

这首诗是又一首典型的13世纪"死亡抒情诗",其涉及的中世纪思想和文学母题比《当土壤成为你的塔楼》更为丰富。这类聚焦于"垂死的肉身"的死亡抒情诗与关于基督受难的中古英语抒情诗有类似之处,两者都旨在通过浓墨重彩的感官描述,引导读者去沉思基督徒生活中两个彼此关联的核心抽象事件:个体的"必死"(一切亚当后裔原罪的一部分)和基督的"受难"("第二亚当"的自愿代为赎罪)。不同的是,关于基督受难的沉思意欲催生的情感是"爱",关于死亡的沉思意欲催生的却是"恐惧"——因此"受难抒情诗(Passion lyrics)的作者可以期待读者在想象力方面的配合,而死亡抒情诗的作者却必须准备面对遮掩躲闪、自我保护的读者反应"(Woolf 67)。如何成功地在读者身上激起某种他们并不想被激起的剧烈情感,并在极其有限的篇幅中用诗艺代替布道演讲达到想要的训诫效果,是《当我双眼蒙眬》这类诗的作者无法回避的挑战。[1]

本诗前半部分处理的是"死亡征兆"(Signs of Death)主题,这是一个在不列颠诸岛和欧陆都广为流传的主题,并拥有多个不同的散文或韵文文本。它在中古英语传统中的流行或许与它在《死亡文萃》(*Fasciculus Morum*)中的出现有关——《死亡文萃》是14世纪初一部

---

[1] 关于死亡抒情诗如何参与中世纪英国平信徒的日常死亡心理建设,参见包慧怡:《中古英语文学中的"死亡抒情诗"主题解析》,载《外国文学》2018年第3期,第50—59页。

由英国方济各会修士以拉丁文写作的布道手册,其中包含50多首中古英语短诗,也是中世纪晚期最家喻户晓的文本(主要是通过倾听而非阅读)之一,并有海量抄本传世。"死亡征兆"的表述很可能起源于古希腊名医希波克拉底《预后集》(*Prognosticon*)中那些依据身体症状判断患者是否有望痊愈的段落,其语境纯粹是医学和病理学的(Hippocrates 170-184)。经过盖伦(Galen)的翻译和评注以及本笃会僧侣的悉心保存与爬梳,希波克拉底著作中对"死亡征兆"的罗列和解读自12世纪起就进入了英语抄本中——只不过往往不是作为医学文献,而是作为"死亡抒情诗"等文学文本。沃尔夫认为现存最早以英文写就的"死亡征兆"文本出现于12世纪的《沃斯特残篇》(*Worcester Fragments*)中,且是作为一首"灵肉对话诗"(下文会详述)的序章出现,我们可以看出该残篇中的"征兆"与《当我双眼蒙眬》的前半部分有多么类似:

> 他的双耳聋聩,他的视力衰微
> 他的鼻子塌陷,他的嘴唇皱缩
> 他的舌头失灵,他的官能失效
> 他的力气渐衰,他的双脚变凉。

(Woolf 80)

《当我双眼蒙眬》在13世纪继承了描述"死亡征兆"的唱名传统,该传统也在14世纪《死亡文萃》中的一首中古英语短诗,以及稍晚的另几首死亡抒情诗中有所体现。但"死亡征兆"主题在中世纪绝非英语文学的专利,比如14世纪法语散文作品《巴黎家长》中叙述者的临终祷告:"到了那时,我的眼睛将沉浸在死亡的黑暗中,以至于无法看到这个世界的光明;我的舌头会被绑住,既不能向你祈祷,也不能叫你;我那可怜而又如此衰弱的心脏,将会因对地狱恶魔的恐惧而颤抖不已……"(比东68)到了15世纪,或许是最杰出的中古法语诗人维庸在《三审判之书》(*Le Livre des Trois Jugements*)中为我们留下一个更简短也更生动的例子:

死亡使他战栗,面如死灰,
鼻子扭曲,血管膨胀,
颈项发涨,肌肤松软,
关节和腱鞘肿胀。(赫伊津哈156)

就这样,《当我双眼蒙眬》前半部分在一个更早的主题学语境中铺展(部分学者认为"死亡征兆"在《沃斯特残篇》之前另有现已佚失的拉丁文本原型),移植了古希腊医理词汇,有效地将它们转化为对死亡的外在恐怖的历数。句式不变的尾韵短对句铿锵有力,仿佛死神本人在冷酷地清点他的收成。然而一个在中世纪欧洲被广为接受的观点是:肉身的解体和腐烂并不仅仅发生在"死后"(*post mortem*),而往往在"生命中"(*intra vitam*)就已出现,而尸体的腐烂分解不过是尘世肉身诸多不完美中的一种。譬如,意大利"谦卑会"平信徒诗人里瓦的波恩文辛(Bonvesin da la Riva)于13世纪末用米兰方言写成的《三卷经之书》(*Libro delle Tre Scritture*),其中关于地狱的《黑经》就详尽地陈述了身体从诞生之时便肮脏不堪的事实:"人出生于一堆恶心的内脏中,通过与各种污秽混杂在一处的血……世上的一切男女无论外表再美,无论高矮,即使是王后或公爵夫人,皮囊里头都一样龌龊……外表光鲜,内里腐烂。"(《黑经》第25—48行,Gregnolati 85)里瓦的波恩文辛以一种类似佛教修白骨观的方法,时刻提醒读者:肉身在生前死后都一样污秽,而临终时身体所经历的呈现为"死亡征兆"的种种痛苦都是人类通过亚当之罪继承的。

亚当原初的坠落,坠离伊甸园,坠离神恩(fall from grace),人类大写的堕落(the Fall),每个个体从先祖那里继承的普遍的堕落——所有这一切都在本诗的后半部分被汇总为一场想象中的"坠落"。虽然是想象中的下坠,每个物理细节却真实到无以复加:从床上落到地上,从地上落到裹尸布,从裹尸布落到棺材,从棺材落到墓穴里。并且这是一场必将发生的下坠——"我"所使用的将来时助词"schel"斩钉截铁,与其说是想象,不如说是一宗关于坠落的预言,一种无人可幸免的预言,在原型层面上对应着伊甸园中的坠落。我们终将下坠,作为个体,孤身一人坠入坟墓;作为物种,我们将并肩下坠,坠入死亡的荫谷。Valar Morghulis("凡人必有一死")。

上文我们提到,"死亡征兆"主题在《沃斯特残篇》中是作为一篇更长的"灵肉对话诗"的序章出现的。所谓"灵肉对话体"(body and soul dialogue,亦称"灵肉辩论")作为一种文类可以追溯至尼西亚公会之前的早期教父著作,在所有主要的欧洲俗语中都广为人知,并能在9至15世纪的古英语和中古英语文学中持续找到样本。现存的"灵肉对话体"有三种主要的子形式:(灵魂单方面责备肉体的)"演说式"、(灵魂和肉体各得到一次说话机会的)"指控—回应式"、(双方你来我往、唇枪舌战怼个痛快的)"辩论式"(Matsuda 132‐133)。以12世纪《灵魂对身体的演说》(*Soul's Address to the Body*)为代表,中古英语灵肉对话诗与其古英语先驱的一个显著差别在于,对话的时间几乎总是发生在死者刚断气不久——灵魂正要离开棺柩或墓穴里的身体、动身前往地狱前的"告别演说"——也就是《当我双眼蒙眬》中"棺材已到大门口"至"墓穴被封上"之间的某个时刻。灵魂总是指责身体软弱堕落,有时会历举"死亡征兆"作为肉身道德沦丧的明证;身体则反驳说,一切都是因为灵魂没有指引它如何虔敬地使用五种感官。我们不禁要问:《当我双眼蒙眬》通篇采用的第一人称视角"我"究竟代表谁的声音?若我们相信《当我双眼蒙眬》在结构上对《沃斯特残篇》亦有继承,而把整首诗看作一种"灵肉对话诗"的异类,我们很容易得出这样的结论:诗中哀叹自己命运的一直是"肉","灵"始终是缺席和噤声的,仿佛灵魂早已弃世而去。但全诗最后一行的谚语句式又似出自灵魂,犹如一句对肉体的迟来的告诫和责备:"我把这世界看得一文不值",而"你"(肉体)早就应该把它看得一文不值,而不是等到"房子造在了……鼻尖上"——到那时,"一切都太迟"。

《黑经》第242至244行写道:"在末日审判那天,灵魂和身体一同被判有罪……身体和灵魂将一同在严酷的烈火中炙烤。"(Gragnolati 86)在整个灵肉对话传统中,无论二者如何激烈地从头到尾互相指责,或者像《当我双眼蒙眬》中那样,"灵"只在诗末作总结性训诫,一条植根于《圣经》经源却易被忽略的教理是:灵与肉二者共同对个人的福祉负责,二者对于最终的拯救都是必需的,而永罚也必将同时罪及二者。即使脱离灵肉对话的语境来细读本诗,我们也不难感知到这一点,而这恰是叙事者"我"的身份模糊性中所包含的释经学潜能所在。

死神对临终之人说:"我已找了你多日,你是我的猎物。"
15世纪中古英语诗歌手稿,今藏大英图书馆
(British Library, MS Additional 37049, f. 38v)

引用文献

Bonvesin da la Riva. *Volgari Scelti: Selected Poems.* Trans. Patrick S. Diehl and Ruggero Stefanini. New York: Peter Lang, 1987.

Gragnolati, Manuele. "Body and Pain in Bonvesin da la Riva's *Book of the Three Scriptures.*" *Last Things: Death and the Apocalypse in the Middle Ages.* Ed. Caroline Walker Bynum and Paul Freedman. Philadelphia: University of Pennsylvania Press, 2000, pp.83–97.

Hippocrates. *Hippocratic Writing.* Ed. G. E. R. Lloyd. Trans. J. Chadwick and W. N. Mann. London: Penguin Books, 1983.

Matsuda, Takami. *Death and Purgatory in Middle English Didactic Poetry.* Cambridge: D. S. Brewer, 1997.

Woolf, Rosemary. *The English Religious Lyric in the Middle Ages.* Oxford: Clarendon Press, 1968.

[法]达尼埃尔·亚历山大—比东著:《中世纪有关死亡的生活(13~16世纪)》,陈劼译,济南:山东画报出版社,2005年。

[荷]约翰·赫伊津哈著:《中世纪的秋天:14世纪和15世纪法国与荷兰的生活、思想与艺术》,何道宽译,桂林:广西师范大学出版社,2008年。

第四章

"幸福的罪"主题

被缚的亚当躺着

被缚的亚当躺着
被镣铐捆绑,[1]
整整四千个冬天,[2]
不觉得太长。

一切都为一个苹果,[3]
这苹果他吃下了肚。
教士在他们的书中
读到了这样的记录。

假如那苹果从未被吃,
苹果从未被吃,
我们的圣母就不可能
成为天上的王后!

祝福那个苹果
被吃下的时刻!
我们因此才能高歌
"感谢天主!"[4]

Adam Lay Ibowndyn

(*IMEV* 117. Brown C no. 83, Duncan A no. 108, Gray no. 2, Hirsh no. 9, Luria & Hoffman no. 164)

Adam lay ibowndyn,
Bowndyn in a bond,
Fowre thowsand wynter
þowt he not to long

And al was for an appil,
An appil at he tok.
As clerkes fyndyn wretyn,
Wretyn in here book.

Ne hadde þe appil take ben,
þe appil taken ben,
Ne hadde never our lady
Ben hevene quen.

Blyssid be þe tyme
þat appil take was!
þerefore we mown syngyn
Deo Gratias!

注释

[1] 第1—2行：中古英语动词 binden 及其过去分词 ibowndyn 涵义丰富，可以同时指物理层面的"捆绑、束缚"和抽象层面的"束缚、约束"，第2行中它的名词形式 bond 在上下文中指在灵泊狱中束缚亚当的镣铐（详见解读），亦可作双关理解。

[2] 第3行：以一个冬天（wynter）借代一整年的修辞法直到文艺复兴乃至更晚仍盛行，比如莎士比亚十四行诗第2首开篇："当四十个严冬围攻你的眉毛／并在你美貌的田野中掘出深壑"（When forty winters shall beseige thy brow, /And dig deep trenches in thy beauty's field）。

[3] 第5行：拉丁文中"苹果"（malum）与"邪恶的"（malus）形近，后者的名词形式"邪恶、灾难"（malum）则与前者完全同形。《创世记》原文中并未提及苹果，希伯来文只说"果实"（tappuah），除"苹果"外，不同时代的圣经学者曾将它解作枸橼（citrus medica）、温桲（cydonia oblonga）、金桔（citrus sinensus）、杏子（prunus armeniaca）等。

[4] 第16行：*Deo Gratias*，原文为拉丁文。

解读

《被缚的亚当躺着》(*Adam Lay Ibowndyn*)的写作时间约在14与15世纪之交,收录于大英图书馆斯洛恩手稿(British Library, Sloane MS 2593),不少现存最著名的中古英语抒情诗都保存在这份手稿中,比如抄写在同一页上本诗之前的圣母颂歌《我吟唱一位少女》(*I Syng of a Mayden*)、世俗诗《我有一只好公鸡》(*I Haue a Gentil Cok*),以及抄在本诗之后的谜语诗《我有一个妹子》(*I Haue a Yong Suster*)。斯洛恩手稿虽然很可能产自英国中世纪最富有的本笃会修院之一——萨福克郡的伯里—圣埃德蒙兹修道院(Bury-St Edmunds Abbey),在使用羊皮时却格外节俭,上述几首诗文的缮写都是两行并作一行,好把这些短诗都集中誊抄在一张对开羊皮折页上(folios 10v‑11r)。

本诗背后的核心教义是"幸福的罪"(*felix culpa*),一个影响深远的悖论概念——如果亚当夏娃当初没有吃下分辨善恶之树上的果实,伊甸园中最初的"堕落"(the Fall)不曾发生,那就不会有童贞女玛利亚受孕和耶稣的道成肉身,不会有耶稣在十字架上的受难,人类也就无从体会到被救赎的喜悦了。"幸福的罪"这个说法最早见于4世纪罗马天主教复活节守夜仪式中的一首赞美歌《让他们欢欣鼓舞》(*Exultet Iam* …),作者很可能是圣安布罗修(St Ambrosius):"噢,亚当那确实必要的罪/彻底被基督之死摧毁!/噢,幸福的罪啊/为我们赢得这样一位荣耀的救赎者!"(Jeffery 274)

教皇利奥一世和格列高里一世都曾在著作中论及这条教义,而影响最深远的阐释来自 12 世纪时坎特伯雷的圣安瑟姆(St Anselm of Canterbury)的神学专论《神为何要变成人?》(*Cur Deus Homo?*)。安瑟姆将"幸福的罪"置于"道成肉身"(Incarnation)这一核心教义的框架中,认为前者是后者的必要条件之一,后来的方济各会神学家尤其热衷于援引安瑟姆,以强调来自对基督受难的沉思中的"快乐",并更明确地以问题形式阐述其立场:"如果亚当不曾犯下罪过,神为何要变成人?"(Cur Deus homo si Adam non pecasset?)反对者如 13 世纪苏格兰神学家邓斯·司各特(John Duns Scotus)则认为即使亚当没有堕落,道成肉身作为上帝为人类制定的拯救计划的一部分也必将发生;阿奎那则在《神学大全》(*Summa Theologica* 3a. 1. 3)里就这一点驳斥过司各特(Jeffery 274–275)。

撇开教义背景,《被缚的亚当躺着》就其抒情主题而言可被归入"圣母崇拜诗"(Marian Devotion poem)。亚当是一切人类之父,他的名字 ADAM 甚至是希腊文东(Anatole)、西(Dysis)、北(Arktos)、南(Mesembria)四个方向的缩写(2 Enoch 30:13),而他在伊甸园中的堕落成为一系列亚当—基督类型学/预表论解经(typological exegesis)的基础,这些"类型/预表"(type)出现在这首短诗的字里行间。"分别善恶的树"(又译"知识树")被看作钉死基督的十字架的一个预表;亚当被看作基督("第二亚当")的一个预表;伊甸园被看作基督在其中被捕的客西马尼园(Garden of Gethsemane)的一个预表;夏娃被看作圣母("第二夏娃")的一个预表。

正如第一亚当在伊甸园中忤逆上帝的命令,吃下了分辨善恶之树上的禁果;"第二亚当"在客西马尼的花园虽然心中忧愁万分,甚至祈祷过受难的苦杯从自己唇边移去,却随即决定顺从上帝的意志,在十字架上为世人赎罪:"父啊!在你凡是都能,求你将这杯撤去。然而不要顺从我的意思,只要从你的意思。"(《马可福音》14:36)[1]正如夏娃因为轻信蛇而违抗上帝,又通过使亚当同谋而将罪与死亡传至所有后代,"第二夏娃"玛利亚通过在加百列那里领报(Annunciation)而顺从神意,为世人带去了基督、希望和生命。《被缚的亚当躺着》就像一座小小的棱镜迷宫,反射或折射出这一组镜相:两个亚当,两个夏娃,两个花园,两棵树——中古英语中"十字架"一词来自古英语"树"(rood/rod/rode),该词构成的双关照例是诗人们的最爱,比如在古英语梦幻诗《十字架之梦》(*Dream of the Rood*)中;中世纪英国亦有不少神学家相信各各他(Golgotha,"髑髅地")那座钉死基督的真十字架(True Cross)就屹立在昔日伊甸园中分辨善恶之树所站立的地方。

  《被缚的亚当躺着》第三节直白地表示,玛利亚能够成为"天上的王后"全然仰仗第一位亚当的堕落——与本诗匿名诗人差不多同时期的约翰·利德盖特(John Lydgate)在多首抒情诗中、威廉·兰格朗(William Langland)在《农夫皮尔斯》(*Piers Plowman* B Text, 5.491)中以及约翰·威克里夫(John Wycliff)在其布道文中,都曾用中古英语表达同样的观点——这在当时是完全符合正统教义的看法,中世纪后期甚至有"属于玛利亚的幸福的罪"(Marian *felix culpa*)和"幸运的堕落"(Fortunate Fall)之说。这首诗通篇洋溢着常见于圣母崇拜诗的庆祝氛

---

[1] 本书中所有《圣经》中译均出自《圣经》(简化字现代标点和合本)(南京:中国基督教三自爱国委员会/中国基督教协会,2004年),下不赘述。

围,又以高歌欢唱的呼吁结尾,无怪乎诗文本身虽然并无相应乐谱留存,却有不少近现代音乐家将它谱成合唱曲,成为弥撒或节日庆典唱诗班常备曲目在世界各地教堂演出,这些作曲家包括彼得·沃洛克(Peter Warlock)、约翰·爱尔兰(John Ireland)、波利斯·奥尔德(Boris Ord)和本杰明·布里顿(Benjamin Britten)——后者将诗题改为《感谢天主》(*Deo Gratias*)收入他著名的《圣诞颂歌仪式》(*A Ceremony of Carols*)中。

  诗题和第一节中关于"亚当被缚"的典故并没有直接的经文依据,而是散见于中世纪神学家的注经作品:亚当死后进入了"先祖灵泊"(*limbus patrum*)并被戴上镣铐,在那里,他和亚伯拉罕、以撒、雅各等其他先祖们一起等候了四千年("四千个冬天"),直到在"地狱劫"(Harrowing of Hell)之日被基督救拔升天(Wright 109)。"地狱劫"是拉丁文"基督降临地狱"(*descensus christi ad inferos*)的对应英文表达,"harrow"一词来自古英语"hergian"(抢劫、袭击),指基督的灵魂在其身体受难后、复活前下降到"阴间/灵泊"(sheol/limbo,后世神学家惯于以这两个词代替"inferno"来表示基督下降的地点,以区分于恶人接受永罚所住的地狱),为所有在基督出生之前死去的义人打开地狱的大门并引领他们进入天堂。虽然不见于《圣经》正典,关于"地狱劫"的较完整的叙事却可以在次经《尼哥底母福音》(*Gospel of Nicodemus*)中找到,并在大公教会的《使徒信经》(*Apostle's Creed*,"……在本丢彼拉多手下遇难,被钉在十字架上,死了,葬了;下到阴间;第三天从死里复活")和《亚他那修信经》(*Athanasian Creed*,"祂为我们得救恩而受难,下到阴间,第三天从死里复活")中有所提及(Tamburr 2; Robertson and Shepherd 373)。

对"地狱劫"最动人的期许和最诗意的表述就散落在《旧约·诗篇》中:"因为你必不将我的灵魂撇在阴间,也不叫你的圣者见朽坏"(《诗》16:10);"众城门哪,你们要抬起头来!永久的门户,你们要抬起头来!那荣耀的王将要进来"(《诗》24:7)。这仿佛也是《被缚的亚当躺着》第一节中亚当未能直接表达的无声呼告:因为对"第二亚当"的两种降临(降临人世以及降临阴间)怀抱无比坚定的信心,第一亚当可以戴着镣铐在黑暗中等上"整整四千个冬天"而"不觉得太长"。此诗中的亚当虽然曾铸下大错,却凭借信仰、盼望、耐心和坚忍,具有了某种未必不及希腊神话中被缚的普罗米修斯的英雄主义。

引用文献

Jeffery, David Lyle, ed. *A Dictionary of Biblical Tradition in English Literature*. Grand Rapids: Wm. B. Eerdmans Publishing Co., 1992.

Robertson, Elizabeth and Stephen H. A. Shepherd, eds. *Piers Plowman*. New York: W.W. Norton & Company, 2006.

Tamburr, Karl. *The Harrowing of Hell in Medieval England*. Cambridge: D. S. Brewer, 2007.

Wright, Thomas, ed. *Songs and Carols from a Manuscript in the British Museum of the Fifteenth Century*. London: T. Richards, 1856.

"地狱劫"中基督将亚当拉出地狱入口,约1504年,现藏威尔士国家图书馆
(National Library of Wales, Vaux Pasional/Peniarth MS 482 D)

第五章

谜语诗传统

少女躺在荒原中

少女躺在荒原中——[1]
　　躺在荒原中——
整整七夜,整整七夜,
少女躺在荒原中——
　　躺在荒原中——
整整七夜加一天。

她的食物挺可口。[2]
她吃什么食物呀?
报春花,还有——[3]
报春花,还有——
她的食物挺可口。
她吃什么食物呀?
报春花和紫罗兰。

她的饮料挺可口。
她喝什么饮料呀?
冷泉水,来自——
冷泉水,来自——
她的饮料挺可口。

她喝什么饮料呀?
冷泉水,来自深井中。

她的闺房挺不错。
她住什么闺房呀?
红玫瑰,还有——
红玫瑰,还有——
她的闺房挺不错。
她住什么闺房呀?
红玫瑰和百合花。

Maiden in þe Mor Lay

(*IMEV* 3891. Davies no. 33, Duncan A no. 118; Hirsh no. 20, Luria & Hoffman no. 138; Robbins no. 18)

Maiden in þe mor lay —

    In þe mor lay —

Seuenyst fulle, seuenist fulle.

Maiden in þe mor lay —

    In þe mor lay —

Seuenistes fulle and a day.

Welle was hire mete.

Wat was hire mete?

    þe primerole ant þe —

    þe primerole ant þe —

Welle was hire mete.

Wat was hire mete?

    þe primerole and þe violet.

Welle was hire dring.

Wat was hire dring?

    þe chelde water of þe —

þe chelde water of þe —

Welle was hire dring.

Wat was hire dring?

þe chelde water of þe welle-spring.

Welle was hire bour.

Wat was hire bour?

þe rede rose and þe —

þe rede rose and þe —

Welle was hire bour.

Wat was hire bour?

þe rede rose and þe lilie flour.

注释

[1] 第1行：中古英语名词 mor 与现代英语单词 moor 和 moorland 之间的差异十分细微，同时也包含 wasteland, flatland, marshland, fen, bogland 等义，按其土壤湿度不同可视语境译为荒原、荒沼、荒野、荒地甚至沼泽。

[2] 第7行：mete 直译为"肉"(meat)，借代一切食物。

[3] 第9行：primerole 即 primrose，可以指报春花属(genus primula)下的任何草本开花植物，这里很可能指欧洲樱草或黄花九轮草，夜晚开花的又称月见草，可在湿地和沼泽生长。中古英语中 primerole 有时也指雏菊或紫草科植物。

解读

《少女躺在荒原中》(*Maiden in þe Mor Lay*,别名《荒原少女》)或许是迄今引起最多争议的一首中古英语抒情诗。学界至今无法就它的意义达成共识,以至于只能将之归入"谜语诗"(riddle poem)。它被保存在牛津大学饱蠹楼图书馆罗林森 D 抄本开头处的残篇手稿中(Bodleian Library MS Rawlinson D. 913 [*SC* 136709], fol. 1v),该残篇(下文简称"罗林森残篇")还含有《我来自爱尔兰》(*Ich Am of Irlaunde*)等著名中古英语短诗。

初读这首诗,在一连串美好的意象带来的初始审美愉悦过去后,我们很容易体会到一种挫败:美丽的少女独自在荒原中躺了一星期,吃报春花、紫罗兰,饮清泉,睡在红玫瑰和百合编织的闺房或床上……这民间故事式的叙事背后的逻辑是什么?更何况"荒原"或"荒沼"(mor)本该连牧草都不生,没有牛羊,更别提鲜花和清泉——假如我们回想一下艾米莉·勃朗特《呼啸山庄》中描写的约克郡荒沼(Yorkshire Moors),会知道除了丛生的野草和不宜耕作的褐土,英国式荒原就是一片一无用处之地,根本谈不上植被丰饶或百花盛开。当然,文中"primerole"一词可能指可在沼泽生长的报春花属下的某种小花(详见注释[3]),但玫瑰和百合无论如何不是荒沼植物。笔者曾在西约克郡哈沃斯(Haworth)勃朗特姐妹故居附近、呼啸山庄原型托普维森斯(Top Withens)所坐落的荒原漫步半日,即使在温暖的七月,满眼所见除了黄褐色的荒草,只有山石楠的枯骨和沼泽棉花的白发,而此时英格兰其他各处的玫瑰与百合正在争奇斗艳……这首写于14世纪早期的抒情诗为何要设置这样一个有悖常理的情境,仿佛在摇篮曲般的日常声调下隐藏着骇人的秘密?

以罗伯岑为代表的寓意解经派学者坚持这是一首披着谜语外衣的圣母崇拜诗:少女是童贞女玛利亚,荒原是基督降临前旧律法统治下的世界;"整整七夜"中的数字七代表世界上所有的生命,多出来的"一天"就是白昼、光和基督本人;报春花代表肉体的美丽,紫罗兰则是《圣经》中谦卑之美德的象征;少女饮用的泉水是神恩的符号;红玫瑰象征基督的殉道或者慈悲,百合则是童贞圣母纯洁的象征(Robertson 27)。罗伯岑惯于将教父学四重解经法中的寓意法(allegorical interpretation)如压制蛋糕的模具般运用于一系列字面费解的中古英语诗歌——比如匿名头韵梦幻长诗《珍珠》(*Pearl*)——其分析时使用的象征体系之僵硬、读诗思维之狭隘曾广受诟病。

不过即使在半个多世纪后的今天,我们也无法一笔勾销纯寓意派解读的意义,比如百合在中世纪《圣母领报》等主题的宗教画中已是童贞女的"标配",一个生活在14世纪的基督徒很难提及百合而不联想到玛利亚。但这种读诗法的问题在于没有将诗歌作为诗歌去阅读,而纯然当作一个谜面、一组编码,似乎读者的唯一使命就是解码成功并将隐藏的教义白纸黑字昭然于世——抒情诗作为审美对象和交流渠道的功能在此完全缺席。其他类似的解读还有将少女看作抹大拉的玛利亚或者苦行者埃及的玛丽(Mary of Egypt),而把少女在荒原中的"自我放逐"理解成沙漠教父式的禁欲苦修等。那些把《少女躺在荒原中》置于纯基督教语境中理解的评论家通常认为这首诗曾出现在教堂唱诗班的曲库中(虽无乐谱留存),甚至判断该诗的旋律与拉丁文赞美诗《童贞女生子》(*Peperit Virgo*)相同,因为两首诗的行数和每行的音节数相似(Hirsh 70)。

另有斯皮尔斯(John Speirs)、唐纳逊(E. T. Donardson)、德龙柯(Peter Dronke)等学者采取民俗学或神话学的视角,将本诗解作一首世俗题材的歌谣或舞曲。少女或许和中世纪民间井水崇拜有关:夏至夜或曰施洗约翰节前夕(St John's Eve,6月23日)在许多地区同时也是"守井夜"(well-wake),诗中这位饮井中泉水的少女可能是守井夜仪式中的重要角色,她长达七夜的斋戒(只吃花朵,喝泉水)可能是井水崇拜中的一个秘仪环节,一种净化仪式。又或者少女本身就是泉水精灵的化身:日耳曼民间传说中有一位水精化成的"跳舞的荒原少女",她常会以美丽少女的模样出现在乡村舞会上,使在场的年轻男子心醉神迷,或者按照两首中古德语民谣的说法,"为了令孩子们入睡"(Dronke 196)——那是一日结束后香甜的安睡,或是死神荫蔽下的永恒沉睡,我们无从得知。但她必须在规定的钟点停止舞蹈,回到荒野中去,回到她看守的井水边,否则自己就会死去。至今学界仍未对该诗的所指达成共识。

《少女躺在荒原中》全诗萦绕着一种魅惑氛围,却并不让人感到恐怖,6-7-7-7的分节以及每节略有变化的叠句,加上问答体制造的回声音效,使它如同精灵唇畔的催眠曲般抚慰人心,又在其甜美和宁谧中隐隐孕育着危险。如果我们记得凯尔特神话中的哥布灵(goblin)是如何以美味的食物(最常见的是制成鲜花形状的甜点,或者鲜花和水果本身)来邀请路人与之同行,一旦人类吃喝了精灵的食物就再也无法返回人世;或者记得叶芝在《凯尔特的薄暮》(*The Celtic*

Twilight)中记载的众多类似的传说(虽然叶芝对作为其创作素材的古爱尔兰语和中古爱尔兰语史诗和神话文献的改编谈不上忠实),甚至是叶芝本人的《失窃的孩子》(*The Stolen Child*)、《浪游者安古斯之歌》(*The Song of Wandering Aengus*)等诗;如果我们记得济慈的《无情美人》(*La Belle Dame sans Merci*)和《圣艾格尼丝之夜》(*The Eve of St Agnes*),记得丁尼生的大部分"中世纪复兴"(medievalization)主题的短抒情诗……我们会看到,"荒原少女"这类处于"此世"和中世纪传说中形形色色看不见的"异境"(Other Worlds)之缝隙间的影子人物,他/她们才是抒情诗的声音中最有生命力的主角,是绝对杀不死的魑魅魍魉,从中世纪到当代一直如此。是这些影子附身于那些流连隐形的异境多于可见的此世的诗人;影子们在诗人笔尖跳着舞,投下忽明忽暗的光晕,耳语着自然和幽界的秘密,等待被取悦。

因此罗伯岑式的解读走到极端后必定不可饶恕,它们杀死了影子。即使是在下面这首有着更明确的基督教语境、同样提到一位泉畔少女的中古英语短诗中也是如此,它写于14世纪末:

荆棘下,清泉畔

荆棘下,清泉畔,
不久前,忧愁缓,
一位少女立泉边,
少女心中满怀爱。
任是谁,觅真爱,

必将在她那儿寻见。

(Luria & Hoffman 181)[1]

虽然此诗中"荆棘"、"真爱"、"必将在她那儿寻见"等表述比《少女躺在荒原中》要直接得多地指向童贞女玛利亚的圣爱,以及她作为人与神之间的中保的角色,我们依然可以在这首只有六行的短诗中瞥见众多影子的身姿。它们或侧立或躺卧,或无动作,泉畔少女是它们此时此地的化身,影子是抒情诗的灵魂。重要的是看见影子的足迹,这是读诗的全部秘密。

---

[1]详见本书扩展阅读部分第二首作品注释。

引用文献

Donardson, E. T. "Patristic Exegesis in the Criticism of Medieval Literature: The Opposition." *Critical Approaches to Medieval Literature*. Ed. D. Bethurum. New York: Columbia University Press, 1960, pp.1–26.

Dronke, Peter. *The Medieval Lyric*. New York: Harper & Row, 1966.

Hirsh, John, ed. *Medieval Lyrics: Middle English Lyrics, Ballads and Carols*. Oxford: Blackwell Publishing, 2005.

Luria, Maxwell and Richard Hoffman, eds. *Middle English Lyrics*. New York: W.W. Norton & Company, 1974.

Robertson Jr., D. W. "Historical Criticism." *English Institute Essays, 1950*. Ed. A. S. Downer. New York: Columbia University Press, 1951, pp.3–31.

《黑斯廷时辰书》页缘画中的中世纪花卉，包括紫罗兰。15世纪晚期弗莱芒地区

第六章

圣母颂传统

我吟唱一位少女[1]

我吟唱一位少女
少女举世无双,[2]
她选作自己的儿子:
君王中的君王。[3]

他静悄悄到来
到他母亲身旁
犹如四月的露珠
落在青草尖上

他静悄悄到来
到他母亲闺房
犹如四月的露珠
落在花骨朵上

他静悄悄到来
到她母亲床上
犹如四月的露珠
落在嫩树枝上[4]

母亲和少女

除了她从未有一例：[5]

这样一位淑女

才配当上帝的母亲。

I Syng of A Mayden

(*IMEV* 1303. Brown C no. 81, Davies no. 66, Duncan A no. 79, Gray no. 6, Hirsh no. 13, Luria & Hoffman no. 181)

I syng of a mayden

þat is makeles,

Kyng of alle kynges

To here sone she ches.

He came also stylle

þer his moder was

As dew in aprylle,

þat fallyt on þe gras.

He cam also stylle

To his moderes bowr

As dew in aprille,

þat fallyt on þe flour.

He cam also stylle

þer his moder lay

As dew in Aprille,

þat fallyt on þe spray;

Moder and mayden

Was neuer non but che —

Wel may swych a lady

Godes moder be.

注释

[1] 本诗虽无乐谱存世,却一直被认为是一首为咏唱而写的颂歌(carol),近现代为它谱过曲的众多英国作曲家包括马丁·肖(Martin Shaw)、格斯塔夫·霍斯特(Gustav Holst)和本杰明·布里顿(仍然收录于他的《圣诞颂歌仪式》中)。

[2] 第2行:中古英语形容词 makeles 在此处构成多重双关。首要义项 matchless 既可以指少女(的美貌和德行等)"举世无双",又可以指少女"没有配偶"(without a match, mateless)。其次,makeles 亦被看作与拉丁文词组 *sine macula*(without a stain, without fault)构成近形双关,表示"纯洁无垢,无污点"(markless)并暗示圣母出生时的"无沾受孕"(immaculate conception),即玛利亚在其母安妮腹中受孕时不沾染原罪(注意,无沾受孕不是指基督在玛利亚腹中的受孕,后者被称为童贞女怀孕,不能和无沾受孕混淆)。

[3] 第3—4行:ches 为中古英语动词 chesen("选择")的一种第三人称过去式单数形式,此处强调整个童贞女的受孕过程中玛利亚的主观能动性,是她"选择"和默许了上帝—基督成为她的配偶—儿子,而不是相反。这是本诗的一个鲜明的释经学特点。

[4] 第16行:spray 此处指细树枝,尤指刚刚抽芽的春日嫩枝。

[5] 第18行:双重否定 neuer non 仍表示否定,相当于 never any,强调圣母身份在历史中的不可重复性。

解读

约写于1400年的《我吟唱一位少女》(*I Syng of A Mayden*)被保存在前文提到的大英图书馆斯洛恩手稿中(British Library, Sloane MS 2593, fol. 10v),约翰·赫许称赞它为"很可能是最杰出的一首中古英语抒情诗,诗艺成熟,充满暗示,扣人心弦,既简单又复杂,既动情又保持了距离,既饱含反思又欢天喜地"(Hirsh 47)。若只是简单通读此诗,很容易认为赫许的评价过高,毕竟,这看起来不过是又一首四平八稳的圣母崇拜诗暨圣母领报颂歌(Annunciation carol),五节四行诗(quatrain)分为结构清晰的三部分:开篇(exordium),中间的三段并列修辞,收束(conclusio);没有什么离经叛道的教义暗示。然而,假如我们能慢下来,耐心辨认这首短诗的句式、时态和修辞,影子们会逐一浮现,提前驶离的列车会返回——我们将会知道,中古英语作为一种初登上文学舞台不久的年轻的抒情语言,确实在《我吟唱一位少女》中开出了近乎完美的词之花。

第一节中开篇明义地举出了全诗"歌唱"的对象:一位"举世无双"(makeles)的少女。这"无双"既指她的美德无人可比,又指她没有(实质上的)配偶——玛利亚的终身童贞在4世纪之后已成为不可撼动的教义,奥古斯丁在第51篇布道文中直白地称她为"一个没有性欲的母亲",而称神为她选定的丈夫、年迈的约瑟为"一个没有性能力的父亲"(Jeffery 490)——这种婚姻中的贞洁、关系中的独身也是构成她"无双、特别"的一部分原因(参见注释[2])。这里"举世无双"

更重要的一层内涵在于,少女通过为自己"选"(ches)了一位最高贵的儿子("君王中的君王"),主动选择了成为道成肉身的工具,背负起为全人类赎罪的天命。这看似与经文背道而驰的表述实际上恰恰植根于经文和教义传统:玛利亚的默许在上帝为人类准备的救赎计划中具有决定性意义——"我是主的使女,情愿照你的话成就在我身上"(《路加福音》1:38)——如果上帝所选中的少女拒绝完成上帝的意志,如同"不情愿的先知"约拿一样,那么救赎论(soteriology)乃至整个基督神学都将分崩离析。

对玛利亚来说,被神选中和选中神是同一件事,被主选中作"新娘"、"佳偶"或"恋人"和选中基督作儿子是同一件事。在这首诗的文学表述中,神接近少女犹如一个焦灼不安的爱人,犹如罗曼司中一位因爱得太深而不敢主动求爱的骑士,自伊甸园的堕落起等待了四千年之久,终于等到了意中人默许他接近的时刻。接下来三节诗中,诗人一连三次强调"他"的到来是"犹如四月的露珠"般"静悄悄"(stylle)的,这份静默的温柔、无言的羞赧,适合于诗艺所借用的宫廷文学语境,也适宜于道成肉身这个核心事件所要求的绝对虔敬。这也是为什么我没有将诗题中的"syng"译成"歌唱"、"高唱"或"赞颂",而以分贝数更低的"吟唱"代替——实际上早期手稿研究的确认为该诗出自吟游诗人之手,虽然相应的乐谱未能保留下来。

正中的三节诗巧妙而不动声色地将"递进重复"(incremental repetition)这一常见于中世纪民谣(ballad)的修辞手法发挥到了极致。三节诗中贯穿着两条平行的空间轴,递进重复在两条轴上分别展开。沿着第一条"室内"之轴,求爱者与少女的物理距离越来越近,从第二节中的"身旁"到第三节中的"闺房",再到第四节中的"床上"——原诗字面谓"他母亲躺卧的地方"(þer his moder lay)。在此过程中,求爱者与少女的心理距离也越来越亲密,直到少女允许他来到自己的卧床,这卧床同时也是圣诞马厩的一个喻象:当少女下榻的地方从床变为马厩,神也已经从情郎变作了儿子,与她真正地共处一室,成为她日常生活中最亲密的存在——少女才真正变作母亲。

沿着第二条"室外"之轴,求爱者如四月的露珠(露珠是圣灵的象征,四月是天使加百列报喜的时节)先后落在"青草尖"、"花骨朵"和"嫩树枝"上,这些自然界中最寻常之物恰恰见证着最不可思议的奇迹。或许只有日复一日发生的事件才配得上称作奇迹,唯一的奇迹就是日常的奇迹,就如每日拂晓前无声出现于青草、花朵和树枝上的从不爽约的露水。青草(gras)当然是生命力的一般象征,一如全人类都将凭借少女之子重获新生;花朵(flour)当然象征处女的贞洁,它的反面至今仍以一个委婉却略显滑稽的动词形式保留在英语中("deflower");树枝(spray)自然会令中世纪读者想起耶稣的祖先、大卫的父亲耶西(Jessy)的"耶西之树":"从耶西的本必发一条/从他根生的枝子必结果实"(《以赛亚书》11:1)——从而也成为受难十字架的一个喻象。我们的匿名诗人不会不知道这套寻常的中世纪象征语汇,在这个孕育新生命的叙事语境中出现的三个递进的意象绝非随意而为。同时,它们又并不仅仅是寓意解经的对象:悄无声息降落在草尖、花瓣和枝头的露珠渲染出田园诗和牧歌的气氛,回应着"室内"那场同样安静的降落——那不是宙斯化作浮夸的金雨兜头浇下,可见地(如同在众多表现该主题的文艺复兴画作中)降落到少女达娜厄的胯间;更不是同一个好色的最高神化作天鹅,以诡计和暴力强行进入斯巴达王后丽达的股间——本诗中的上帝始终不变的标徽是"温柔"("静悄悄")。即使诗中的"露珠"不可避免地带有生殖暗示,他的化身和降落始终是以少女的默许为前提的,与异教神话中奥维德式的、基于权力不对等的"变形"(metamorphosis)毫无相似之处。亦是在同样甜美的温柔中,《我吟唱一位少女》用诗艺处理了神学的悖论:上帝如何既是配偶又是子嗣,神如何既主动又被动,少女如何既是爱人又是母亲,既保持童贞又怀孕生产。耶米利迪称这场"降落"为"救赎式性交"(redemptive intercourse, Jemiellity 54),但这种描述对这首安静的小诗而言还是过于刺耳了。

《新约》中,天使报喜或曰圣母领报被描述成一种"话语受孕",一种耳中的神显(《路加福音》1: 26-38);圣像画中,由于难以表现加百列和玛利亚之间的对话,倾向于把这个场景处理成玛利亚位于建筑物内部或封闭花园(hortus conclusus)的阴影中或读书或祈祷,而圣灵的最常见象征物鸽子飞到她耳畔低语,或停落在画面顶部射出一道或数道金光,金光落在玛利亚面前或进入她耳中。乔叟在《二十六字母藏头诗》(An ABC)第114—115行中则写道:"……圣灵把你寻到/当加百列的声音进入你的双耳"(... the Holy Gost thee soughte, /Whan Gabrielles vois cam to thyn ere)。《我吟唱一位少女》借其核心词"静悄悄"(stylle)亦绘制了这样一幅无声的报喜图:一切可被"他"或"她"说出的早已说出,能被"我"和芸芸读者"吟唱"的唯有露珠的静默。据考,玛利亚的拉丁文名字 Maria 的词源来自亚兰文中"淑女,静女"一词(Manning 12);而《新约》中另一位名唤玛利亚(Mary

Magdelene)、静静坐在基督脚边听道的女性确实与她忙乱而多话、"思虑烦扰"的姐姐马大(Martha)形成了鲜明对比(《路加福音》10∶38－42)。玛利亚是一位安静少女的完美名字,静观与她相宜,沉思与她相宜——沉思,这唯一与灵魂本性相宜的动作。你或许不需要借助宗教也知道,我们短暂的一生中,真正重要的一切都诞生于事与事、念头与念头之间空虚而寂静的深渊。

《我吟唱一位少女》的精湛还展现在对数理的灵活运用中。"五"是圣母的数字:她名字里的五个字母;她的五种喜悦或"五福"——圣母领报、耶稣诞生(Nativity)、耶稣复活(Resurrection)、耶稣升天(Ascention)和圣母升天(Assumption);中世纪释经传统中玛利亚所代表的"五花"——童贞之花(*flos virginitatis*)、正直之花(*flos pudoris*)、纯洁之花(*flos castitatis*)、优雅之花(*flos munditiae*)、谦卑之花(*flos pudicitiae*);为她所设的"圣母五节"——圣母无沾受孕节(12月8日)、圣母圣诞节(9月8日)、圣母领报节(4月7日)、圣母行洁净礼日(2月2日)和圣母升天节(8月15日)……不一而足。《我吟唱一位少女》不多不少共五节,每行诗的长短大致相当于半个五步抑扬格句(每句约五个音节),全诗没有一行超过五个单词。仿佛一朵美丽的五瓣小花,寻常却又独一无二,轻声细语却又斩钉截铁地吟出那同时是"母亲和少女"的、"除了她从未有一例"的名字:"这样一位淑女/才配当上帝的母亲。"

引用文献

Jeffery, David Lyle, ed. *A Dictionary of Biblical Tradition in English Literature*. Grand Rapids: Wm. B. Eerdmans Publishing Co., 1992.

Jemielity, Thomas. "'I Sing of a Maiden': God's Courting of Mary." *Concerning Poetry* 2 (1969): 53–71. Reprinted in Luria & Hoffman, pp.325–330.

Hirsh, John, ed. *Medieval Lyrics: Middle English Lyrics, Ballads and Carols*. Oxford: Blackwell Publishing, 2005.

Manning, Stephen. "I Syng of a Myden." *PMLA* 75 (1960): 8–12.

一本拉丁文时辰书中的"圣母领报"页,圣灵的金光正"落入"玛利亚耳中。约1490—1510年,法国

第七章

"颠倒的世界"主题

我有一个妹子

我有一个妹子,
远在大海彼岸,
她曾给我送来
许多爱的信物。[1]

她送给我樱桃,
不带一粒果核,
她还送来鸽子,
不带一点骨头。

她送给我野玫瑰[2]
不带一根花刺;
嘱我爱慕心上人[3]
不带一丝渴求。

可是怎么会有樱桃
不带一粒果核?
怎么会有鸽子
不带一点骨头?

怎么会有野玫瑰
不带一根花刺？
要怎么爱慕心上人
不带一丝渴求？

当樱桃还是樱桃花，
那时它没有果核；
当鸽子还是鸽子蛋，
那时它没有骨头。

当野玫瑰还是种子，[4]
那时它没有花刺；
当少女得到心中所愿，
那时她不再渴求。

I Haue a Yong Suster

(*IMEV* 1303. Davies no. 75, Duncan A no. 124, Hirsh no. 33, Luria & Hoffman no. 137, Robins no. 45)

I haue a yong suster,

Fer beyondyn the se,

Manye be the drowryis

That che sente me.

Che sente me the cherye,

Withoutyn ony stoon,

And so che ded the dowe,

Withoutyn ony boon.

Sche sente me the brer

Withouten any rynde;

Sche bad me loue my lemman,

Withoute longyng.

How shuld ony cherye

Ben withoute ston?

And how shuld ony dowe

Ben withoute bon?

How shulde any brer

Ben withoute rynde?

How shulde I loue myn lemman

Withoute longyng?

Whan the cherye was a flour,

Thanne hadde it non ston;

Whan the dowe was an ey,

Thanne hadde it non boon.

Whan the brere was onbred,

Thanne hadde it non rynd;

Whan the maydyn haght that she louit,

Che is withoute longinge.

注释

[1] 第3行：中古英语名词druerie（及其异形driwerie，druwerie，drurie，drowrye等）首要义项是广义上的"爱情"，可以是男女之爱或两性间的调情，也可以是人对上帝的爱，甚至是人对物体的眷恋；其次它可以指被爱慕的对象，通常是人，也即一般意义上的"情人"（paramour），在宗教语境中可以指基督或圣母。本诗中的"爱的信物"（love-token）则是它不那么常见的一个义项，也可引申指任何高价之物。注意不要混淆drowrye与现代英语dowry（"彩礼，嫁妆"）一词。

[2] 第9行：brer(e)指荆棘或石楠，泛指任何长刺的灌木，包括野玫瑰/犬蔷薇（dog rose）等；词组breres and thorne可用来譬喻障碍和逆境。

[3] 第11行：lemman（及其异形leman，lemmon等）的第一义项指世俗意义上的男女恋人（其中的任意一方，不限性别），第二义项指精神上的"被爱者"，比如以圣母为首的基督的新娘，或者《雅歌》中的基督（新郎）本人。

[4] 第25行：onbred及其异形unbred为动词breden（孕育，伸展，生长）的过去分词，此处特指植物"尚未出生"（unborn），即尚处于种子形态。

解读

这是一首迷人且令许多研究者迷惑的爱情诗,同样保存在大英图书馆斯洛恩手稿中(British Library, MS Sloane 2593, fol. 11 - 11v)。把它归入情诗与其说是出于准确不如说是为了方便:《我有一个妹子》(*I Haue a Yong Suster*)同样能被可信地(经过彼此迥异的阐释后)归入圣母颂、谜语诗或者摇篮曲/童谣。作为诗题人物以及全诗致意对象(addressee)的"妹子"(yong suster)的身份对理解该诗至关重要,这个称呼很容易让我们想起《旧约》之《雅歌》中新郎对新娘说的情话:

我妹子,我新妇,/你的爱情何其美!/你的爱情比酒更美,/你膏油的香气胜过一切香品。/我新妇,你的嘴唇滴蜜,/好像蜂房滴蜜;/你的舌下有蜜有奶。/你衣服的香气如黎巴嫩的香气。/我妹子,我新妇/乃是关锁的园,/禁闭的井,封闭的泉源。/你园内所种的结了石榴/有佳美的果子……你是园中的泉,活水的井/从黎巴嫩流下来的溪水"(《雅歌》4:9-15)。

早期教父对《雅歌》(即《歌中之歌》或《所罗门之歌》)中的这段对话有着众说纷纭的阐释,其中最流行的几种见解,一是将之看作基督与教会之间的联姻,二是看作个体灵魂与创世主之间的联姻,三是将基督的佳偶看作圣母本人(McLean 121 - 123)。在第一和第三种阐释中,叙述者"我"即基督本人,而按照最后一种也即中世纪后期最为广为流传的看法,"歌中的雅歌"就是基督和圣母之间的对话,使得《雅歌》本身的文本如同一首早期的圣母颂歌。若我们同样把《我有一个妹子》中的"妹子"理解成作为基督新娘和佳偶的玛利亚(关于玛利亚如何既是母亲又是新娘,参见本书对《我吟唱一位少女》一诗的解读),这首诗就成了一种俗语写就的"小《雅歌》",只不过我们不再能听见《雅歌》中新娘新郎之间的一唱一和——"妹子"的声音缺席,让位于"我"单方面的倾诉。

诗中"妹子"赠与"我"的"爱情信物"(drowryis)几乎都在《雅歌》中反复出现过。《雅歌》中的妹子被比喻成鸽子:"我的鸽子啊,你在磐石穴中,/在陡岩的隐秘处"(《雅歌》2:14);"你的眼在帕子内好像鸽子眼"(《雅歌》4:1);"我的妹子,我的佳偶,/我的鸽子,我的完全人"(《雅歌》5:2)。同时她自称贫瘠沙漠中盛开的玫瑰——"我是沙仑的玫瑰花/是谷中的百合花"(《雅歌》2:1),并紧接着被新郎称作荆棘百合——"我的佳偶在女子中,/好像百合花在荆棘内"(《雅歌》2:2)——《我有一个妹子》中的"brer"一词除"野玫瑰"外,亦可泛指任何带刺的开花植物。

《雅歌》中虽然不曾明文出现妹子的第三件礼物"樱桃",却有足够近似的果实反复登场:同样带核且浑圆小巧的石榴("你园内所种的结了石榴",《雅歌》4:13;"你的两太阳在帕子内/如同一块石榴",《雅歌》4:3及6:7)和葡萄("他们使我看守葡萄园;/我自己的葡萄园却没有看守",《雅歌》1:6;"愿你的两乳好像葡萄累累下坠",《雅歌》7:8)——在这些引文的语境中,石榴和葡萄都用来借代新妇的美。若我们将本诗理解成一首中古英语"小《雅歌》","妹子"(圣母)等于把自己作为/变成各种美好的爱情信物(鸽子、野玫瑰和樱桃),反复馈赠给"我"(基督);而有悖自然法则的"无骨的鸽子"、"无刺的玫瑰"、"无核的樱桃"在基督的神恩中也绝非不可思议之事。此外,诗末"当少女得到心中所愿,/那时她不再渴求"也与《雅歌》中爱人间彼此呼唤的基调十分相似;并且诗中两次出现的、表示少女嘱"我"去爱的"心上人"的 lemman 一词,正是中古英语中表示《雅歌》中新郎(基督)或新娘(圣母)中任意一方的名词(见注释[3])。

我必须承认,这种解读的缺点也显而易见:它不能给出作为信物的樱桃必须无核、鸽子必须无骨、玫瑰必须无刺的合理必要性,至少在本诗与《雅歌》对参的平行语境中不能——除非是调动整部《圣经》并借助连篇累牍的寓意解经法,而这就违背了我们仅调动必要的背景知识、将诗歌当作诗歌来读的批评初衷。不妨来看第二种可能性:将《我有一个妹子》当作一首典型的中世纪谜语诗来读。谜语诗在古英语文学中有大量优秀的范本,并往往和医药、博物、宗教、日常生活背景结合,指向一个无论花费多少脑力,最终必然可以猜出的谜底——古英语谜语诗的作者暨制谜者很少在设计谜面时不知道谜底。到了中古英语中,那些被归入谜语诗的诗作有时有明确的谜面—谜底机制,诱导读者从状物描述中猜测谜面所指向的"是什么(物体/人物等)"(比如本书所收录的《我有一只好公鸡》一诗),如同我国古代民间猜物游戏"射覆"("于覆器之下而置诸物,令闇射之,故云射覆",颜师古注《汉书·东方朔传》)。更多的中古英语范例却没有显著的谜面—谜底机制,而更接近寓言诗,读者只能根据有限的文本表述(通常含有广为人知的象征符号)去揣度文本背后的可能事件及其原因，即："发生了什么？"或"为什么要这样表述？"比如下面这首关于叙事者与一朵玫瑰花共度良宵的短诗：

整夜在玫瑰边

整夜在玫瑰边，玫瑰
我整夜躺在玫瑰边；
我不敢偷走这朵玫瑰，
但我摘下了这朵花。

(Luria & Hoffman 17)

这首诗中的情色意象十分明显，并且考虑到《玫瑰传奇》(*Roman de la Rose*)及其中古英语译本(其中之一出自乔叟之手)在中世纪后期英国的盛行，我们几乎可以断言，《整夜在玫瑰边》的成年读者不会对其中的性隐射感到陌生，而该诗歌的核心意象也在现代英语"deflower"一词中保留下来。《我有一个妹子》则不同。如果说《我有一个妹子》的匿名诗人写作时心中有明确的谜底(事实未必如此)，那么他/她给我们留下的唯一确凿的文本线索就是："我"收到的信物无一不是有悖普通认知经验的"反自然之物"。要知道，这类反自然之物在中世纪拉丁语和俗语文学中可谓层出不穷，甚至构成一个事事违背常理的"颠倒的世界"，比如《布兰诗歌》(*Carmina Burana*)中说话的牛群、在车后拉车的公牛、对换位置的柱头和柱基，或克雷蒂安·

德·特洛瓦（Chrétien de Troyes）在《骑士克利杰》（*Cligès*）中描写的追猎狗的兔子、捕猎海獭的鱼、追杀狼的羊等（Curtius 97）。有时，这样一个充满颠倒事物的世界被称作"可卡涅"（Cockaigne），更多时候它并没有名字，然而整个中世纪最为密集地充斥着这些反常之物的地方要数各种彩绘手抄本留白处的页缘画（*marginalia*）了——埃柯（Umberto Eco）在《玫瑰的名字》（*Il noma della rosa*）中借（以博尔赫斯为原型的）盲图书馆长佐治之口，为我们提供了一段最生动的描绘：

"啊，是的，"那老者嘲弄地说，却未露出笑容，"任何影像都可激发美德，只要是创造的杰作变成了笑柄。上帝的话语也被画成驴子弹竖琴，猫头鹰用盾牌犁田，牛自己套上轭去耕作，河流由下游往上游流，海洋着了火，野狼变成了隐士！带着牛去猎野兔，叫猫头鹰教你文法，让狗去咬跳蚤，独眼的防卫哑巴，哑巴讨饭，蚂蚁生小牛，烤鸡飞上天，屋顶长蛋糕，鹦鹉上修辞课，母鸡使公鸡受胎，牛车拉着牛走，狗睡在床上，所有的动物都头着地脚悬空地行走！这些胡言乱语的目的是什么？和上帝所创造的完全相反的世界，却借口要教导神圣的概念！"

（埃柯 2001，68）

我认为埃柯这段文字几乎是对制作于14世纪英国的《拉特鲁诗篇集》（*Luttrell Psalter*，现藏大英图书馆，British Library，Additional MS 42130）中那些美妙绝伦却又荒诞不经的页缘画的文字写真——

"颠倒的世界",《拉特鲁诗篇集》页缘画之一。14世纪英国

《玫瑰的名字》中绘制被"老者"抨击为亵神的手抄本的绘经师阿德尔莫恰恰是在英国接受了手艺训练(引文中对话发生时他已惨遭杀害)。当然,这并不意味着"反常之物"是英国手抄本的特产,只是那些颠倒自然法则的生物在《拉特鲁诗篇集》的页边、在该抄本赞助人乔弗里·拉特鲁(Geoffery Luttrell)所委托的绘经师的生花妙笔下是如此栩栩如生,你几乎要以为这才是万事万物的正常情态。《我有一个妹子》中无核的樱桃、无骨的鸽子和无刺的玫瑰很容易就可以在无数与《拉特鲁诗篇集》趣味相似的中世纪抄本中找到一席之地。

或许也像部分学者对那些页缘画的看法一样,《我有一个妹子》中这一系列谜面可以仅仅为其审美价值而存在,主要的旨趣在于提供诗艺和修辞上的愉悦。或者它们可被看作上文提及的"可卡涅"王国中——中世纪文学中充斥着描绘"可卡涅"王国中颠倒之物事的饮酒歌和故事讽喻诗(fabliau),我们可以统称之为"可卡涅文学"(Eco 2013, Chap.10)——可口又唾手即得(往往会自动飞到老饕们嘴边)的动物和植物,无需去骨去核去刺的麻烦就可以被享受,暗中讽刺如"可卡涅"王国好吃懒做的居民般希望不劳而获的"我",这首谜语诗因此也变成了一首自嘲诗。樱桃还是樱桃花时可以无核,鸽子还是鸽子蛋时可以无骨,玫瑰还是种子时可以无刺,少女心满意足时可以无渴求——但那样的话,"我"得到的也就不再是樱桃、鸽子、玫瑰和一个思恋成疾的爱人。依照这种自嘲式的解读,在诗中所表现的单方面的"爱情信物"传递仪式的结尾,"我"实际上一无所获,两手空空,整首诗成为了一种内省式文本。

你或许也已经看出我的窘迫:上文尝试提出的任何一种阐释都无法顾全这首诗前半部分"谜面"及其后半部分给出的(极可能是虚假的)"谜底"的每一个细节。我们享受在迷宫中跟随阿里阿德涅的线团探险,最后却惊恐地发现迷宫深处空空如也,没有米诺牛,连一个标记"中心"的地标都没有。好在诗歌的迷宫从来不会杀人,却向每一个心甘情愿迷失其中,且迷失得足够深的人保证了一个个看得见风景的房间:我为这首诗提出的最后一种解读可能,是将它看作一首朗朗上口、音大于义、"鹅妈妈"式的"废话诗"(nonsense poem)来读。是的,就是17世纪起英国儿童的睡前噩梦或糖丸《鹅妈妈童谣》(*Old Mother Goose' Rhymes*)、爱德华·李尔《胡诌诗集》(*Book of Nonsense*)、刘易斯·卡罗尔《胡言乱语》(*Jabberwocky*)及其两本"爱丽丝之书"中类似的短诗……以及众多其他英语文学作品所包含的那种迷人又危险,让人莫名其妙却又欲罢不能的"无稽"(nonsensesical)元素。它们并非儿童文学的特权,且永远读起来言浅意深。不妨再举一个《冰与火之歌》中的例子,斯坦尼斯·拜拉席恩患有灰鳞病而被隔绝的女儿希琳公主经常独自哼唱的那首歌谣《大海深处,夏日永驻》(*It's Always Summer under the Sea*):

> 大海深处,夏日永驻
> 我知道,我知道,噢噢噢
> 鸟儿有鳞,鱼儿插翅
> 我知道,我知道,噢噢噢
> 雨是干的,雪花上飘
> 我知道,我知道,噢噢噢
> 石头开裂,泉水焚烧
> 影子前来跳舞,我的爵爷
> 影子前来嬉戏
> 影子前来跳舞,我的爵爷
> 影子已来此地长住……

引用文献

Curtius, Ernst Robert. *European Literature and the Latin Middle Ages*. Trans. Willard R. Trask. Princeton: Princeton University Press, 1991.

Eco, Umberto. *The Book of Legendary Lands*. Trans. Alastair McEwen. London: MacLehose Press, 2013.

Luria, Maxwell and Richard Hoffman, eds. *Middle English Lyrics*. New York: W.W. Norton & Company, 1974.

McLean, Teresa. *Medieval English Gardens*. New York: Dover Publications, 2014.

[意]安伯托·埃柯著:《玫瑰的名字》,谢瑶玲译,张大春导读,北京:作家出版社,2001年。

第八章

"风"形象的嬗变

西风啊,你何时吹拂

西风啊,你何时吹拂
让细雨轻降?[1]
基督啊,唯愿吾爱在我怀中[2]
而我能重回卧床!

Westron Wynde, When Wyll Thow Blow

(Davies no. 181, Duncan B no. 105, Hirsh no. 37)

Westron wynde, when wyll thow blow

The smalle rayne downe can rayne?

Cryst yf my love were in my armys,

And I yn my bed agayne!

注释

[1] 第2行：学界一般将此句与上句的关系理解成目的状语（when will you blow so that small rain can rain down），也有个别语文学者认为此处的 can 是北部方言中 gan 的变体，而 gan 为助动词 ginnen 的过去式，因而本句当解作"细雨确实落下"（the small rain did rain down）。笔者认为无论是誊抄证据还是上下文语境都不足以支持这一看法，故仍处理成目的从句。中古英语形容词 smal（及其异形 smale, smalle 等）在常用语境中既可解释为"（尺寸）小，（数量）少"（与现代英语 small 大致相近），又作"尖的,狭窄的"，如在 small biforen（尖头的）中，故亦有少数学者将本行中的 smalle rayne 解作"刺痛皮肤的/噬人的雨"（Hirsh 115）。此处为兼顾两义项计，综合对全诗的理解，处理为"细雨"。

[2] 第3行：此处使用了表示祈愿的虚拟语气。

解读

　　这首名为《西风啊,你何时吹拂》(*Westron Wynde, When Wyll Thow Blow*)的小诗及其乐谱被保存在一本16世纪上半叶的都铎时期歌曲集中(British Library, MS Royal Appendix 58, fol. 5),实际成文时间无定论,大致要比手稿年代早一个多世纪,词形已经十分接近早期现代英语。该歌曲集手稿中还收录大量来自亨利八世时期宫廷和民间的歌谣、宗教音乐、弦乐和键盘乐作品,其中一些出自宫廷职业乐师之手,但唯独《西风》凭借其朗朗上口的歌词和优美的旋律,在口头传唱中广泛传播,至今仍有作曲家不断对其进行改编。在文艺复兴时期则有不少优秀音乐家用《西风》的旋律作为大型弥撒曲的基调,其中包括约翰·塔弗纳(John Taverner)、克里斯托弗·泰(Christopher Tye)和约翰·舍帕德(John Shepapard),《西风》因此成为英国最早被谱入弥撒音乐的世俗主题歌曲。

　　研究者经常认为此诗前两句与后两句的语气和逻辑有颇多矛盾之处,比如前两句看似表达"我"希望西风吹拂的祈愿,后两句却透露出"我"从风雨逃离的渴望等。第二行中"细雨"或"噬人的雨"的象征意义也众说纷纭(见注释[1]),有人将它看作使万物回春的青春之泉,有的看作滋润枯干心灵的爱情之雨,甚至看作对死去爱人的悼念及对死后重聚的期盼(雨水重新滋润大地是复活的象征),宗教维度的解读则将细雨看成洗礼之水或是基督复活的符号。笔者认为这首诗的情感力量无须借助宗教隐喻就已被有效地传递,并且作为一首情诗,它表达的情感虽然是俗世的,却真挚动人,且全诗逻辑并无矛盾之处。对这首诗的赏析离不开对它的中心意象"西风"的理解,下面,我们简单梳理一下"西风"在欧洲古典时期至现代诗歌史上的演变。

希腊神话中的西风之神是仄费洛斯(Zephyrus, Ζέφυρος),有鉴于地中海乃至欧洲大部分地区的气候情况,早从古典时期起,相较于北风波利阿斯(Boreas)、南风诺图斯(Notus)、东风优洛斯(Eurus),西风一直在文学中被表现为最柔和宜人的风,作为彩虹女神伊丽丝(Iris)的配偶,宣告着春日和晴天的来临,并与爱欲之神爱若斯(Eros)紧密相连。人格化的西风大量出现在荷马、赫西俄德、柏拉图等人的作品中,其中最有名的故事是关于西风与阿波罗争夺美少年海阿辛斯(Hyacinth)爱情的悲剧:海阿辛斯选择了阿波罗,深爱海阿辛斯的西风出于嫉妒,在一场掷铁饼游戏中将铁饼吹离路线,砸死了海阿辛斯;心碎的阿波罗从爱人的鲜血中变出了与爱人同名的风信子花——根据该故事最详尽动人的版本,即奥维德在《变形记》中的拉丁文转述,阿波罗的叹息在花瓣上留下了永恒可见的痕迹,而西风则受到爱若斯的袒护得以脱罪,因为他的罪行是出于爱欲而犯下的。从此西风便终身效忠爱若斯,比如在阿普列乌斯(Apuleius)的《金驴记》(*The Golden Ass*)中,将爱若斯(丘比特)的心上人普赛克(Psyche)带去爱神身边的正是仄费洛斯。

换言之,早在古希腊罗马文学传统中,"西风"就已是春日与爱情的化身,虽然有时带着不祥的预兆。古罗马诗歌中往往保留西风的希腊名字"仄费洛斯",比如维吉尔《田园诗》(*Bucolica*)中的一首牧歌:"……或去到随西风轻颤的树荫下/或拾步追寻岩洞。看,山葡萄/已用最初的几串果实点缀岩穴"(... sive sub incertas Zephyrus motantibus umbras, /Sive antro potius succedimus. Aspice, ut antrum/Silvestris raris sparsit labrusca racemis)。晚期拉丁文诗歌中的例子可举拜占庭诗人提贝里阿努斯(Tiberianus):"这儿河流的呢喃与树叶的窸窣相配/宛如仄费洛斯用轻灵的音乐为它们谱曲"(Curtius 197)。当然,仄费洛斯和绝大多数希腊神祇一样,在罗马万神殿中有其对等者,罗马西风名唤"法维尼乌斯"(Favonius,"庇佑的,偏爱的"),除了继承自希腊传统的春之风与爱之风的角色,法维尼乌斯还多了草木花卉的守护者这重身份。譬如贺拉斯在一首颂诗中写道:"你为何哭泣,阿斯特里?春天伊始/明媚的法维尼乌斯就会把伊人归还给你"(quid fles, Asterie, quem tibi candidi/primo restituent vere Favonii? *Odes*. III. 7)在所有这些拉丁文例诗中,西风的形象总体都是正面的、带来生机的、温暖轻柔的地中海地区的拂面和风。

这一点到了中世纪英国文学中并无明显改变,即使英格兰的高纬度的气候与希腊罗马相去甚多,西风仄费洛斯依然是春日和风细雨的代言人。最著名的例子当数"英国文学之父"乔叟在《坎特伯雷故事集》之《序诗》(*General Prologue*)开篇的描述了:

当四月以它甜蜜的骤雨

将三月的旱燥润湿入骨,

用汁液洗濯每一株草茎

凭这股力量把花朵催生;

当西风(Zephyrus)也用他馥郁的呼吸

把生机吹入每一片林地

和原野上的嫩芽,年轻的太阳

已走过白羊座一半的旅程……(《序诗》1—8 行,拙译)[1]

在乔叟这里,西风继续被强化为四月之风,白羊宫之风,春分之风,带来雨水润泽万物之风。当我们在汉语中读到"云想衣裳花想容,春风拂槛露华浓"、"惟春风最相惜,殷勤更向手中吹"、"春风先发苑中梅,樱杏桃梨次第开"中独自登场、只手为天地易容的春风;或者"沾衣欲湿杏花雨,吹面不寒杨柳风"、"细雨鱼儿出,微风燕子斜"、"一犁足春雨,一丝摇晴风"、"青箬笠,绿蓑衣,斜风细雨不须归"中伴雨随行的春风;乃至"天街小雨润如酥,草色遥看近却无"、"小楼一夜听春雨,深巷明朝卖杏花"中仅被暗示在场的春风,我们应当记得,这春风正是乔叟的西风,维吉尔和贺拉斯的西风,西方近代以前诗歌中的仄费洛斯或法维尼乌斯、作为春日化身的西风,而绝不是中文语境下"古道西风瘦马"、"昨夜西风凋碧树,独上高楼,望尽天涯路"、"菡萏香销翠叶残,西风愁起绿波间"、"帘卷西风,人比黄花瘦"中的"西风"——汉语诗歌中愁云惨淡的西风实乃"秋风",这是由古代中原的地理气候环境决定的,正如我们的春风实乃"东风":"东风夜放花千树"、"春城无处不飞花,寒食东风御柳斜"、"等闲识得东风面,万紫千

---

[1] 本书中对乔叟作品的引用均出自第三版《河滨本乔叟》(Larry D. Benson, ed. *The Riverside Chaucer*, 3rd edition. Oxford: Oxford University Press, 2008)并由作者从中古英语译入中文,下文仅列出篇目名称、作品章节数和行数,不再赘述。

红总是春"。

在远隔重洋的英格兰,大约在乔叟之后一两个世纪,《西风啊,你何时吹拂》中潜在能够满足"我"的心愿而降下"细雨"的西风,依然是荷马—维吉尔—乔叟的春分之风。直到又过了一个多世纪,文艺复兴时期英国诗歌中的"西风"开始具有了一些更复杂的特质:依然是温柔的和风,却开始孕育和暗示着更危险和暴力的事物。比如莎士比亚《辛白林》第四幕第二场:"神圣的造化女神啊!你在这两个王子的身上多么神奇地表现了你自己!他们是像微风(Zephyrus)一般温柔,在紫罗兰花下轻轻拂过,不敢惊动那芬芳的花瓣;可是他们高贵的血液受到激怒以后,就会像最粗暴的狂风一般凶猛,他们的威力可以拔起岭上的松柏,使它向山谷弯腰"(朱生豪译)——朱译甚至将"西风"直接处理成了"微风",但剧中此句以及上下文的重点不在西风的温柔和花瓣的安静,却在紧随其而来的暴力场,西风隐隐具有了担任山雨欲来之先驱的潜在身份。到了浪漫主义诗歌中,这一潜能全面真实化,西风开始大面积摆脱古典—中世纪时期明媚和煦的形象,成为了往来于生命与死亡、秋冬与春夏之间自由不羁且不可控制的雄浑之力,西风同时成了绝望与希望之风。再也没有比雪莱的《西风颂》(*Ode to the West Wind*)更为生动的例子了:

哦,犷野的西风,秋之实体的气息!
由于你无形无影的出现,万木萧疏,
似鬼魅逃避驱魔巫师,蔫黄,魆黑,
苍白,潮红,疫疠摧残的落叶无数

……
从那茫茫地平线阴暗的边缘
直到苍穹的绝顶,到处散布着
迫近的暴风雨飘摇翻腾的发卷。
你啊,垂死残年的挽歌,四合的夜幕
在你聚集的全部水汽威力的支撑下,
将构成他那庞大墓穴的拱形顶部。
从你那雄浑磅礴的氛围,将迸发
黑色的雨、火、冰雹;哦,听啊!
……
悲怆却又甘冽。但愿你勇猛的精灵
竟是我的魂魄,我能成为剽悍的你!
请把我枯萎的思绪播送宇宙,
就象你驱遣落叶催促新的生命
……
让预言的号角奏鸣! 哦,风啊,
如果冬天来了,春天还会远吗?(江枫 译)

雪莱在诗中自比西风("象你一样,骄傲,不驯,而且敏捷"),而西风也拥有了调和两个极端、同时作为毁灭者和催生者的双重身份,成了最高浪漫主义精神的一种象征。再也不见田园牧歌中的仄费洛斯和法维尼乌斯,雪莱的西风正是我们如今在英语诗歌中最熟悉的西风形象。短短三四百年间英国的气候或地貌发生了什么变化? 只有气象专家能给我们专业回答。但我们当然需要谨记,文学不是气象学的镜子,文学形象的嬗变不是地理学的注脚。自然现实与文学现实之间的断层,两者之间的幽暗罅隙间,有时躺着最接近诗歌真实的事物。

回到《西风啊,你何时吹拂》(写于西风形象从古典—中世纪向文艺复兴—近现代嬗变的时代)——为何带来丰沛雨水的西风不能在恋爱的人心中唤起归家并拥抱爱人的渴望?换言之,就算"我"渴望逃离风雨,但在"我"的祈愿中,只要能和爱人一起躺在安全的床上,再大的风雨都不足惧,甚至是令人渴望的,为何这就成了少数评论家所谓的不合逻辑?我想任何爱过,乃至只是在大雨中飞奔回家,终于隔着温暖的室内窗口遥望室外雨景的人,都多少能体会这首小诗中蕴含的巨大情感力量。而在现代英语诗歌中,与《西风啊,你何时吹拂》在移情作用上最为接近的一首诗,我认为出自女诗人、"隐士"艾米莉·迪金森之手:

风雨之夜(Wild Nights)

风雨之夜—风雨之夜!
若我能和你在一起
风雨之夜应是
你我的奢侈!

徒劳—那狂风—
于一颗泊在港湾的心—

再也无需罗盘——
再也无需航海图!

在伊甸园里荡桨——
啊,海洋!
但愿我能停泊——今夜——
在你臂弯中!(拙译)

何妨就将迪金森诗中未被命名的风看作"西风"?

《西风啊,你何时吹拂》原手稿(带乐谱)影印件

引用文献

Benson, Larry D., ed. *The Riverside Chaucer*, 3rd edition. Oxford: Oxford University Press, 2008.

Curtius, Ernst Robert. *European Literature and the Latin Middle Ages*. Trans. Willard R. Trask. Princeton: Princeton University Press, 1991.

Dickinson, Emily. *The Manuscript Books of Emily Dickinson*. Ed. R. W. Franklin. Cambridge & London: Belknap Press of Harvard University Press, 1981.

Hirsh, John, ed. *Medieval Lyrics: Middle English Lyrics, Ballads and Carols*. Oxford: Blackwell Publishing, 2005.

Horace. *Odes and Epodes* (Loeb Classical Library 33). Ed. and trans. Niall Rudd. Cambridge, MA: Harvard University Press, 2004.

Ovid. *Metamorphoses*. Trans. A. D. Melville. Oxford: Oxford University Press, 2008.

［英］莎士比亚著:《辛白林》,朱生豪译,昆明：云南人民出版社,2009年。

［英］雪莱著:《雪莱诗歌精选》,江枫译,太原：北岳文艺出版社,2010年。

第九章

色情诗与猜物诗传统

我有一只好公鸡

我有一只好公鸡,[1]
每天唤我起;
他早早把我叫醒,
好去做晨祷。

我有一只好公鸡,
他出身高贵;
鸡冠珊瑚般血红,
尾巴玉般黑。

我有一只好公鸡,
他血统纯正;[2]
鸡冠珊瑚般血红,
尾巴是靛蓝。

他的腿儿碧蓝色,
优雅又苗条;
他的鸡距银白色,[3]
白到跖骨根。

他的眼睛如水晶,
锁在琥珀中央;[4]
每夜他都栖息在
我女士的闺房。

I Haue a Gentil Cok

(*IMEV* 1299. Davies no. 64, Duncan A no. 122, Hirsh no. 39, Luria & Hoffman no. 77, Robbins no. 46)

I haue a gentil cok,

Crowyt me day;

He doþ me rysyn erly,

My matyins for to say.

I haue a gentil cok,

Comyn he is of gret;

His comb is of reed corel,

His tayil is of get.

I haue a gentyl cok,

Comyn he is of kynde;

His comb is of red corel,

His tayl is of inde.

His legges ben of asor,

So gentil and so smale;

His spores arn of syluer qwyt,

Into the worte wale.

His eynyn arn of cristal,

Lokyn al in aumbyr;

And euery nyght he perchit hym

In myn ladyis chaumbyr.

注释

[1] 第 1 行：中古英语形容词 gentil 来自拉丁文 gentilis 和古法语 gentil/jentil，就社会阶层来说，指一个人出身体面，受过良好教育，现代英语名词 gentry（贵族阶层，上等人）最好地继承了该义项；就性格和举止而言，指一个人品性善良，慷慨高贵，为人体面，行为优雅（尤其指符合基督教语境下的骑士精神），现代英语名词 gentleman（未必出身贵族，而主要由其品格决定的"绅士"）最好地继承了该义项；也可以指外表美丽潇洒，讲求派头（与品行无涉），可被用于讽刺语境中。现代英语中与 gentil 对应的形容词 gentle，其常用义项（温柔，轻缓等）反而在中古英语中并不常见。此处综合 gentil 的多重含义，结合全诗的性隐喻，权且将"gentil cok"处理成"好公鸡"。

[2] 第 10 行：名词 kynde 即 kind，在中古英语中最常见的义项是"自然"（nature）、"血统、种姓"（blood）乃至"亲属、亲戚关系"（kin, kindred），而不是现代英语中的"类型、种类"（type）。此处取其"血统"义项。

[3] 第 15 行：spore 指公鸡后爪距骨上生出的鸡距（spur），虽然公鸡和母鸡都可能长有鸡距，但公鸡的鸡距一般更大更显著，雄性禽类的距一般都长在后脚上，用于划分领地和交配时刺激雌性。此句中银白色的鸡距除了内在的性暗示外，也与骑马人脚后跟的马刺（spur）构成双关，含蓄地将公鸡比作了一名（潜在有能力向女

士求爱的)骑士。

[4] 第18行：中古英语"锁住,安置"(loken)和"观看"(loken)两个动词的现在时词形相同,由于中古英语誊抄中拼写不规则是常态,句中的 lokyn 既可能是动词"锁"(lock)的某个过去分词形式,也可能是动词"看"(look)的现在分词形式。基于语境以及本句中"in aumbyr"的表述,我们认为"锁"在这里是更贴切的义项。当然,也不排除此处是诗人有意为之的词语游戏。

中世纪动物寓言集手稿中的"好公鸡"。
Huntington Library, HM 27523, fol. 134r

解读

《我有一只好公鸡》(*I Haue a Gentil Cok*)收录于大英图书馆斯洛恩手稿中(British Library, MS Sloane 2593, fol. 10v),一些学者将它归入色情诗,一些则将它归入谜语诗。当然它两者都是,全诗对双关(double-entendre)的熟练运用使得"天真的"解读和"经验的"解读可以并行不悖,独立于彼此而各自有效地成立。

《我有一只好公鸡》或许是最多地继承了古英语"猜物"谜语诗传统的中古英语抒情诗之一,我们不妨追本溯源,简单回顾一下作为文类(genre)的"谜语诗"在古英语中的演化。古英语(盎格鲁—撒克逊)谜语诗传统主要建立在对拉丁文谜语诗(*aenigmata*)的模仿上——起先是通过盎格鲁—撒克逊时期的舍伯恩主教(Bishop of Sherborne)暨马尔梅斯勃利修道院院长艾德海姆(Aldhelm)的 8 世纪著作《论诗律》(*De Metris*)的影响。艾德海姆模仿拉丁诗人辛福西乌斯(Symphosius)的 4 或 5 世纪作品《谜语集》(*Aenigmata*)中的三行诗体,结合盎格鲁—撒克逊时期英格兰的实际风土人情,在《论诗律》中用拉丁文写了一百首谜语诗——不是为了挑战读者的智力(每首诗前都给出了谜底),而是为了演示拉丁文六音步诗律;他也用古英语写了不少谜语诗,可惜全部没有留存下来(Bradley 367)。

随后的两三个世纪中,艾德海姆有了不少用俗语(古英语)写作的模仿者,这些古英语谜语诗相较于拉丁文谜语诗而言更加风趣活泼、细节丰富(长度也更甚)、朗朗上口,以至于发展成了盎格鲁—撒克逊文学传统中一道绮丽的风景,一扇管窥盎格鲁—撒克逊社会、经济、文化、智识结构的大门。仅在编纂于公元10世纪的《埃克赛特手稿》(*Exeter Book*)中就收录了不下90首古英语谜语诗:它们的谜底包罗万象,从自然界(冰山、风暴、太阳)、动植物(獾、鱼、洋葱)、日用品(钥匙、犁、敞口杯),到兵器(剑、盾、锁子甲)和宗教用品(圣餐杯、十字架、福音书);谜面则活用双关、比喻、拟声(prospopoeia)等修辞手法,有些以精致的头韵写成,有些辅以诙谐或自嘲的语调,甚至在结尾处直接掷出一个挑战式的邀请:"猜猜我是谁/猜猜这是什么?"绝大多数古英语"猜物诗"指向一个明确而唯一的答案,比如《埃克赛特手稿》中的第5首谜语:

> 我天生形单影只
> 被长矛击穿,被宝剑刺伤
> 厌倦了战场。我经常目睹战争
> 和战斗的勇士,我不期待慰藉
> 不指望谁帮我减轻重负
> 直到我在人群中粉身碎骨……(Marsden 312,拙译)

尽管这只是全诗的开头六行,读者诸君是不是已经猜到了答案("盾牌")?不少古英语猜物诗由谜底物件采取第一人称叙事,以人格化"拟声"的方式描述自己的生平,实实在在地用诗艺来讲述"万物有灵",产生了特殊的移情效果。到了中古英语时期,许多谜语诗失去了盎格鲁—撒克逊传统中确凿的"谜面—谜底"机制,语文学家和文学批评家们至今无法就它们的所指达成共识,它们成了"美丽而无由"的诗艺标本,其中最杰出的例子包括《少女躺在荒原中》和《我有一个妹子》(见本书第一部分第五章和第七章)。

不过,也有相当一部分中古英语谜语诗在绝大多数学者眼中已经"水落石出",并且对于其中世纪读者来说也是容易破译的。这部分谜语诗中,有一类的核心意象直接基于《圣经》经文传统——由于多数具有阅读能力的中世纪读者已在读经的过程中接触过大量寓言和隐喻式表达,对于《旧约》中《雅歌》、《诗篇》、《传道书》以及《新约》中四福音书、《使徒行传》、《启示录》内大量的文学修辞传统较为熟悉,他们在理解一些字面看似世俗题材,本质为圣母颂歌、基督受难诗或天主赞的中古英语谜语诗时,并不会遭遇太大的困难。比如以下这首收入牛津大学饱蠹楼"颂歌抄本"(Bodleian Library, MS Laud Misc. 210, fol. 1v)的神秘主义短诗《我寻找一位不会衰老的青年》:

> 我寻找一位不会衰老的青年,
> 我寻找一种不会死亡的生命,
> 我寻找没有忧惧的欢愉,
> 我寻找没有匮乏的富足,
> 我寻找没有纷争的狂喜,
> ——所以我这样度过我的一生。(Hirsh 19,拙译)

对于任何熟读圣经及教理问答内容的中世纪英国平信徒而言,上面这首诗的主旨十分明显:"效仿基督"(*Imitatio Christi*),努力像基督那样度过一生,如此便可得到第2至5行四个排比句中的一切("不会死亡的生命"、"没有忧惧的欢愉"、"没有匮乏的富足"、"没有纷争的狂喜")。并且,首句那位"不会衰老的青年"自然是基督本人。

另一类比较容易破译的中古英语谜语诗则直接源自上述古英语"猜物诗"传统,《我有一只好公鸡》就是其中出色的例子。比起它们的盎格鲁—撒克逊祖先,中古英语猜物诗有更扎实详尽的状物机制,这种运用大量比喻,从头到脚把描述对象"画"一遍的修辞手法有时被称作"外貌白描"(*effictio*),在近代意大利和英国以女性为赞颂对象的十四行诗(商籁)传统中依然十分流行(比如彼特拉克《歌集》中献给劳拉的商籁、但丁《新生》中献给碧雅特丽齐的商籁、莎士比亚献给"黑夫人"的"反商籁"系列等)。乔叟在《坎特伯雷故事集》之《修女院教士的故事》(*The Nun's Priest's Tale*)中对骄傲的公鸡尚蒂克利尔(Chanticleer)的外貌描述也使用了类似的手法:

> 他的鸡冠红过上好的珊瑚,
> 上面的锯齿像城堡雉堞;
> 他乌黑的喙如墨玉般闪亮;
> 双腿和脚趾碧蓝似天空;
> 他的爪子比百合花更洁白,
> 周身羽毛如纯金般焦黄。
> 这只好公鸡(gentil cok)……(VII 2859-66,拙译)

《我有一只好公鸡》写作年代比乔叟约晚一个世纪(虽然早于15

世纪中叶——"斯洛恩手稿"的誊抄年代),诗中和乔叟一样称公鸡为"gentil cok",且考虑到乔叟的《坎特伯雷故事集》是中世纪英国头号畅销书(光手抄本就有 100 多个留存至今),《好公鸡》的匿名诗人是有可能借鉴乔叟对尚蒂克利尔的"外貌白描"的。然而,《好公鸡》在 5 节偶数行押尾韵的诗句中所做的远不止为一只神气活现的公鸡画肖像这么简单——全诗突出描写的公鸡的外貌体征无一不指向它与男性性器官的相似处:雄鸡血红的鸡冠、时而乌黑时而靛蓝的尾巴、水晶般的眼睛分别对应人类阳具的什么部位或状态,相信至少对于该诗的男性读者来说应当不会太陌生,更不用说银白色的"鸡距"(spore)意象中内含的性暗示(见注释[3])。并且"公鸡"(cock)一词在现代英语俚语中依然可以表示阳具。"我有一只好公鸡,/每天唤我起;/他早早把我叫醒(He doþ me rysyn erly),/好去做晨祷"——"晨勃"或"勃起/性唤起"(arousal)一词正是来自中古英语动词 rysyn(rise)。而"出身高贵"或"血统纯正"这些看似夸耀公鸡的表述同时是"我"对自己雄性气概或性能力的自夸,正如通篇"我"都用男性人称代词"他/他的"(he/his)而非通常指代动物所用的"它"(it)来称呼"好公鸡",仿佛"他"是一名忠诚可靠的随从、一个如影随形的小伙伴、一位值得炫耀的好朋友。

如果说《好公鸡》中的性双关直到第四节为止都还遮遮掩掩,欲说还休,那么到了末尾节的最后两行("每夜他都栖息在/我女士的闺房"),恐怕再"天真"的读者都很难再将它看作一首单纯的状物诗——"射覆"的时刻到了,谜底揭晓,"猜物"完成,游戏结束。只是作为"经验之诗"的《好公鸡》恰恰越过了诗题中"体面"(gentil,见注释[1])的边界,进入了近乎猥亵的领域。作为最忠实于拉丁文—古英语猜物诗传统的中古英语谜语诗之一,《我有一只好公鸡》句式活泼,语调诙谐,适宜于酒馆、男性好友聚会、乡村舞会等一切非正式社交场合,但恰恰不太可能出现在中世纪英国能称得上"gentil"的多数文本情境中,这或许是作者(一位修辞大师)在诗题"I Haue a Gentil Cok"中最高明的自嘲。

引用文献

Benson, Larry D., ed. *The Riverside Chaucer*, 3rd edition. Oxford: Oxford University Press, 2008.

Bradley, S. A. J., trans. and ed. *Anglo-Saxon Poetry*. London: Everyman's Library, 1995.

Luria, Maxwell and Richard Hoffman, eds. *Middle English Lyrics*. New York: W.W. Norton & Company, 1974.

Marsden, Richard, ed. *The Cambridge Old English Reader*. Cambridge: Cambridge University Press, 2004.

第十章

"故乡与别处"主题

我来自爱尔兰

我来自爱尔兰,
来自那片圣洁的
爱尔兰故土。[1]

好先生,恳请你,[2]
发发神圣的慈悲
来吧,和我一起跳舞
在爱尔兰。

Ich Am of Irlaunde

(Davies no. 31, Duncan A no. 117, Robbins no. 15, Hirsh no. 22, Luria & Hoffman no. 143)

Ich am of Irlaunde,

Ant of þe holy londe

Of Irlande.

Gode sire, preye Ich þe,

For of saynte charite

Come ant daunce wyt me

In Irlaunde.

注释

[1] 第1—3行：通常被看作这首短歌的副歌(burden)或叠(唱)句(refrain)。虽然"罗林森残篇"中并未保留相应乐谱，多数学者同意《我来自爱尔兰》是一首早期节日颂歌暨舞曲，适宜于舞会等社交场所(Hirsh 79)。

[2] 第4行："我"的呼告对象，也是潜在的舞伴"好先生"(gode sire)成为批评家们将此诗的叙事者乃至诗人断定为女性的文本依据(Burrow 18)。笔者认为，这种假定成立的前提是诗中描述的是一男一女之间的对舞，或至少是集体舞蹈之中需要男女对舞的部分，而上下文并无确凿证据说明这一点。假如我们在谈论的是著名的凯丽舞(céilidh)——多人参与的爱尔兰传统舞蹈，包括四对方、"树篱"、"圆圈"等列队方式，可自由组合成各种"对舞"、"组舞"和"步舞"等——或者其他非双人舞，那么一名男性叙事者招呼一位"好先生"加入舞蹈的人群也是完全可能的。

解读

从中世纪到当代,如果说英格兰是不列颠诸岛的中心,那么位于最西端的"爱尔兰"就是当仁不让的边地和"别处"。欧洲到此为止,大陆到此为止,再往西就是北大西洋无尽而凛冽的波涛。对古罗马历史学家和地图编绘者而言,这里是极寒之地,是世界尽头和冷酷仙境,是已知人类可踏足土地的终结。公元1世纪,塔西佗(Tacitus)在《阿格利科拉传》(*De vita et moribus Iulii Agricolae*)中称它为"海波尼亚"(Hibernia),拉丁文意为"冬境"。公元2世纪,托勒密在《地理学》中称之为"优薇尼亚"('Ιουερνία),希腊文词源可追溯到古盖尔语Īweriū("丰饶之地")。现代爱尔兰语中爱尔兰的名字"爱若"(Éire,"岛"或"西陆之岛")来自古盖尔语"爱露"——凯尔特古老的异教女神Ériu的名字。爱露和她的两个姐妹班芭(Banba)与芙拉(Fódla)来自古爱尔兰神话中显赫的达南神族(Danaan),三姐妹都是爱尔兰的守护女神。中世纪时爱露的名字与古英语和古诺斯语中"大地"一词结合,逐渐演变成了"爱尔兰故土"的人格化身,常被艺术家表现为一名手持竖琴(爱尔兰的国家乐器)的长发少女形象——就如"阿尔比翁"(Albion)一词成了"英格兰故土"的人格化身,常在诗歌传统中用来借指"古老的英国"。

或许因为这些原因,《我来自爱尔兰》(*Ich Am of Irlaunde*,"罗林森残篇"的第六首诗,Bodleian Library, MS Rawlinson D. 913, fol. 1v)中的抒情声音"我"历来被看作一名女子,尽管文本本身并没有提供关于这一点的语法证据(见注释[2])。J. A. 伯罗甚至根据抒情主人公是一名来自爱尔兰的女舞者,而该诗是一首舞曲歌谣的假定,试图还原一个文本发生学的现场:发出归家呼唤的女子担任独唱,被伴唱者们环绕着站在舞池中心,而在"舞池的想象地理"中,中心地区就代表故乡爱尔兰(Burrow 19)。然而,此处的中心恰恰是其占据者已经远离的中心,诗中背井离乡的舞者对故乡的渴望,恰恰来自于故乡的缺席。在欧洲诗歌的地理版图上,"爱尔兰"是一个适宜担任缺席者、远方、"异境"角色的抒情对象。在分析现当代爱尔兰的诗歌地理时我曾写过:

事实上,作为精灵与矮仙、竖琴与风笛之邦的,在史诗与神话的广度和深度上唯一可与希腊媲美的(欧洲范围内),说着泠泠泠泠、语法优美的盖尔语的,人称仙境或翡翠岛的老爱尔兰是(欧洲)近代以来浪漫主义想象力最后的停尸房。一个持久有力的、局内人与局外人共同打造的"爱尔兰迷思"是:爱尔兰代表纯净的、天真的、未经文明败坏的、民族特色的,欧洲大陆则代表朽坏的、经验的、老道的、普遍的一切。

把这段话中的"欧洲大陆"唤作"英格兰",我们大致能得到《我来自爱尔兰》写作之时(14世纪或更早)爱尔兰与英格兰的文化参照坐标:在普通中世纪英国人眼里,爱尔兰是"绿宝石岛"或"翡翠岛",是异域风情和田园情调的代名词;同时,爱尔兰又是蛮荒之地,是文明终止之处,是英格兰贵族们不愿涉足(除非是为了征战)的绝对远方——英格兰是中心,爱尔兰才是边地。我们不禁要想:在14世纪左右的英格兰,是什么阻止"我"回到朝思暮想的故乡?是路途险阻、无人陪伴、缺少盘缠,还是外部的政治经济局势?无论是出于什么原因,以"回到爱尔兰"为主题的"归家诗"在爱尔兰人自己的母语中出现得更早。下面这首动人的11世纪古爱尔兰语短诗(或许是残篇)即是一例:

一只蓝眼睛将回眸

(公元563年,即将离开爱尔兰时)科伦基尔说:

有一只蓝眼睛
将回眸看着爱尔兰;
它将再也看不见
爱尔兰的男男女女。(Murphy 64,拙译)

此诗假托的叙事者"科伦基尔"(Colm Cille)在古爱尔兰中意为"教堂之鸽",即圣徒科伦巴努斯(St Columbanus),爱尔兰十二位主保圣人之一,于公元563年离开爱尔兰前往苏格兰传教。著名的爱奥纳(Iona)修道院就是科伦基尔在苏格兰西海岸建立的,爱奥纳后来成为中世纪早期凯尔特文化重镇,也是技艺精湛的彩绘手抄本制作中心,爱尔兰国宝《凯尔经》(*Book of Kells*)大半都是在约8世纪末的爱奥纳修道院完成的(后来为了躲避维京人洗劫才被僧侣带往凯尔斯完工并保存,并获得它今天的名字)。无论如何,在乘坐一条小皮筏离开故乡的海岸线时，科伦基尔似乎已预感到此去就是永别（597年死于爱奥纳，埋葬于爱奥纳）——这就是这首假托科伦基尔第一人称叙事的、以圣人的蓝眼睛为核心意象的古爱尔兰语小诗想要表达的乡愁的残酷——即使在现实中，至少根据某些史料记载，科伦基尔死前曾数次返回爱尔兰，在各地建立修道院。《我来自爱尔兰》虽然以"异乡"的语言写就（中古英语），其设立的抒情语境却是相似的：故乡总是难以返回，归家路总是道阻且长，"我"（或许有一双与科伦基尔相似的蓝眼睛）将永远被困在他乡。

毫不意外地，《我来自爱尔兰》是对今日爱尔兰影响最深的一首中古英语抒情诗，在20世纪20年代初爱尔兰独立运动和凯尔特文艺复兴（Celtic Renaissance）中屡有片段被谱入歌谣，而"凯尔特文艺复兴之父"叶芝更是将这短短的残篇改写成一首民歌体五节诗。据说，叶芝当时偶然听见小说家弗兰克·奥康纳（Frank O'Connor）朗诵这首古老的诗，他立刻"手忙脚乱地找一张纸片，上气不接下气地说，'写下来，写下来'"（Ellmann 280）。2016年是爱尔兰共和国建国一百周年（1916—2016），叶芝的这首改编诗再次被爱尔兰人广泛传颂。在叶芝的同名诗作中，"我"与其说是一位发出无望的邀请的女舞者，不如说更像是作为民族国家的"爱尔兰"的人格化：

我来自爱尔兰

威廉·巴特勒·叶芝

"我来自爱尔兰，

来自那片爱尔兰圣土,
时光正流逝",她喊道。
"来吧,发发慈悲,
和我一起去爱尔兰跳舞。"

一个人,只有一个
穿一身异域风情的衣裳
所有在那儿漫步的人里
只有孤单单一个
转过他高贵的头。
"爱尔兰远着哪,
时光正流逝",他说,
"而且夜晚险恶。"

"我来自爱尔兰,
来自那片爱尔兰圣土,
时光正流逝",她喊道。
"来吧,发发慈悲,
和我一起去爱尔兰跳舞。"

"小提琴手们技艺笨拙,
或者琴弦被下了诅咒,
皮鼓和铜鼓,还有小号

已经全摔破,

还有长号",他喊道,

"还有小号和长号",

他斜过恶狠狠的眼睛,

"但是时光正流逝,流逝。"

"我来自爱尔兰,

来自那片爱尔兰圣土,

时光正流逝",她喊道。

"来吧,发发慈悲,

和我一起去爱尔兰跳舞。"(Albright 317-318,拙译)

  在叶芝写作这首诗之时(1929年8月)的海波尼亚,虽然盖尔语(爱尔兰语)仍是英语之外的两种官方语言之一,但绝大多数爱尔兰人已不会说爱尔兰语,就连"凯尔特文艺复兴之父"本人也不通这门古老而优美的语言,只能用现代英语写下这首诗,更让它罩上一层反讽的哀伤。

  一如在六个世纪前的中古英语诗中,"她"归家的请求被漠视、被轻蔑,成为一份历经六百多年依然没有归宿的乡愁。时至今日,即使爱尔兰早已立国,摆脱了英国殖民地身份,依然有众多爱尔兰后裔侨居在世界各地,由于各种原因无法在故土安身立命,而弥漫于《我来自爱尔兰》中的乡愁依然是爱尔兰人日常文化意识中重要的一部分。爱尔兰歌手凯文·奥康纳(Cavan O'Connor)演唱的民谣《请带我回亲爱的老爱尔兰》或许是当代爱尔兰"归家歌"中最耳熟能详的例子:

有一个地方总在召唤我,她名叫亲爱的老爱尔兰
我离开故土,远渡重洋流浪他乡
每当我看到船只等候在港
总想跳上甲板,大声说:

"请带我回亲爱的老爱尔兰,哪儿都好
康尼玛拉的湖泊或多内加尔的高山
只要我归家,不再流浪在异国的海岸
收下船费,噢,带我回亲爱的老爱尔兰……"(邱方哲译)

爱尔兰国宝《凯尔经》"圣名文织页"。8世纪爱奥纳岛,今藏都柏林圣三一学院图书馆"长厅"

引用文献

Burrow, J. A. "Poems Without Contexts." *Essays in Criticism* XXIX.1 (1 Jan. 1979): 6–32.

Clifton, Harry. *Ireland and Its Elsewheres*. Dublin: University College Dublin Press, 2015.

Ellmann, Richard. *Yeats: The Identity of Yeats*. London: Faber & Faber; New York: Oxford University Press, 1954.

Hirsh, John, ed. *Medieval Lyrics: Middle English Lyrics, Ballads and Carols*. Oxford: Blackwell Publishing, 2005.

Murphy, Gerard, ed. *Early Irish Lyrics: Eighth to Twelfth Century*. Dublin: Four Courts Press, 1998 (rpt. 2007).

Albright, Daniel, ed. and intro. *W. B. Yeats: The Poems*. London: Everyman's Library, 1992.

包慧怡著:《翡翠岛编年》,上海:上海三联书店,2015年。

邱方哲著:《亲爱的老爱尔兰》,上海:上海三联书店,2015年。

第十一章

"花园"形象的嬗变

我有一座新花园

我有一座新花园,
崭新的花园:
和这一样的花园
我不知道第二座。

在我的花园中央
有一棵梨树,[1]
它不会结出梨子
除非是早熟的梨。[2]

镇上最美丽的少女
她向我祈祷,
用我这棵梨树
给她嫁接一根枝。[3]

当我给她做嫁接,
全随她的心意,
她用葡萄酒和麦酒
把我灌得畅快。

于是我给她嫁接
直达她深处:
那之后过了二十周
在她子宫里长得熟。

那天之后十二个月
我又遇见那少女:
她说那不是约翰梨
而是一颗罗伯特梨![4]

I Have a Newe Gardin

(Luria & Hoffman, no. 78)

I have a newe gardin

And newe is begunne;

Swich another gardin

Know I not under sunne.

In the middis of my gardin

Is a peryr set,

And it wele non per bern

But a per Jenet.

The fairest maide of this town

Preyed me

For to griffen her a grif

Of min pery tree.

Whan I hadde hern griffed

Alle at her wille

The win and the ale

She dede in fille.

And I griffed her

Right up in her home;

And be that day twenty wowkes,

It was quik in het womb

That day twelfus month,

That maide I mette:

She seid it was a per Robert,

But non per Jonet!

注释

［1］第6行：peryr,即 per,此处指一棵梨树(peryr tre)。

［2］第8行：per Jenet,一种果实早熟的梨树,也写作 pere-jonet(te),或 per-jonete,有时则连写成一个词语 perjonet(te)或 perjenet。由于 Jonet 与人名约翰(John)词形接近,有时"早熟的梨"会被写作 per-Jonet/per-Jon,以与"约翰"构成双关,如同本诗倒数第2行中一样。本行暗示叙事者"我"的名字叫约翰。

［3］第11—12行：中古英语动词 griffen,又写作 graffen 或 graffren,原指园艺中为植物做扦插或嫁接,在本诗中成了性行为的一种暗喻,接下来的三节诗都是该暗喻的延续。

［4］第23—24行：根据前文,诞生于"我"(约翰)和少女的一夜风流的孩子(梨)应该也叫"约翰",或至少是"约翰的梨",此处少女却说孩子名叫罗伯特,或者是一颗"罗伯特梨"。此处至少可能有两种解读,基于字面的解读比较天真无辜(少女只是出于某种理由,没有采取孩子父亲的名字给他命名),关注言外之意的解读则强调孩子的生父另有其人("我"不是唯一为她"嫁接"的男人)。显然后一种解读更符合本诗戏谑和闹剧的基调。

解读

12世纪以降,欧洲中世纪文学舞台上突然密集出现了一类大受欢迎的虚构作品:梦幻诗。这类梦幻诗主要有两个源头:一是以《圣经》中各种天启和先知解梦故事为代表的宗教梦谕,二是以西塞罗《西庇乌之梦》为代表的古典道德训谕梦(以及深受其影响的晚古时期畅销书,波伊提乌斯《哲学的慰藉》)。独具中世纪特色的是,12至15世纪梦幻诗的主人公往往在一座曼妙的花园里坠入梦乡——或是斜倚一株鲜艳的玫瑰,或是坐在修剪成迷宫的树篱中央,或是躺卧在香气扑鼻的花床上。比如英国文学国父乔叟写于14世纪的《女杰传》(*The Legend of Good Women*)的《序诗》(*Prologue*):

> 在我的一个小花园中,
> 在铺上新鲜草皮的长椅上,
> 让下人快快为我铺床;
> 为了向临近的夏日致敬
> 请人在床上洒满鲜花。
> 当我躺下,闭上双眸,
> 只一两个时辰就进入梦乡。
> 我梦见自己躺在花园里
> 见到我如此热爱而恐惧的那种花。(第203—211行,拙译)

又比如 15 世纪以中古英语写作的苏格兰诗人威廉·邓巴尔（William Dunbar）的寓言梦幻诗《金盾》（*The Golden Targe*）的开篇：

> 正当太阳开始照耀，
>
> 晚星与月儿上床睡觉，
>
> 我起身，斜倚在一株玫瑰畔。
>
> 清晨的黄金蜡烛升起
>
> 水晶般明澈的光芒四射
>
> 令巢中的鸟儿喜悦不已……
>
> 快乐鸟儿的和谐歌唱
>
> 还有身畔河流的潺潺声响，
>
> 催我在花之披风上坠入梦乡。（第1—6行，第46—48行，拙译）

这些梦幻诗绝大多数发生在一年中气候最宜人的五月。"坠入梦乡"后，主人公继续在花园里经历起先摧枯拉朽，终于惨淡收场的爱情（如《玫瑰传奇》和《金盾》）；或者漫游仙境，学习人生哲理（如《声誉之宫》和《百鸟议会》）；或者与美人舌战一万回合，见到《启示录》式异象，领悟痛而切肤的教义（如《珍珠》）——无论如何，当主人公从黄粱一梦中苏醒，他或者她（通常是他）永远会回到开篇处的花园，园中鸟语花香照旧，梦者却不复如初。

值得注意的是，这些催人入梦的花园，或是主人公在梦境中睁开双眼第一眼所见的花园，几乎无一例外是一类封闭的花园（*hortus conclusus*）。无论是有钱人家的石墙、砖墙（最贵）还是平民化的树篱和灌木,一道固若金汤的屏障将无序、混沌、风雨飘摇的外界隔开,守护着园内秩序井然、几何般精确和谐的一切:成排栽种的观赏花朵和香料、列成方阵的果树、八角或六角凉亭、带兽头的中央喷泉、一条或四条流向墙外的小溪、流连穿梭其间的淑女和怀抱乐器的吟游诗人。

这类封闭花园可被归入一个更早、涵义也更广阔的地貌概念:早在贺拉斯《诗艺》和维吉尔《埃涅阿斯纪》中就频频出现的"赏心悦目之地",或曰"乐土"(locus amoenus)。到了中世纪早期伊西多尔大主教编纂的百科全书《词源学》中,"乐土"是和"亚洲"、"欧洲"、"利比亚"(当时唯一为西人所知的非洲国家;埃及则被归入"亚洲")并列出现的地理学词条(Curtius 190–193)。何以到了中世纪盛期,原本囊括山谷、森林、牧地等一切史诗及田园风景的"乐土"的领地日益缩小,逐渐单薄,最终几乎等同于"封闭花园"这一概念?是怎样一种幽闭癖和不安全感,使得中世纪人不仅要在现实中筑起高高的城墙与雉堞,还要在梦中把对极乐世界的终极理想表现为一座禁闭的花园?

对这类诗歌以及抄本中与之相伴出现的彩绘手稿稍加注目,我们会发现,活跃在中世纪盛晚期文学与艺术想象中的"禁闭之园"直指《旧约》中的两座花园。首先就是《雅歌》中佳偶的花园:"我新妇,你的嘴唇滴蜜,/好像蜂房滴蜜;/你的舌下有蜜有奶……我妹子,我新妇/乃是关锁的园,/禁闭的井,封闭的泉源……你是园中的泉,活水的井/从黎巴嫩流下来的溪水"(《雅歌》4:12–5)。

早期教父对《雅歌》中所罗门王与新娘的对话有着众说纷纭的阐释,其中最流行的几种见解我们已在第七章中提到:一是将之看作基督与教会之间的联姻,二是看作个体灵魂与创世主之间的联姻,三是将基督的佳偶看作圣母本人。在最后一种阐释中,童贞女玛利亚的子宫就是一座封闭的花园,只有上帝的神意能够穿透。在中世纪晚期和文艺复兴早期的许多"天使报喜"主题画作中(包括弗拉·安吉利可和达芬奇的作品),天使加百列和玛利亚常常被锁入一座由木篱或石墙砌起的封闭花园中。画面上,玛利亚总是位于更深、阴影更多、有建筑庇护的位置——封闭花园中的另一重禁闭空间——天使则置身于露天花园中,或者正在进入玛利亚的庇护所。后期解经家认为,圣言通过报喜的天使降临玛利亚的耳朵,以及玛利亚的童贞受孕,这两件事是在同一瞬间发生的;可以说,道成肉身这一最核心的历史事件,同时意味着对封闭花园的突破。

玛利亚的子宫甚至玛利亚本人成为一座封闭花园的隐喻不仅在梦幻诗中,更是在大量中古英语抒情诗中反复出现,比如以下这首约作于15世纪中期的圣母短祷文:

献给圣母的短祷文

有福的玛丽,处女母亲,
完美的少女,海洋之星,
在最后审判的日子
挂念现在向你祈祷的仆人吧。
无斑的镜子,耶利哥的红玫瑰,
神恩的封闭花园,绝望中的希望,
当我的灵魂离开身体,

拯救它脱离我仇敌的愤怒。(拙译)

此外,基督生平中另两个关键情节——在客西马尼园被捕,以及受难之后复活(复活后的基督以园丁的样貌向抹大拉的玛利亚显现,此记载仅见于《约翰福音》)——同样发生在花园中。无怪乎即使披上了世俗文学的缤纷外衣,一座封锁的花园永远躺在欧洲中世纪人的潜意识深处。"禁闭之园"乃是串起整个基督教叙事系统的旋转枢纽。

另一座《旧约》中的花园则指向一个更遥远、更加饱含悲叹与惆怅的过往,读者诸君或许早已猜到,那就是《创世记》中与我们永远失之交臂的伊甸园。总是位于中世纪 T—O 型地图的顶端,起初,那是人类安身立命的丰饶之所:"神在东方的伊甸立了一个园子……使各样的树从地里长出来,可以悦人的眼目,其上的果子好作食物。"(《创世记》2:8—9)在亚当夏娃犯罪之后,伊甸不仅成为一座失落的花园,更成为了一种原型意义上的封闭花园:"于是把他【亚当】赶出去了。又在伊甸园的东边安设基路伯,和四面转动发火焰的剑,要把守生命树的道路。"(《创世记》3:24)

在《旧约》成书的年代,炽天使基路伯绝不是我们喜见于文艺复兴绘画中的、除了会飞以外人畜无害的胖嘟嘟的婴儿,却是接近于古代近东神话中频频出现的,迄今可在大英博物馆或卢浮宫亚述馆神庙前看到的面容威严、鹰翼狮身的守护兽拉玛苏(Ramasu)——震慑着所有觊觎乐园和其中果树的冒失者。如果说《雅歌》中的花园是一座寓意或象征层面上的禁闭之园,那伊甸园就是货真价实的被封锁的花园。难怪中世纪花园手抄本处处令人回忆起伊甸园,尤其是《创世记》中提到的灌溉伊甸园的四条河流(比逊、基训、底格里斯、幼发拉底),成为了将封闭花园四等分的醒目组件。当然,这类手抄本也可能从十字军从东方带回的细密画手稿中汲取了灵感:以十字型水渠将花圃四等分,这恰恰是典型波斯宫廷花园的特征。实际上,"天堂"(paradise)一词的词源就来自波斯文"pairidaeza",字面意思:"有围墙的花园"。

波斯花园的建筑理念或许直接源自《古兰经》中对天堂的描述,那儿同样有四条河:水之河、牛奶之河、酒之河以及蜂蜜之河。进一步说,在许多古老的东方宗教——包括耆那教、印度教、佛教和苯教——的宇宙观中,位于世界中心的麦如神山(即佛教之须弥山)都被四条河流环绕,随后才是层层向外递进的海洋和山脉。东方的花园设计师试图在人间砌造一种对天堂的预尝,在基督教的中世纪欧洲,人们则通过砖石草木,通过羊皮纸上的矿物颜料,通过藻绘梦境并赋予世界结构,来试图整合两座失落在时光中的花园。无论是伊甸园(堕落与隔断之园),还是《雅歌》中佳偶的花园(拯救与新生之园),两者都是绝对封闭的花园,不可触摸,无法进入,只在解经师的羽毛笔尖忽闪并消逝,或在多重寓意的断层中扩张和缩折成一座移动的迷宫。假如乐园已经不可挽回地失落,就让我们在大地上重建天国。

而这些由人类所建造的天国花园——无论是在诗歌、手抄本还是现实中——虽然奠立在伊甸园或雅歌花园这样封闭的原型之上,却并非真正不可进入:墙上有门,门上有锁孔,而树篱和砖,其实并不高耸。大地上的封闭花园永远多孔、可渗透、诱人擅闯:来突破我吧,如果你敢,来与我的玫瑰、石榴和温柏融为一体,以感官品尝,进而以灵魂想象神意的甜蜜。

这就将我们带回《我有一座新花园》(*I Have a Newe Gardin*)这首作于15世纪早期的第一人称抒情诗。在我们至今遇到的中世纪花园诗中,无论是作为《雅歌》中的新妇还是基督佳偶或者圣母本人,花园一直是一个阴性意象。而《我有一座新花园》的抒情主人公毫无疑问是男性,并且他将花园转换成了一个阳性生殖力的象征,吹嘘他"花园"的无与伦比("和这一样的花园/我不知道第二座")以及园中"早熟的梨"。如果说传统圣母颂诗中象征玛利亚子宫的花园是一座对凡人彻底封闭的花园,只可能被圣灵进入,那么本诗中的"新花园"却是一座雄性的、开放的、渴望突破甚至主动出击去完成突破的生殖花园。

更有甚者,"我"通篇试图将突破花园的责任归于女性,仿佛自己是被迫接受的一方("镇上最美丽的少女/她向我祈祷,/用我这棵梨树/给她嫁接一根枝")。反过来说,虽然"我"在倒数第二节不得不承认,整个被并不含蓄地包裹在园艺词汇中的性交过程终究由自己主动完成("于是我给她嫁接/直达她深处"),全诗的修辞的确在更核心的层面上一致指向"我"主观能动性的丧失,以及掌控权相应地转移到这位"镇上最美丽的少女"手中:"当我给她做嫁接,/全随她的心意,/她用葡萄酒和麦酒/把我灌得畅快。"只有"她"的心意才是重要的,"我"不过是尽力满足,如一个可被替换的小卒。"我"在这场情事中本质上的微不足道在最后一节诗中登峰造极:"我"原本完全确信的"事实"——少女腹中的孩子一定是自己的,并且由于那是"嫁接"

自"我"约翰的"早熟的梨",所以那一定是一颗"约翰梨"(见注释[2]与注释[4])——也遭到了赤裸裸的否定。少女明确地告诉"我",孩子的父亲另有其人:"那不是约翰梨/而是一颗罗伯特梨!"由此,这首看似浪子歌的中世纪晚期抒情诗变成了一首"控诉"被戴绿帽子的滑稽诗,虽然情节急转,贯穿全诗的诙谐语调却不曾改变。

通过这场性的"嫁接",男性叙事者的"花园"实际上被转移到了诗中女主人公的身上("那之后过了二十周/在她子宫里长得熟"),从"嫁接"完成的时刻起,是"她"体内那座未被诗人言明的花园在完成新生命(梨树/梨)的孕育。这座不见于词语的阴性的花园,才真正成为玛利亚式的"封闭花园"的镜像:本诗中"镇上最美丽的少女"是一座开放式的花园,进入其中的是凡人而非神的种子,从中诞生的也是人子而非神子;并且花园被突破不是由于来自外部的"宣告"(如在天使报喜/圣母领报中),而是少女主动发起邀请的结果。从《创世记》到《雅歌》再到中世纪盛期的梦幻诗,然后到中世纪晚期的圣母祷文和世俗气味浓重的情色诗(《我有一座新花园》只是其中一例),我们可以看到"花园"这一重要意象在诗歌中的嬗变史,而这种嬗变从未止步于中世纪,也从未停止。

引用文献

Benson, Larry D., ed. *The Riverside Chaucer*, 3rd edition. Oxford: Oxford University Press, 2008.
Curtius, Ernst Robert. *European Literature and the Latin Middle Ages*. Trans. Willard R. Trask. Princeton: Princeton University Press, 1991.
McLean, Teresa. *Medieval English Gardens*. New York: Dover Publications, 2014.
包慧怡:《感官地图上的灵魂朝圣之旅:中古英语长诗〈珍珠〉的空间结构》,载《外国文学评论》2017年第2期,第128—150页。
包慧怡著:《缮写室》,上海:华东师范大学出版社,2018年。

"花园中的对话",一种成为谈情说爱之地的、提供世俗快乐的"封闭花园",15世纪法国手稿

第十二章

情诗信及其镜像

致我真挚有力的恋人

（启信语）

致我真挚有力的恋人
——他就像风向标那样恒定——
请把这封信送到他身边：[1]

我要直抒胸臆,给你写这封信,
此事已让我长久绝望。
要描述你俊美的外表并不困难,
因为谁要能嘲笑你的外表,就根本停不下来,
你的体型如此健美,五官如此清秀,
神情如此动人,就像一只猫头鹰[2]
是一切飞禽中最美的,最受偏爱。

简而言之,你男子汉的面容,
你的前额、嘴巴、鼻子都是那么扁,
——长话短说吧——在一切活物中,
除了猫之外,就属与野兔最像。
假如我知道更多词语,我会说得更详细,
每当我想起某个淫荡的皮条客,

就想起你那张常被诅咒的甜蜜脸庞。

我认为你身体的比例十分匀称
自肩膀以下,无论正面或背面;
假如把全国的画家都找到一处,
就算赌咒发誓,他们也画不出更糟的——
保持耐心,即使我向你送去嘲讽!
你的衣裳快活地挂在你身上,
仿佛一只断了翅膀的老鹅。

你的大腿没长好,小腿更糟;
无论是谁看见你一对扭曲的膝盖,
都觉得它们以基督的名义诅咒了彼此。[3]
你的一双罗圈腿向外伸着,
这么一双腿儿我从来没见过!
你抬起脚跟的动作是那么笨拙,
每走一步就要扭一下脚丫子。

谁要是拥有这么一位妙人的爱情,
她该为自己的出生欢喜庆幸,
谁若曾经在漆黑的夜里向你跑去
索要爱情,直到抱住一棵荆棘,[4]
我不会伤害她,只会天一亮就吊死她,

因为她的视力这么好,竟选了这样一名伴侣,[5]
居然曾经为了你亮出私处!

你甜蜜的爱情和血淋淋的指甲,
喂饱的虱子比鹌鹑还多。

To My Trew Loue and Able

(*IMEV* 3832. Davies no. 140, Hirsh no. 35, Luria & Hoffman no. 72, Robbins no. 208)

To my trew loue and able

— As the wedyr cok he is stable —

þys letter to hym be deliueryd.

Vnto you most froward þis letre I write

Whych hath causyd me so longe in dyspayre.

þe goodlynesse of your persone is esye to endyte,

For he leuyth nat þat can youre persone appayr —

So comly, best shapyn, of feture most fayr —

Most fresch of contenaunce, euyn as an oule

Ys best and most fauoryd of ony odyr foule.

Your manly visage, shortly to declare,

Youre forehed, mouth, and nose so flatte,

In short conclusyon, best lykened to an hare

Of alle lyvyng thynges, saue only a catte.

More wold I sey yf I wyst what!

þat swete vysage ful ofte is beshrewyd

Whan I remembre. of som baud so lewd.

þe proporcion of your body comende wele me aught

Fro þe shuldre down behynde and beforn;

Yf alle þe peyntours in a land togedyr were soght,

A worse coude fey nat portrey, þogh alle fey had it sworn.

Kepe wele your pacience, þogh I sende you a skorne!

Your garmentes vpon you ful gayly þey hynge

As it were an olde gose had a broke wynge;

Your thyghes mysgrowen, youre shankys mych worse;

Whoso beholde youre knees so crokyd,

As ych of hem bad odyr Crystes curse.

So go they outward; your hammys ben hokyd —

Such a peyre chaumbys I neuer on lokyd!

So vngoodly youre helys ye lyfte,

And youre feet ben crokyd, with euyl thryfte.

Who myght haue þe loue of so swete a wyght,

She myght be ryght glad þat euer was she born;

She þat onys wold, in a derk nyght,

Renne for your loue tyl she had caught a thorn —

I wolde hyr no more harme but hangyd on þe morn

þat hath ij good eyen and ichese here suche a make,

Or onys wold lyft vp here hole for youre sake!

Youre swete loue, wyth blody naylys,

Whyche fedyth mo lyce than quaylys.

注释

[1] 此3行为开篇的启信语(*subrascripio*)或曰致意辞(salutation),不计入诗歌正文行数内。并非所有信件诗都有启信语,反而是信末的寄语(envoy)更常见。参见本书第一部分第十八章。"风向标",原文为wedyr cok,指中世纪常见的安置于屋顶的公鸡形状的风向标,此处把男性收件人的"恒定"比作风向标,意在反讽,谓其实际上轻浮多变,朝三暮四。

[2] 第6行:猫头鹰(oule)在中世纪诗歌语境下常被看作"丑陋"的化身,此处意在反讽。

[3] 第24行:bad为中古英语动词bidden的第三人称单数过去式,意指"请求,恳求",此句直译为"仿佛(双腿)希望对方受到基督的诅咒"。

[4] 第32行:此处将丑陋的"你"比喻成一棵扎人的荆棘。

[5] 第34行:ij为数词,表示"两个";ichese,赫许选本将其录作I chese(Hirsh 109),但在句中语法和语义都说不通。此处从Luria & Hoffman选本,录作ichese,为中古英语动词ichesen(选择)的第三人称单数现在式,指"她"为自己挑选了一位这样的伴侣。

解读

《致我真挚有力的恋人》(*To My Trew Loue and Able*)是一首世俗题材的爱情诗,被收录于牛津大学饱蠹楼罗林森抄本中(Bodleian Library, MS Rawlinson poet. 36, fol. 3v‒4r),大致写于15世纪后半叶。

就世俗题材的情诗而言,欧陆传统中有两大类都在中古英语抒情诗传统中得到了广泛的继承,它们是破晓歌(aubade)和牧歌(pastoral)。两者的差别不在于前者通常发生在"室内"(卧室)而后者通常发生在"户外"——在破晓歌中,恋人之间的相遇和离别往往都是事先安排好的,都在抒情主人公和读者们的预期中;而在可能充满机缘巧合和意外事件的牧歌中,没有人能在读完诗前预测事态的走向(Hirsh 99)。在破晓歌的开篇处,男女主人公往往已经合二为一,无论在心灵还是身体上,因此才有两人因为外力而不得不随着黎明到来而分别的悲叹,"分离"是定义破晓歌的核心动词;而牧歌开篇时,爱人间的结合通常尚未发生,因此(几乎永远是男主人公对女主人公发起的)"诱惑"以及对诱惑的"抵抗"和最终"屈服"才是牧歌行文的核心驱动力。

但是《致我真挚有力的恋人》却不属于这两者中的任何一种。它属于中古英语抒情诗中另一个不那么常见但同样重要的文类:情诗信(verse love epistle)。情信诗属于"诗体信"(verse epistle)或"信件诗"(epistolary poem)下的一个子类别,作为一种古老文学传统的重要成分,它早在奥维德的《女杰书简》(*Epistulae Heroidum*)、阿伯拉尔和爱洛依丝的部分书信、12世纪普罗旺斯语情诗信(salutz)、13世纪古法语"致意情诗"(salut d'amor)中枝繁叶茂。在英格兰,写于12世纪晚期至13世纪早期的中古英语修院守则《修女须知》(*Ancrene Wisse*)中曾明确将基督比作一位给他的爱人写情信(中古英语"saluz")的"国王"(Dobson 284),显示出当时盎格鲁—诺曼文化圈对这一欧陆诗歌传统有一定程度的熟悉。不过,情诗信在英格兰本土形成一个可被清晰辨认的文类,至少是14世纪后半叶的事——尽管很可能在13世纪的英格兰就有一些情诗信以盎格鲁—诺曼法语、中古英语或拉丁文被零星写下(Camargo 17)。到了14世纪晚期,我们已经可以在乔叟的《特洛伊罗斯和克丽希达》(*Troilus and Criseyde*)第二卷内特洛伊罗斯和克丽希达的往来书信中读到技艺高度成熟的中古英语情诗信。

著名的罗林森抄本中保存了相当一部分的中古英语情诗信,其中最引人注目的可以说就是这首《致我真挚有力的恋人》。相比大部分普通中世纪情诗信,《致我真挚有力的恋人》的与众不同之处主要体现在三方面。

首先,这首诗与其说是情诗,不如说是一首爱情反讽诗:我们带着阅读情诗的预期,却很快发现这是一首"反情诗":从标题中的"真挚有力",到开篇启信语中的"恒定",再到诗信正文对男性收件人的外貌描述,字面的赞扬总会立刻遭遇自我反驳和讽刺。"要描述你俊美的外表并不困难";"你的体型如此健美,五官如此清秀,/神情如此动人";"我认为你身体的比例十分匀称/自肩膀以下,无论正面或背面"……这些饱誉之辞立刻被各自的下一行诗否定:"因为谁要能嘲笑你的外表,就根本停不下来";"就像一只猫头鹰";"假如把全国的画家都找到一处,/就算赌咒发誓,他们也画不出更糟的"。全诗正文的前4节通篇采用了中世纪诗歌中常用的"外貌白描"(effictio)修辞法:从头到脚,从衣着到眉毛,巨细无靡地细述对方的外表特征。在本诗叙事者的描述中,"你"在飞禽中与猫头鹰最像(中世纪语境下魔鬼和丑陋的化身),在走兽中"除了猫之外,就属与野兔最像";"你"不仅面容丑陋,而且体格扭曲,"大腿没长好,小腿更糟;/无论是谁看见你一对扭曲的膝盖,/都觉得它们以基督的名义诅咒了彼此","一双罗圈腿向外伸着"……

仿佛这些还不够,叙事者还诉诸另一种常见的中世纪修辞惯用法"口拙法"(inexpressibility topos),以及与之紧密相连的"谦虚法"(humility topos)——两者都用于中世纪作者的自谦语境中,谓其无法用自己的文笔去恰如其分地刻画描写对象的美丽,后者有时也被称为"假谦卑法"(affected modesty)。在此诗中,诗人借叙事者"我"之口反讽地运用"口拙法"和"谦虚法":"假如我知道更多词语,我会说得更详细……"

在正文最后一节中,诗人选择了一个令人略为惊讶的植物意象,来形容"你"在爱情中令人厌恶的程度:"谁若曾经在漆黑的夜里向你跑去/索要爱情,直到抱住一棵荆棘,/我不会伤害她,只会天一亮就吊死她,/因为她的视力这么好,竟选了这样一名伴侣……"希腊神话中河神之女达芙涅为逃避阿波罗的爱情,在飞奔不及、几乎要被后者抓住的瞬间变成了一棵美丽的月桂树;与之相反,此节中索要爱情的追求者是一名(假设中的)女性,她飞奔追寻的那棵丑陋的荆棘却是男性的"你";并且同样是女性的叙事者/寄信人因为这名假设中的女子竟然接受"你"作为情郎而彻底蔑视她。我们固然不应当将作者/诗人的性别与诗中叙事者/寄信人/抒情主人公的性别混为一谈,但无论作者是男是女,他/她在此诗中对男性收件人"你"的相貌、品格以及爱情可谓极尽挖苦讽刺之能事,毫不留情。就统计数据而言,"中古英语诗歌中攻击女性的作品比攻击男性的多得多"(Hirsh 108),《致我真挚有力的恋人》的修辞和声调至少让其作者为女性这一假设变得非常合理和诱人。

第二,正如我们已经提到,这首诗是中古英语中罕见的从女性叙事者视角出发的抒情诗之一,但即使是在"女性叙事者视角"的中古英语情诗中,此诗的声音也与大多数同类作品迥异。中古英语女性视角爱情诗中叙事者的主流态度可以举以下这首约写于15世纪的短诗为例:

噢,有福的天主,为何会这样

噢,有福的天主,为何会这样,
我为何如此痛心沮丧?
但我已经竭尽全力
始终尽我所能去取悦他,
无论早晚,无论白昼黑夜。(Hirsh 115,拙译)

如我们所见,为情所困、自怨自艾、哀悼自己在爱情中所作的徒劳努力,以及在另一些同类作品中占据主导地位的,悲叹情郎的负心——这些才是中古英语中女性视角情诗的核心主题和情感基调。而像《致我真挚有力的恋人》这样把主动权重新握在自己手中,反过来对恋爱中的男性百般挑剔和讥讽的准女权主义的"反情诗",我们几乎找不到类似的作品。或许以下这首同样写于15世纪并采取女性视角、论述"如何才有资格成为一名合格恋人"的短篇"建议诗"是我们能找到的最为相关的例子:

若他要在所有方面都成为爱人

若他要在所有方面都成为爱人,
他必须具备三件詹姆没有的事物:
第一是完美无瑕的英俊外表;
第二是构成男子气概的风度;
第三是女人无法拥有的财富。
即将要成为爱人的人啊,好好记住
这三件法宝,必须至少拥有其一。(Hirsh 115,拙译)

这首"建议诗"的口吻毋庸置疑是世俗的,提供建议的很可能是一名女性的、年长的、经验丰富的"过来人",她口中的"三件法宝"很难不让人想起《水浒传》第二十四回《王婆贪贿说风情,郓哥不忿闹茶肆》中王婆给西门庆的建议:"大官人,你听我说。但凡挨光的,两个字:'最难'。要五件事俱全,方才行得。第一件,潘安的貌;第二件,驴的大货；第三件，要似邓通有钱；第四件，小，就要绵里针忍耐；第五件，要闲工夫。此五件，唤做'潘、驴、邓、小、闲'。五件俱全，此事便获着。"若说王婆要求"潘驴邓小闲"五样俱全显得市井又贪得无厌，《若他要在所有方面都成为爱人》中只要求"这三件法宝，必须至少拥有其一"倒看似实在许多。但无论如何，两者都是男权社会中女性对性决定权的重新定义和掌控，对发言权的重夺，就像《致我真挚有力的恋人》中女性寄信人对男性收件人的评估、批判和贬损一样。

最后，《致我真挚有力的恋人》的与众不同之处还在于，罗林森抄本中收录了对这封反讽情诗信的篇幅更长的"应答诗"。在应答诗中，原先的男性收件人摇身变成了寄信人，重新夺回话语权，向他的情人（《致我真挚有力的恋人》中的女性叙事者）发起了针锋相对的外貌攻击。应答诗中同样是三行的开篇启信语写道："致你，亲爱的甜心，你这轻浮而多变的人／犹如卡律布狄斯漩涡般／反复无常……"我们对这首应答诗的作者同样一无所知：他是《致我真挚有力的恋人》历史上真实的收件人吗？他（诗人）是否就是诗中的男性寄件人／叙事者，或者他根本不是"他"，而依然是"她"？会不会这两首诗出于同一名诗人之手，而他或她不过是虚构了"书信往来"这一语境，旨在为构建更大的叙事场景磨炼技艺？它们同属于一部佚失的诗体戏剧手稿，就像《罗密欧与朱丽叶》中男女主人公之间交锋的诗句那样吗？

这样有问有答、成双出现的完整"情诗信"在现存中古英语抄本中可谓绝无仅有，而我们对其抄本、上下文、作者接近空白的了解，注定了未来的研究——无论是通过对比还是综合阅读，基于语文学还是修辞学——尚有许多工作要做。有兴趣的读者可以在本书第二部分中找到这首堪称"中世纪厌女文学"范本的应答诗的完整版——同样是一首"反情诗"。将两者合起来看,它们都颠覆了古典(如卡图卢斯与贺拉斯)和中世纪盛期(如但丁给劳拉的十四行诗集)主流情诗中对爱慕对象外貌品质的巨细靡遗、约定俗成的夸赞传统,为文艺复兴及此后一种同样精彩的、以从头到脚贬损其爱慕对象的外貌为特点的、以"你虽丑,我却爱你至深"为核心基调的另类情诗传统开了先声。莎士比亚致"黑夫人"(the Dark Lady)的系列十四行诗就是英语中"丑情人"传统最优秀的典范之一,它们的源头,虽然经历了诸多改造和嬗变,或许可以在《致我真挚有力的恋人》和《致你,亲爱的甜心》这组互为镜像的15世纪讽刺情诗信中找到一二。

引用文献

Camargo, Martin. *The Middle English Verse Love Epistle*. Tubingen: Niemeyer, 1991.

Dobson, E.J., ed. *The English Text of the Ancrene Riwle: Edited from British Museum Cotton MS. Cleopatra C. vi.*, (EETS 267). Oxford: Oxford University Press, 1972.

Hirsh, John, ed. *Medieval Lyrics: Middle English Lyrics, Ballads and Carols*. Oxford: Blackwell Publishing, 2005.

Luria, Maxwell and Richard Hoffman, eds. *Middle English Lyrics*. New York: W.W. Norton & Company, 1974.

施耐庵、罗贯中著:《水浒传》,北京:中华书局,2009年。

心形手稿《让·德·蒙特雪诺的歌谣集》中亲密絮语的恋人,
15世纪法国,今藏法国国家图书馆

第十三章

圣体节颂歌传统

猎鹰驮走了我的爱人

噜哩,噜嘞,噜哩,噜嘞![1]
猎鹰驮走了我的爱人。[2]

它把他托起,它把他放下,
它把他带进一座棕色果园。

噜哩,噜嘞,噜哩,噜嘞!
猎鹰驮走了我的爱人。

在那果园里有一座厅堂,
挂满深紫色的厚厚帷幔。

噜哩,噜嘞,噜哩,噜嘞!
猎鹰驮走了我的爱人。

在那厅堂里有一张大床,
床上悬着鲜红的黄金帐。

噜哩,噜嘞,噜哩,噜嘞!
猎鹰驮走了我的爱人。

在那张床上躺着一位骑士,
他的伤口不分日夜地流血。

噜哩,噜嘞,噜哩,噜嘞!
猎鹰驮走了我的爱人。

在那床畔跪着一位少女,
少女她不分日夜地啜泣。

噜哩,噜嘞,噜哩,噜嘞!
猎鹰驮走了我的爱人。

在那床畔还立着一块石头,
石上写着:基督的身体。[3]

噜哩,噜嘞,噜哩,噜嘞!
猎鹰驮走了我的爱人。

þe Fawcon Hath Born My Mak away

(*IMEV* 1132. Davies no. 164, Duncan B no. 79, Greene no. 322A, Hirsh no. 24)

Lully, lulley, lully, lulley!
þe fawcon hath born my mak away.

He bare hym vp, he bare hym down,
He bare hym in to an orchard brown.

Lully, lulley, lully, lulley!
þe fawcon hath born my mak away.

In þat orchard þer was an hall,
þat was hangid with purpill and pall;

Lully, lulley, lully, lulley!
þe fawcon hath born my mak away.

And in þat hall þer was a bede,
Hit was hangid with gold so rede;

Lully, lulley, lully, lulley!
þe fawcon hath born my mak away.

And yn þat bed þer lythe a knyght,
His wowndis bledyng day and nyght;

Lully, lulley, lully, lulley!
þe fawcon hath born my mak away.

By þat bedis side þer kneleth a may,
& she wepeth both nyght and day;

Lully, lulley, lully, lulley!
þe fawcon hath born my mak away.

And by þat beddis side þer stondith a ston,
Corpus Christi wretyn þer-on.

Lully, lulley, lully, lulley!
þe fawcon hath born my mak away.

注释

[1] 第1行:"Lully, lulley, lully, lulley!"为象声词,无实义。同时该句是整首颂歌的副歌(burden)或曰叠句(refrain)。

[2] 第2行:中古英语名词 mak 更常见的形式是 make,也作 maike 或 mac,第一可表示已婚夫妇中的任何一方(丈夫或妻子),第二可表示未婚的情侣、伴侣、爱人中的一方(同样也适用于动物),第三可表示《雅歌》意义上基督的佳偶,或者基督作为佳偶(新郎)本身。我们已在《我吟唱一位少女》中看到第二、第三层意思在"makeless"(无双)中的综合。此处,我们可以从上下文关于基督身体的描述,以及圣体节颂歌的一般语境中,得出"猎鹰驮走了我的爱人"中的"mak"正是指基督的结论。无论诗中的"我"是男是女,通过将基督称为自己的伴侣或爱人,抒情叙事者都延续了始于《雅歌》、在中世纪女性神秘主义崇拜中达到鼎盛的(信徒与基督的)"神秘婚姻"的信仰传统。

[3] 全诗正文最后一行点题,拉丁文 *Corpus Christi* 即"基督的身体",有时亦作 *Corpus Domini*(神的身体),是圣体节的名称来源。

解读

在中世纪诗歌研究领域,颂歌(carol)是一个虽然非常重要却一直边缘化的文类。关于英语"carol"一词的词源存在广泛争议,一般认为它源于古法语 carole 或者拉丁文 *carula*,意为"圆圈舞",或许正是它与舞蹈的共生关系使之难以归类。现今流传下来的中古英语颂歌约有 500 首之多,大部分写于 15 世纪或更早,题材主要与宗教节日相关,但并非主要由教士或吟游诗人演唱,而是一种大众喜闻乐见、人人可参与的公共娱乐形式,从诞生之日起就带有浓重的社交性质(Hirsh 157-158)。格林认为颂歌恰是从多人轮舞中演化而来:领唱负责诗节的主体部分,舞者们则唱出副歌(burden)以应和(Greene 1977,43-50);罗宾斯则认为颂歌起源于早期拉丁文圣仪赞美歌(Robbins 562)。学界至今无法就颂歌的确切起源达成共识。

今天我们最熟悉的一种现代颂歌形式自然是圣诞颂歌——每年圣诞期间,查尔斯·狄更斯的同名小说《圣诞颂歌》(*A Christmas Carol*)仍以朗诵、电影、哑剧等改编形式赢得儿童和成人的心,从侧面演绎着"颂歌"这一文体深入人心的程度。但在中世纪,与颂歌紧密相关的宗教节日远不止圣诞节,它们还包括:圣母升天节(Assumption)、基督降临节(Advent)、主显节(Epiphany)、圣烛节/圣母行洁净礼日(Candlemas)、基督圣体节(Corpus Christi)等。除了宗教节日外,颂歌经常处理的题材还包括基督受难、圣三一、圣家族、圣餐礼、炼狱的考验、审判日、忏悔和赎罪,还有现实政治、爱情、婚姻等世俗题材。无论是宗教还是世俗题材的颂歌，其展现和表演的空间往往都是公开的、可参与的、集体的、世俗的，其氛围总是属于庆典的，并且常常意在提供娱乐。

《猎鹰驮走了我的爱人》(Þe Fawcon Hath Born My Mak away)是一首圣体节颂歌。圣体节是纪念圣餐饼与基督身体之神秘关联以及圣餐礼之设立的罗马天主教节日，1264年由教皇乌尔班四世(Urban IV)宣布成立，节期为圣三一节(Trinity Day)后的首个星期四，同时是纪念最后晚餐的圣周四(Holy Thursday，基督受难前一天)过后的两个月，具体时期不定，比如2017年的圣体节在6月15日，而2018年则在5月31日。圣体节的经文渊源主要出自《新约》对观福音中耶稣设立圣餐时的言行，"他们吃的时候，耶稣拿起饼来，祝福了，就擘开，递给门徒，说：'你们拿着吃，这是我的身体。'又拿起杯来，祝谢了，递给他们，说：'你们都喝这个，因为这是我立约的血，为多人流出来，使罪得赦'"(《马太福音》26：26-28)；亦可对参《马可福音》(14：22-24)、《路加福音》(22：19-20)以及《哥林多前书》(11：24-26)中的相应记叙。

围绕圣餐礼以及圣餐变体论的争议(关于弥撒仪式中的圣餐饼和圣酒是否在实质上转化成了基督的身体和鲜血的教义争论)历史悠久，且是神学史上最复杂和悬而未解的难题之一，本文篇幅不允许我们就此问题展开讨论，读者可自行参阅杰弗里《英语文学与圣经传统大词典》中"圣餐/圣体"(Eucharist)、"基督圣体节"(Corpus Christi)、"弥撒"(Mass)、"圣事"(Sacraments)、"变体论"(Transubstantiation)等有关词条。最为系统而集中地表现圣体节主题的中古英语文学形式其实是神秘剧（mystery play），这类系列神秘剧（多创作于14—15世纪）又被称为圣体节剧（Corpus Christi play），尤以考文垂连环剧和约克连环剧为代表。此外，乔叟在《坎特伯雷故事集》之《赦罪僧的故事》（*The Pardoner's Tale*）中，14世纪匿名头韵大师"珍珠"诗人在长诗《清洁》（*Cleanness*）中，16世纪耶稣会士罗伯特·索思韦尔和亨利·康斯泰勃在他们的短诗中，都对圣餐/圣体主题作过精彩而富有创意的处理。而写于16世纪早期的《猎鹰驮走了我的爱人》或许是圣体节颂歌传统中最著名的一首。

中世纪颂歌的叠唱句或曰副歌（burden）通常出现在篇首、每节诗后、篇尾，有时与正文最后一节诗押尾韵，《猎鹰》的副歌（"噜哩，噜嘞，噜哩，噜嘞！/猎鹰驮走了我的爱人"）以一连串拟声词开始，为全诗奠下了某种催眠曲般的基调，"猎鹰驮走爱人"的神秘意象又增添了一种诡谲氛围，令人本能地以为这是一首谜语诗。"猎鹰"形象也的确引起了研究者的争论，比如格林曾将它看作此诗写作时期的英王亨利八世的第二任妻子安妮·博林的象征——白色猎鹰是她的族徽，至今仍可以在伦敦汉普顿宫旧王宫大厅的天花板上看到——而对全诗进行政治解读（Greene 1960, 120），虽然整体而言并不令人信服。

整首诗的视觉焦点沿着从开阔到逼仄、从室外到室内的空间推移顺序而转换，在"它把他托起，它把他放下"后，猎鹰把"我的爱人"先后带入果园中、厅堂里、帷幔内、床上。而全诗的巧妙之处在于，诗人并未直接叙述猎鹰驮人的过程，而是在"它把他带进一座棕色果园"之后，转成一连串无人称空间描述："在那……里有……在那……里有……"（þer was ...）。于是我们跟着看见了果园中作为权柄象征的"厅堂",厅堂里只有王室成员才配使用的"深紫色的厚厚帷幔",帷幔内"悬着鲜红的黄金帐"的大床——金黄是王权的颜色,鲜红是受难的颜色,基督正是这样一位"祭司王"(priestly king)。仿佛轻轻掀开那顶鲜红的金黄床帐,此刻我们才再次看见猎鹰的战利品,那位躺在床上的骑士,并且如同他床帐的色彩所预表的那样,"他的伤口不分日夜地流血"。全诗从头到尾,直接出现在我们眼中的只有起初被猎鹰驮走的爱人,以及最终躺在床上的骑士。

我们根据《雅歌》中基督作为新郎的经文传统、中世纪盛期将基督看作在十字架上与死亡战斗的骑士的罗曼司传统,以及全诗正文最后一节中关于"圣体"的明确点题,可以确定"爱人"和"骑士"都指基督。基督的身体从户外到床上的旅程没有被直接描述,而是始终由每节正文诗后重复的叠句暗示:仿佛猎鹰永远不停地驮运着这具身体,与此同时,这具身体又永远不停地承受着痛苦("他的伤口不分日夜地流血……少女她不分日夜地啜泣"),从时间的起点直到终点。这看似自相矛盾的时间观——假如猎鹰还在驮运基督的身体,他又如何能同时"正在"躺在床上流血(原句使用了进行时)?——恰是基督论(Christological)时间观的神秘体现:十字架上受难又复活的基督在战胜死亡的同时,也战胜了世俗意义上的线性时间。复活后的基督将永远居住在永恒之中,同时是过去、现在与将来,既是受伤、死去、流血的身体,又是永恒的生命,是永远给予他人生命的生命之源,其恩典在信徒们日常奉行的圣餐仪式中不断彰显——圣体—圣餐正是为此设立的。

至此,我们或许会想起希腊神话中那位与"鹰"意象紧密相连的英雄：盗火者普罗米修斯，在他造福人类的善行被嫉妒的宙斯发现后，宙斯将他锁在悬崖上，每日派一只老鹰（宙斯的象征）去撕裂普罗米修斯的腹部，啄食他的肝脏，然而每个夜晚肝脏将复原，每个白昼酷刑又不断上演。与被钉在十字架上的基督一样，普罗米修斯处在永恒的受难中，却又不断复活，不断承受赋予人类火种（火—光—生命）的代价：普罗米修斯每日被啄破的腹部／啄食的肝脏，以及基督被士兵朗基努斯之枪刺穿的右肋／被钉子撕裂的手脚共同构成的神圣五伤，两种血淋淋的"撕裂"意象之间的相似性不言而喻。

在古希腊语境中，"撕裂／肢解"（Σπαραγμός）乃神祇复活或重生前常须经历的命运，一种仪式性死亡。这种命运一再重演于天神乌拉诺斯、琴手俄尔甫斯、欧里庇得斯《酒神的伴侣》中的国王彭透斯、狄俄尼索斯秘仪……非希腊语境中，埃及神话中奥西里斯的重生、中古英语长诗《高文爵士与绿衣骑士》中绿衣骑士的砍头游戏，乃至天主教圣体节—圣餐礼等都是对"撕裂／肢解—受难"母题的回应。《猎鹰》中"他的伤口不分日夜地流血"——或译成"他的伤口日以继夜地流血"（His wowndis bledyng day and nyght）——同样地适用于那位希腊英雄和这位希伯来殉道者。普罗米修斯日复一日在岩石上忍受鹰喙直至与宙斯和解之日，基督在圣餐礼中，在信徒每日掰开的面包中被反复撕裂直至最后审判——自古典时期至中世纪的诸多雕塑与绘画作品中，朗基努斯之枪刺穿基督身体的位置与普罗米修斯被鹰嘴剖开的部位十分接近（横膈膜以下，肚脐以上），我认为这绝非偶然。与普罗米修斯的故事并置，这首圣体节颂歌中贯穿始终的形象"猎鹰"亦有了一重全新的解读可能。

全诗正文的最后两节中,出现了另一个显著的基督教文学意象:亚瑟王传说中的圣杯。圣杯(grail)一词的常用中古英语拼法是"gral"(亦作 greal/graile)——源自古法语"gradale"和拉丁文"gradalis",意为"分阶段、一步步",亦指餐桌上一道一道上菜时使用的盛器。在圣杯系列传奇成形后,以托马斯·马洛礼(Thomas Malory)为代表的中世纪晚期作家为古法语"圣杯"(san gréal 或 san graal)一词杜撰了一种词源,声称"san gréal"派生自"sang real"(古法语"王族之血")。后世作家们从中汲取灵感,对这个双关语作了各种精彩纷呈的发挥。12世纪晚期,被称为"法国圣杯传奇之父"的克雷蒂安·德·特洛瓦在未完成的《珀西华:圣杯的故事》(*Perceval, le Conte du Graal*)中将圣杯描述成一只光芒万丈的深碗或者盘子。比德·特洛瓦稍晚、同样用古法语写作的罗贝尔·德·波隆(Robert de Boron)在《亚利马太的约瑟》(*Joseph d'Arimathie*)中将圣杯说成最后的晚餐中基督用来盛酒的杯子——这种说法并非德·波隆的首创,但他的创举在于把同一只杯子和圣血联系起来:秘密信徒亚利马太的约瑟用这只酒杯接了耶稣在十字架上洒下的鲜血。这位约瑟在《新约》中是个一笔带过的小人物,《马太福音》(27:57-60)和《约翰福音》(19:38-42)中记载了他向彼拉多讨要基督的尸体,涂香料后葬入原先买给自己的新坟墓的故事。经过德·波隆的处理,最后的晚餐中耶稣设立圣餐用的酒杯与盛基督宝血的圣杯巧妙地合二为一,成为了名副其实的"王族之血"的容器。亚利马太的约瑟也成了德·波隆笔下的第一任圣杯守护者,并带着圣杯从耶路撒冷一路往西去了欧洲,圣杯后来被保存在"苹果岛"阿瓦隆(Avalon),由继任的圣杯守护者"渔王"(Fisher King)看守,等待圣杯骑士珀西华的到来(Eco 251 - 252, 269)。在德·波隆之后(13世纪以降),圣杯在浩如烟海的骑士罗曼司文本中最常见的形象就成了一只酒杯。

在德·特洛瓦和德·波隆的影响下,"graal"在欧洲各俗语传统中演化出杯、碗、碟、盘乃至一口大锅等各种容器形象,甚至被描绘成朗基努斯的长矛。而最具革命性的一次圣杯形象的变体是由中古高地德语诗人沃尔夫兰·冯·艾申巴赫(Wolfram von Eschenbach)于13世纪前期完成的。艾申巴赫的诗体罗曼司《帕西法尔》(*Parzival*)是德语文学中第一部以圣杯为主题的作品(瓦格纳的同名歌剧《帕西法尔》即改编自这部作品),并且艾申巴赫将圣杯处理成了一块石头:"他们靠一块石头生存,/一块纯净而珍贵的石头/你听说过它的名字吗?/人们叫它'极乐石'(Lapis Exilis)……后来所有人都称这块石头为'圣杯'"(Eco 272)——"极乐石"后来成为许多文学想象和发挥的对象,甚至被看作炼金术师的心头好"哲人石"(philosopher's stone)的前身。不难看出,《猎鹰驮走了我的爱人》这首中古英语圣体节颂歌回应的正是这个诞生于三个世纪前的德语传统:"在那床畔还立着一块石头,/石上写着:基督的身体。"日夜躺在床上流血的骑士(基督),跪在床边日夜哭泣的少女(圣杯少女),床畔写有"基督的身体"字样的石头(圣杯)——圣体节的主题确凿无疑地呈现出来:对圣餐设立的纪念,对基督牺牲自己的血肉以救赎人类的感恩,以及对基督在十字架上所受痛苦的悲悼和感同身受。

米莉·鲁宾在她关于圣体节的杰出专著中详细讨论了圣体节中的圣母玛利亚形象(Rubin 139 - 146)。如果说《猎鹰》中跪在床畔哭泣的少女形象不那么明晰——"圣杯少女"毕竟是一个源自德·特洛瓦以降的法语罗曼司传统,仅在"圣杯幽灵"(Grail apparition)显现场景中出现的文学形象——那么把这位少女看作圣母的观点不仅有经源依据(圣母出现在耶稣受难现场),也有解经学依据:基督的身体从圣母的子宫中一次出生,而圣礼意义上的基督身体("圣体")在圣餐仪式中不断重生,前者是后者的预表,两者互相呼应。这首圣体节颂歌流传广泛,到了19世纪,已经在民歌传统中具有多个不同的现代英语版本,一些版本明显削弱了诗中的圣礼元素(参见本书第二部分扩展阅读篇目中《在那边森林里有座大厅》一诗),而我们仍能从中看见一首优秀的中世纪诗歌无惧改头换面的持久生命力。

《普莱费尔时辰书》中被天使托举的圣杯,15世纪法国

引用文献

Eco, Umberto. *The Book of Legendary Lands*. Trans. Alastair McEwen. London: MacLehose Press, 2013.

Gray, Douglas. "Fifteenth-Century Lyrics and Carols." *Nation, Court and Culture: New Essays on Fifteenth-Century Poetry*. Ed. Helen Cooney. Dublin: Four Courts Press, 2001.

Greene, Richard L., ed. *The Early English Carols*, 2nd edition. Oxford: Clarendon Press, 1977.

Green, Richard L. "The Meaning of the Corpus Christi Carol." *Medium Aevum* 29 (1960): 10-21.

Hirsh, John, ed. *Medieval Lyrics: Middle English Lyrics, Ballads and Carols*. Oxford: Blackwell Publishing, 2005.

Jeffery, David Lyle, ed. *A Dictionary of Biblical Tradition in English Literature*. Grand Rapids: Wm. B. Eerdmans Publishing Co., 1992.

Robbins, Rossel Hope. "Middle English Carols as Processional Hymns." *Studies in Philology* 56 (1956): 559-582.

Rubin, Miri. *Corpus Christi: The Eucharist in Late Medieval Culture*. Cambridge: Cambridge University Press, 1991.

第十四章

圣诞颂歌传统

不要让人踏入这座厅堂

让我们欢天喜地,无论尊卑,[1]
因为现在是圣诞时节![2]

不要让人踏入这座厅堂,
无论马夫、随从还是礼仪官,[3]
除非他能带来某种乐子,
因为现在是圣诞时节!

让我们欢天喜地,无论尊卑,
因为现在是圣诞时节!

如果他说不会唱歌,
那就让他带来别种乐子,
好给这喜宴增添欢乐,
因为现在是圣诞时节!

让我们欢天喜地,无论尊卑,
因为现在是圣诞时节!

如果他说什么都不会,

那么看在我份上,别再要求,
而要直接给他戴上枷锁,
因为现在是圣诞时节!

Lett No Man Cum into This Hill

(*IMEV* 1866. Davies no. 168, Duncan B no. 126, Greene no. 11, Hirsh no. 11, Robbins no. 2, Chambers & Sidgwick no. 136)

Make we mery bothe more and lasse,

For now is the time of Cristemas!

Lett no man cum into this hall,

Grome, page, nor yet marshall,

But that sum sport he bring withall;

For now is the time of Cristemas!

Make we mery bothe more and lasse,

For now is the time of Cristemas!

If that he say he can not sing,

Some oder sport then lett him bring,

That it may please at this festing;

For now is the time of Cristemas!

Make we mery bothe more and lasse,

For now is the time of Cristemas!

If he say he can nought do,

Then for my love aske him no mo,

But to the stokkes then let him go;

For now is the time of Cristemas!

注释

[1] 第1行：中古英语词组 bothe more and lasse（其中 lasse 更常用的形式是 lesse）意为无论社会地位高或者低的人，即所有阶级的人，泛指每个人，有时亦作 both more and minne；与之相反，more nor lesse, lesse ne more, neither more ne lesse 等词组表示"没有人"。

[2] 第一节的五步抑扬格对句为整首颂歌的叠唱句。

[3] 第4行：中古英语名词 marshall 一般指在王国或宫廷内担任要职的贵族官员，也可以指军事语境中的军官（现代英语"司令，元帅"一词的来源），但 marshall（及其异形 marshal, mareshal, mershal, marscal, marchal, marshel 等）在与社交生活中心"大厅，殿堂"（halle）连用时，指担任"礼仪官/司仪"一职的重要人物，有时直接由宴席主人担任，负责为客人安排座位、主持仪式，甚至是驱逐或者惩罚不守礼节的来客。比如《坎特伯雷故事集》之《序诗》中的主持人就被称为"厅堂中的司仪"（a marchal in an halle，第752行）。

解读

在所有的节日颂歌中,圣诞颂歌(Christmas carol)是留存数量最多、流传最广的一种,并且至今仍在圣诞庆典中(虽然未必是在宗教语境下)扮演活跃的角色。多数中古英语圣诞颂歌是庄肃的神学主题(耶稣的出生与受难、救赎论、圣三一等)与世俗庆典的亢奋声调的有机结合,比如著名的《日安,日安》(*Go Day, Go Day*,见本书扩展阅读篇目)就与它的曲谱手稿一起保留了下来(Oxford MS Arch. Selden B. 26, fol. 8)——《日安,日安》就主题而言是非常纯粹的圣诞颂歌,通篇都在表现耶稣降生给所有人带来的喜悦("天堂,人间,还有炼狱,/以及所有居于其中的人们,/都对你的到来奔走相告");其旋律则活泼欢快,颇具狂欢节氛围。后来都铎时期的不少颂歌继承了中世纪颂歌这种文本与音乐互为注解的特质,比如被归入都铎王朝第二任国王亨利八世本人名下的《冬青树和常春藤》(*The Holly and the Ivy*,见本书扩展阅读篇目)。

很多时候,圣母领报颂歌(Annunciation carol)与圣诞颂歌之间的界定非常模糊,一首颂歌可以同时是两者,或杂糅两者的主题。比如下面这首通常被归入圣母领报颂歌的《什么,你还没听说?》(*What, Hard Ye Nat?*),其副歌/叠唱句却是典型的圣诞颂歌句式:

什么,你还没听说?耶路撒冷之王
已在伯利恒出生。

我要告诉你一宗伟大的奇迹,
一位天使如何为了我们的福祉,
前去找一位少女,并说:"向你致意!"

什么,你还没听说?耶路撒冷之王
已在伯利恒出生。

"向你致意!"他说:"充满恩典,
上帝与你同在,就在此时此地,
不久你将诞下一名婴孩。"

什么,你还没听说?耶路撒冷之王
已在伯利恒出生。

"一个婴孩?"她说:"这怎么可能?
从来没有男人和我发生关系。"
"圣灵,"他说:"将会降临于你。"

什么,你还没听说?耶路撒冷之王
已在伯利恒出生。

"你是,也一直将会是,"
天使说:"一位处女,

之前,之后,方方面面。"

什么,你还没听说?耶路撒冷之王
已在伯利恒出生。

少女再次回答天使:
"如果上帝的意愿如此,
这话语就让我满心欢喜。"

什么,你还没听说?耶路撒冷之王
已在伯利恒出生。

现在,听闻了这样的好消息,
我们每个人都要欢天喜地,
向那婴孩唱出《尊主颂》!(拙译)

其他时候,一首圣诞颂歌又可以同时是一首基督受难颂歌(Passion carol)——也就是说,将耶稣尘世生命中的一头一尾两件大事(出生与受难)结合在一起,将极致的快乐与极致的痛苦并置处理,仿佛不掺痛苦的快乐亦不可能臻于完满的境界。圣诞或曰耶稣降生(Nativity)在基督论中具有核心地位,恰恰因为它向前实现了圣母领报中加百列的预言,向后预示着耶稣终将为人类受苦而死并再度复活——从古典晚期开始的艺术作品中,马厩中抱着新生儿接受三王来朝的玛利亚，宁谧的脸上总是挂着一丝忧虑。如此，耶稣的降生便串起了领报（Annunciation）、受难（Passion）、复活（Resurrection）这些最关键的基督论事件，一如下面这首写于14世纪中期的受难颂歌中，承前启后的耶稣降生元素不仅体现在正文中，更反复出现在副歌中，为整首诗奠下圣诞颂歌的后景。我们仅引用片段就可管窥一豹：

……
一个婴孩出生在人类中，
那个婴孩毫无瑕疵。
那孩子是神，也是人，
我们的生命从他之中开始。

我们将手拉着手宣誓，
我们将欢天喜地，
因为人类离弃了地狱的恶魔
而神的儿子成了我们的爱人。

有罪的人哪，高兴快活起来，
为你们的婚姻，和平已被宣说，
在基督诞生的时刻。
走向基督吧，和平已被宣说，
他为你们，迷失堕落的你们
抛洒了自己的鲜血。

……

(《我们将手拉着手宣誓》,拙译,全诗见本书第二部分扩展阅读篇目)

回到本章标题中这首圣诞颂歌《不要让人踏入这座厅堂》(*Lett No Man Cum into This Hall*),它被保存于一名伦敦杂货商理查·希尔(Richard Hill)的摘抄本中(Balliol College, Oxford. MS 354, fol. 223v),抄写年份是1504年左右(Hirsh 42),无疑这首颂歌写于更早的世纪。它与《日安,日安》一样,都是主题相对简单(欢庆耶稣降生)的单一维度圣诞颂歌,不像上文所引两首颂歌那样掺杂其他基督论事件。全诗带着显著的平等主义色彩("让我们欢天喜地,无论尊卑……/无论马夫、随从还是礼仪官"),第3行就出现了核心空间意象"厅堂"(中古英语 hal/halle/hall),这正是诗中这份开放式的普天同庆所发生的地方。

自盎格鲁—撒克逊时代起,文学中的"厅堂"(古英语 sele/sæl/seld/heal)就是荣耀、光明、温暖、安全与欢声笑语的象征;是史诗英雄们战胜后与国王一起痛饮蜜酒(mead,来自古英语 medu 或 meodu)、大啖野猪肉的地方;是君臣同心、战友情谊(*cominatus*)、集体价值、社交福利以及群居作为唯一值得赞颂的生活方式得以集中体现的场所。从词源上说,"厅堂"在古日耳曼和古斯堪的纳维亚诸语中原指任何宽敞的、仅有一间大房间的建筑物,后来则泛指君王或贵族及其封臣的居所。从今天的一些欧洲地名(比如瑞典名城乌普萨拉 Uppsala)中仍可看到该词的古老含义,诸多欧洲现代语言中表示"客厅、起居室、沙龙"的词语亦是从该词衍生而来，比如德语的"Saal"、荷兰语的"zaal"、冰岛语的"salur"、瑞典语的"sal"、法语的"sale"乃至英语的"salon"。

中古英语颂歌《不要让人踏入这座厅堂》中对"厅堂"及其礼仪要求和意义的强调继承自一整个古英语（盎格鲁—撒克逊）文学传统。史诗《贝奥武甫》中丹麦王霍洛斯佳（Hroðgar）建造的希欧洛特大厅（Heort，古英语"雄鹿之厅"）被描述成"厅堂中的厅堂"、地上最大的厅堂（heal-ærna mæst，第 78 行），同时还是丹麦王的"王座之室"——即他处理朝政和接待宾客的地方——宽敞到足够国王向他的贵客贝奥武甫赠送八匹骏马。9 世纪古英语哀歌《流浪者》（The Wanderer）中常年在海上漂泊的抒情主人公对陆地的怀念集中体现在一系列"厅堂"意象中——"我"将故去君王的宫殿称为"蜜酒堂"（meoduhealle，第 27 行），将过去生活的一切快乐（觥筹交错的畅快、君王分发黄金的慷慨、战胜武士的激昂）统称为"厅堂里的欢愉"（seledreamas，第 93 行），而将远离这一切的被流放者的心境描述为"（失去）厅堂之忧"（seledreorig，第 25 行）。

在同样约作于 9 世纪的古英语哀歌《妻室悲歌》（The Wife's Laments）中，抒情女主人公"我"把自己凄惨的囚禁地（一个橡树下的地洞）称为一座"地下厅堂"（eorðsele），并想象自己流离失所的丈夫住在一座"忧虑之厅"（dreorsele，第 50 行）中——这里的厅堂意象虽然是扭曲的、负面的，却从反面证实了"厅堂"及其所象征的一切在盎格鲁—撒克逊人的生活中占有多么核心的地位。杰出的中世纪语文学家、以博士论文《怪兽与批评家》（The Monster and the Critic）为《贝奥武甫》奠定文学史地位的 J. R. R. 托尔金在《魔戒》三部曲之《双塔奇兵》和《王者归来》中将罗翰国王赛奥顿（Théoden）的宫殿称为"蜜酒厅"（Meduseld），直接搬用了古英语中的词组。

简而言之，盎格鲁—撒克逊和古斯堪的纳维亚文学中的"厅堂"代表着文明的中心，一切积极价值的化身，人人渴望前往之处，英雄受到隆重款待并讲述自己冒险征程的地方，故事展开的空间，文本发生学的现场。甚至连盎格鲁—撒克逊人以及中世纪北欧诸民族（冰岛人、瑞典人、丹麦人、挪威人等）对天堂的想象，也常常仅是一座云端的、更宽敞的、酒更好的、没有恶人进犯打扰的厅堂，古冰岛史诗《埃达》（Edda）中死去英雄灵魂的住所瓦尔哈拉宫/英灵殿（Valhala）就是其中最著名的一例。

与"厅堂"相对的则是旷野和荒原，魅影重重的沼泽，一切广阔无垠而荒无人烟之处，恰如"幽闭恐惧症"（claustrophobia）的反义词"旷野恐惧症"（agoraphobia）来自古希腊语"广场"（agora）。《贝奥武甫》中的怪物格伦达尔（Grendel）从黑暗中窥视"雄鹿之厅"，并且"……痛苦于/听到宴席上杯盏交错的欢声/每日在厅堂中响起，竖琴的乐声/还有诗人的歌声……"（第87—90行）[1]我们在这里恰恰窥到了这头一次手撕三十勇士、令人闻风丧胆的怪物身上残存的人性：他是格伦达尔，是被造物主诅咒和放逐的恶魔，只能栖身于"泥沼和荒野"（fen ond fæsten, 第105行），在黑夜中潜行，终日只能与"该隐的族

---

[1] 本书中对《贝奥武甫》的引用出自该底本：C. L. Wrenn and W. F. Bolton, eds. *Beowulf, with the Finnesburg Fragments*. Exeter：University of Exeter Press，1988，并由作者从古英语译入中文，下不赘述。

人"(Caines cynne,第107行)为伍。而"雄鹿之厅"及充满其中的欢笑、温暖、光亮、竖琴、歌声、情谊……代表着格伦达尔不被允许拥有的一切。这是"荒原"与"厅堂"的对峙,是"广场"与"密室"的争斗,也是"怪兽"对"文明"的复仇。后文中,格伦达尔的仇恨更是直接被称作"厅堂窥视者的仇恨"(heal-ðegnes hete)。

整体而言,"厅堂"意象在中古英语文学中或许不如在古英语作品中占据如此核心的地位,但它在许多中古英语诗歌中依然是文明、欢乐、有秩序的生活方式,以及最重要的——神恩的象征,而这一切必须要通过特定的礼仪来表现。《不要让人踏入这座厅堂》这首颂歌中的平等主义是建立在人人尊重圣诞节的宗教内涵并感谢神恩的基础上的,体现在具体行为上,就是每个来客(无论地位尊卑)都必须遵守厅堂礼仪,在此诗中具体表现为必须"带来某种乐子"。圣诞是欢庆基督降生的好日子,受邀的来宾可以地位低下,却必须各自提供娱乐节目,"好给这喜宴增添欢乐"。而负责这场喜宴的"礼仪官"或"司仪"(marshall)虽然在厅堂中具有绝对权力——对于宴会礼仪官的权限,不少中世纪礼仪书(courtesy book)中都有所记载——甚至可以把不肯提供"乐子"的来宾投入枷锁,本身却也同样受拘于这种礼仪("无论马夫、随从还是礼仪官")。

这种在盛宴开始之前对"乐子"的重视和硬性要求在今天看来或许不通人情,却是中世纪"厅堂"乃至宴席礼仪中不可或缺的环节——受邀者精心准备的娱乐项目是对主人尊重的表现。就如今天我们去别人家做客吃饭时(尤其是与主人不那么相熟,很可能遇见其他陌生客人那种饭席)多少会带上一点小礼物——未必多名贵,常常只是一瓶红酒、一盒甜点、一束鲜花,却是基本礼貌的体现,以答谢主人备菜的辛劳,并为宴席增添一点色彩。《贝奥武甫》中的"雄鹿之厅"亦被称作一座"宴会厅"(beor-sele,第492行),恰如《不要让人踏入这座厅堂》中的halle本质上是举办喜宴(festing)的场所。在圣诞或其他宗教节日的语境下,这类"宴会礼仪"法则进一步有了圣仪学(liturgy),尤其是与圣餐礼(Eucharist)相关的涵义。

出自14世纪匿名"珍珠"诗人的头韵诗体罗曼司《高文爵士与绿衣骑士》(*Sir Gawain and the Green Knight*)的开篇处,亦记载了这样一个场景:时值新年,卡米洛特宫(Camelot)的圆桌上放满了珍馐美味,圆桌骑士们已经按照各自地位各就各位,一国之主亚瑟王却拒绝开饭,除非他先听到某种"闻所未闻的冒险故事/某种了不起的奇观(meruayle)"(第93—94行)。换言之,君王暨厅堂的主人要求某种乐子,而这种要求被普遍认为是合乎宫廷礼仪的,并且很快得到了满足:绿骑士带着"断头游戏"的挑战策马进入厅堂,全诗的核心戏剧冲突就此展开。宴会主人对"乐子"的合法要求成了这部长篇基督教韵文罗曼司的叙事和情节展开的前提。

无独有偶,"珍珠"诗人的另一首长诗(共1812行),基于对《圣经》进行"诗体改编"(biblical versification)的头韵布道诗《清洁》(*Cleanness*)中,亦有对"宴会礼仪"的强调。只不过这次是为了以"宴会"的譬喻来论证全诗的神学观点:山上宝训(Beatitudes)第六条中对"内心清洁"的要求("清心的人有福了,因为他们必得见神",《马太福音》5:8)以及与之相匹配的善行。《清洁》的经文源头是耶稣关于喜筵的比喻(《马太福音》22:1-14;《路加福音》14:15-24),但

"珍珠"诗人以其擅长的戏剧天赋和现实主义细节刻画,将原本简短的经文扩充——更准确的说法是改写——为一出关于厅堂/宴会礼仪的独幕剧,为写于《清洁》后一个世纪内的《不要让人踏入这座厅堂》提供了可贵的参照:

> 根据每个人穿着得体的程度,
> 司仪(marschal)恰如其分地侍奉他用餐。
> 那些穿着干净的人不被怠慢,
> 厅堂里衣着最质朴的也备受款待,
> 用礼仪(menske)、食物和优雅的音乐,
> 还有世间君主应展示的一切娱乐(laykez)
> ……
> 宴席正进行,主人决定要看看
> 聚集在厅堂里的宾客群体……
> 于是他从自己卧房来到宽敞的大厅(halle)
> ……一眼瞥见
> 有个农奴,没有穿上圣日的体面衣裳
> 破衣烂衫,藏在人群中……
> 威严的领主为此发怒,决意惩罚他。
> ……
> "你衣冠不整,是不敬神之人
> 你对我和我的家充满轻蔑和吝啬
> ……拿下他

把他的双手绑在身后,

给他紧紧地铐上脚镣;

把他投入足枷,一直关在那里。

在我的地堡深处,愁云永结之处,

让他悲伤,哭泣,痛苦地

磨着牙,好教他学会礼貌。"

(《清洁》第117—160行,Andrew and Waldron 116‐118,拙译)

除了此处宴会的"司仪"和"主人"(厅堂的领主)是独立的两人之外,引文中的核心意象和概念与《不要让人踏入这座厅堂》高度重合。并且"珍珠"诗人使用宴会的譬喻,目的在于道德教诲:如果连一位地上的领主都对自家宴会的礼仪有如此严苛的要求,那么"高高在天的王必将待他更为严苛"(《清洁》第50行),"因你接近的是那血统高贵的王子/他憎恶地狱都比不上憎恶不净"(《清洁》第167—168行)。我们紧接着就在《清洁》的后文读到,诗中的"体面衣裳"是一个人的"善行"(good werke)的象征:若他在此世积累了诸多善行,就好像穿着一件光鲜的衣服,死后灵魂才能升入天堂——天上的厅堂——"才好去见你的救主,他富丽的宝座"(《清洁》第176行)。"珍珠"诗人在此偏离了《圣经》原文,着手对《马太福音》和《路加福音》中"喜筵的比喻"进行富有创见的释经和改写,在把善行比作衣裳之后,又把"穿着得体"设定为厅堂中宴会礼仪的核心内容,我们需要从表面的礼仪学词汇逆推,才能剥开意象的果皮,吃掉譬喻的果肉,得到这首诗"布道"的核心。

如果我们将同样的方法运用于简短得多、世俗欢庆氛围浓厚得多的《不要让人踏入那座厅堂》，不难看出两首诗在词语之外的深意是多么相似：《厅堂》中对赴宴的宾客反复提出的，也是唯一的要求——"带来某种乐子"——在其礼仪学词汇的背后（如同《清洁》中的"衣裳"一样）亦象征着某种善行、美德，或能够为来人在基督面前/天上的厅堂中赢取一席之地的品质。这才是这首看似简单且酷似世俗狂欢曲的圣诞颂歌的果核：带上你所能提供的娱乐（你的善行、美德、好品质），你才有资格去赴这场欢庆基督降临的喜宴。

换言之，本诗字面上的平等主义是个骗局，赴宴的门槛从来不低。也是在这个意义上，圣经中喜筵比喻的末尾，基督说："因为被召的人多，选上的人少。"（《马太福音》22：14）同样地，回头来重读《厅堂》的正文最后一段，现在我们会知道，因为客人没能提供"乐子"就给他戴枷锁并非只有中世纪"宴会礼仪"现实层面的合法性，而是同时具有宗教道德层面上的合法性。如同《清洁》中"衣冠不整"的客人一样，《厅堂》中拒绝在圣诞喜宴上提供娱乐的客人，其匮乏的本质是一种善行和品德的匮乏。一个在品行上一无是处的人想要赴基督的宴席，不仅是一种妄想，更是一种僭越：

如果他说什么都不会，
那么看在我份上，别再要求，
而要直接给他戴上枷锁，
因为现在是圣诞时节！

引用文献

Andrew, Malcolm and Ronald Waldron, eds. *The Poems of the Pearl Manuscript: Pearl, Cleanness, Patience, Sir Gawain and the Green Knight*, 5th edition. Exeter: University of Exeter Press, 2007.

Benson, Larry, D., ed. *The Riverside Chaucer*, 3rd edition. Oxford: Oxford University Press, 2008.

Wrenn, C. L. and W. F. Bolton, eds. *Beowulf, with the Finnesburg Fragments*. Exeter: University of Exeter Press, 1988.

Hirsh, John, ed. *Medieval Lyrics: Middle English Lyrics, Ballads and Carols*. Oxford: Blackwell Publishing, 2005.

Marsden, Richard, ed. *The Cambridge Old English Reader*. Cambridge: Cambridge University Press, 2004.

"什么,你还没听说?"出自法国的时辰书手稿页,约1420年,今藏维多利亚与阿尔伯特博物馆

第十五章

谣曲—民谣传统

不安宁的坟墓[1]

"今天风儿刮得大,吾爱,
还混杂几颗小雨点。
我从来只有一位真爱,
她被葬在冰冷的墓中。

"我会为我的爱人付出
像任何小伙子一样多。
我会坐在她坟头哀悼
十二个月再加一天。"[2]

十二个月又一天过了,
死人张口说话:
"噢,是谁坐在我坟头哭泣
不让我入睡?"

"是我啊,吾爱,坐在你坟头,
不让你入睡。因为我
渴望一个吻,从你冰冷如陶的唇,
我只求这么多。"

"你渴望一个吻,从我冰冷如陶的唇,
可我的呼吸散发强烈泥土味。
若你得到一个吻,从我冰冷如陶的唇
你将时日无多。

"在那边青葱的花园里,
吾爱,我们经常漫游。
我们见过的最美花朵
如今已经枯萎入茎。

"花茎已枯干,吾爱,
我们的心脏也会腐烂。
所以满足吧,吾爱,
直到上帝带你离开。"

The Unquiet Grave

(Child no. 78 A, Coffin no. 78, Hirsh no. 44)

"The wind doth blow today, my love,

And a few small drops of rain;

I never had but one true-love,

In cold grave she was lain.

"I'll do as much for my true-love

As any young man may;

I'll sit and mourn all at her grave

For twelvemonth and a day."

The twelvemonth and a day being up,

The dead began to speak:

"Oh who sits weeping on my grave,

And will not let me sleep?"

"Tis I, my love, sits on your grave,

And will not let you sleep;

For I crave one kiss of your clay-cold lips,

And that is all I seek."

"You crave one kiss of my clay-cold lips;
But my breath smells earthy strong.
If you have one kiss of my clay-cold lips,
Your time will not be long.

"Tis down in yonder garden green,
Love, where we used to walk,
The finest flower that ere was seen
Is withered to the stalk.

"The stalk is withered dry, my love,
So will our hearts decay;
So make yourself content, my love,
Till God calls you away."

注释

[1] 标题：《不安宁的坟墓》的诗题为后世编者所加，恰尔德在《英格兰与苏格兰流行谣曲》(The English and Scottish Popular Ballads)第二卷中辑录了这首民谣的四个不同版本，中译采用的底本为A版本，而与A版本最接近的B版本将抒情主人公"我"与墓中人的性别对换——B版本的"我"是一个在墓旁悲悼死去恋人的少女——其余两个版本则有更多情节和意象的修改。奈尔斯则在他1961年编辑出版的《约翰·雅各布·奈尔斯的民谣之书》(The Ballad Book of John Jacob Niles)中辑录了这首中古民谣的十个现代美国版本，其中一个1934年收录于肯塔基州的美国版本可以在本书第二部分扩展阅读篇目中找到全文。这些更加口语化的现代英语版本对可能写于中世纪晚期的这首民谣的初版本作了更大的修改。

[2] 第8行：中世纪诗歌中常用"一年零一天"、"十二个月加一天"等词组，而非整数的年，来表示一年的时间，常被看作对四季流传，光阴周而复始，自然之力绵延不绝的影射。比如《高文爵士与绿衣骑士》中自然力量的化身绿骑士就要求高文在"一年零一天"后抵达绿教堂，接受前一年新年欠他的一斧子。

解读

在中世纪文学语境下,"民谣"(ballad)更准确的译法是"谣曲"。它起源于法国(古法语 ballade),一般认为是中世纪最伟大的英语作家乔叟将它引入中古英语,使之成为后世(尤其是 15 和 16 世纪)最受欢迎的诗体之一。可以说,谣曲是中世纪在当代影响最深、流传范围最广,同时也是最难定义的诗体。

邓肯把谣曲称为"文学抒情诗"(literary lyric),以区分于"歌曲抒情诗"(song lyric),认为谣曲是分节诗从它的歌曲源头逐渐独立的结果(Duncan 2005, xxiii);就在同一年,赫许却写道:"'谣曲'这个词实际上可以用来描述任何能够唱出来的叙事诗,从《猎捕雪维羊》(*The Hunting of the Cheviot*)到较长的罗宾汉主题叙事诗。"他认为音乐性(可唱性)在谣曲中不仅没有被剥离,反而仍是定义其文类的重要因素(Hirsh 123)。在 20 世纪,我们依然用"民谣歌手"或"民谣诗人"来称呼从伍迪·古特里(Woodie Guthrie)、皮特·希杰(Pete Seeger)到琼·拜兹(Joan Baez)和鲍勃·迪伦这样的创作型歌手/诗人,虽然此处"民谣"一词的英文是"folk",但没有任何严肃的研究者会否认,这些人是新时代下的 ballad 写作者,其传承可以从"传统英国民谣"(traditional British ballads)追溯到中世纪谣曲。

就诗律而言,在最严格的意义上,谣曲由三节七行诗或八行诗组成,每节诗的尾韵格式一致,每节的最后一行重复(即叠句),诗末有时还会加上一段通常以第一人称发声的寄语(envoy),用以向诗人的爱人、朋友或恩主直接致意，表达祝愿或者提出期望。本书第十九章的分析对象、出自乔叟本人之手的《致罗莎蒙德的谣曲》(*To Rosemounde: A Balade*)是原汁原味的中古英语谣曲的最佳范例之一。

然而，在文艺复兴乃至近现代许多取材于中古英语谣曲的民谣中——它们更准确的称谓或许是"中世纪化(medievalized)的传统民谣"——改编者或曰二次创造者常常摒弃原中世纪谣曲的格律，代之以更丰富的变化、更多的节数和尾韵、更活泼的形式（对话体是最常用的形式之一，一如在《不安宁的坟墓》中）；同时，每个时代的改编者都可能在原始谣曲的文本基础上，按照个人口味和需求，补充叙事细节、增添辅助情节或人物、插入富有时代特色的口语表达……简而言之，无论在形式或内容上，一首谣曲流传的过程就是它不断被改写、嬗变、个人化、二次乃至多次再创作的过程。谣曲是一种活的文本发生学现场。

因此构成一般中世纪诗歌研究基础的语文学方法，在谣曲—民谣文本的研究中并不占据核心地位，除非被锁定的研究对象是一个有早期手稿存世，且缺少改编版本的中世纪文本——少数留下了作者具体名姓的谣曲属于此列，比如上述乔叟《致罗莎蒙德的谣曲》。大多数英国中世纪谣曲都是在16世纪或者更晚的手稿中保留下来的，虽然写作时间必然会早于手稿年代，还是有不少现代学者质疑它们在多大程度上可以被称为"中世纪的"。这种困境部分可被归因于文学史上谣曲采集和汇编的历史。18世纪后期（1765年），托马斯·珀西(Thomas Percy)主教在伦敦编辑出版三卷本的《古代英语诗歌遗珍》(*Reliques of Ancient English Poetry*)时，对手头的文本进行了很大程度的改编和重写，为了让它们读起来更加"古色古香"。此举遭到了包括珀西主教的同时代人约瑟夫·瑞岑（Joseph Ritson）在内的不少学者的批评。

一直要到19世纪末，弗兰西斯·詹姆斯·恰尔德（Francis James Child，哈佛大学第一位英语文学教授）才出版了第一套可作为学术研究底本的谣曲选集《英格兰与苏格兰流行谣曲》（*English and Scottish Popular Ballads*），分为五卷，于1882年至1898年陆续出版。恰尔德的选集迄今仍是该领域的权威底本，本章以及下一章中的谣曲文本都是从该选本（通称《恰尔德谣曲选》）译出的。即使在恰尔德的选本所录的305首谣曲中，留存于1500年之前的手稿中的谣曲也不到十首（Fowler 1756）。但是，许多谣曲在以书面形式被辑录前，早就以口头形式流传了多个世纪，这也给谣曲的文本研究增添了难度。因此在解读没有早期抄本传世的谣曲时往往需要考量数个晚期版本，通过辨析文本的内部逻辑，来试图确立哪些元素具有较强的"中世纪性"，哪些则是明显的后世添加。

《不安宁的坟墓》（*The Unquiet Grave*）就属于这种没有中世纪抄本传世，但其初始版本被普遍推断为创作于中世纪的谣曲，我们在这里采用的是恰尔德于19世纪编录的A版本。这首诗可以看作本书第二章中论及的"鄙夷尘世"母题的一个晚期翻版，只不过本诗之规劝（homily）的重点落在对凡人必死性（mortality）的接受：就连爱情——中世纪"典雅爱情"的理想中构成男性完美人格的重要成分——在死亡的必然性面前也必须屈从，承认后者远远比它强大。

诗中的男性叙事者本来要扮演一个情种的角色，要以他至死不渝的忠贞来表明他的性格("我会为我的爱人付出／像任何小伙子一样多。／我会坐在她坟头哀悼／十二个月再加一天"),并要以他难以被死亡熄灭的情欲——具体表现为与爱人(已腐烂的)身体接触的渴望,一种恋尸癖式的执迷("……因为我／渴望一个吻,从你冰冷如陶的唇,／我只求这么多")——来赋予他的爱情超越生死的属性,却在女性叙事者、他的爱情对象、墓中的亡者那里得到了冰冷无情的回答。这回答的第一部分是对男性叙事者的哀悼的否定:"噢,是谁坐在我坟头哭泣／不让我入睡?"仿佛住在桶中的第欧根尼对亚历山大大帝说"不要挡住我的阳光",死者的回答使得生者的哀悼变得充满滑稽意味,因为恰恰是他的日夜哭泣使得她不得安眠。他关心至死不渝的爱情,而她只关心睡觉;他的深情不过是一厢情愿的自我感动,对墓中的她毫无助益。

女性叙事者回答的第二部分是对男性叙事者看似卑微的、毫不过分的小小请求("渴望一个吻……我只求这么多")的直截了当的拒绝。她告诉他,亲吻一具已经死去一年之多的身体的渴望是不健康、不自然乃至致命的:"你渴望一个吻,从我冰冷如陶的唇,／可我的呼吸散发强烈泥土味。／若你得到一个吻,从我冰冷如陶的唇／你将时日无多。"这段话自然可以从纯然病理学的角度理解,但同时也是道德和宗教层面的规训——如果我们记得直到文艺复兴时期,解剖尸体仍被教会视作非法和异端,连达·芬奇这样的权贵宠儿都不得不趁天黑偷着解剖以学习人体素描,我们便不难理解,这种表现为恋尸癖的深情有多么容易为诗中的男性叙事者招来杀生之祸。

全诗最后两节共同组成女性叙事者回答的第三部分,该部分是对中世纪死亡抒情诗中"今何在"母题的忧伤的回应。那我们曾经漫游其中的青葱花园如今在哪里？我们所见过的最美丽的花朵又在哪里？在此,女性叙事者通过一连三次称呼对方为"吾爱"(即他之前对她的称呼),第一次坦白她生前的爱情:在死亡夺走她嘴唇的温度之前,他们之间的爱情是双向的、真实的、相互回馈的。但同样真实的是,一旦死亡介入之后,爱情、爱情的誓言、爱人的忠贞……这一切都将无关紧要。一如她对自己"今何在"式问题的回答:最美的花朵已枯萎,一直枯到花茎深处,而这是她已经遭受的命运的一个象征,也是他明日必将承受的命运的预警:"花茎已枯干,吾爱,/我们的心脏也会腐烂。"那昔日最美、如今已谢的花朵成了女性叙事者生命的一个隐喻,而她要让他明白,这个隐喻恰是一种最普遍、最没有变化余地的隐喻,一种对他的"死亡提醒"(memento mori)。

死亡必须被接受,无论是他人的还是自己的,在这场生者与死者、男性叙事者与女性叙事者之间篇幅相当(后者的话只比前者多两行,基本持平)的论辩中,死者大获全胜,在诗末彻底完成了一种斯多亚式的训诫:"所以满足吧,吾爱,/直到上帝带你离开。"作为慰藉,死者最后的话实在差强人意,她甚至没有给她生前的爱人留下任何关于死后重聚、关于"上帝带你离开"后他将拥有何种来世的希望——但这恰恰就是最诚实的慰藉,"上帝"的出场没有改变这首谣曲本质上属于异教的死亡观。

在《不安宁的坟墓》以下这个写作时间更晚的美国版本中,死者的无动于衷以及对死亡更客观的知识,与生者滑稽的、形式主义的、仿佛是为了遵从法则或惯例的痴情("像许多快乐小伙都会做的那样")

以及对死亡力量的无知形成了更鲜明的对比,在恐怖之外赋予这个晚期版本更多的喜剧色彩。读者可以自行体会同一首中古谣曲在两个年代不一、地理相距遥远的版本中不同的修辞效果:

风向上吹,风向下吹
(中古英语民谣《不安宁的坟墓》之现代美国版本)

风向上吹,风向下吹,
风带来几滴雨点,
我的真爱只有一位,
而她一直躺在墓中,
而她一直躺在墓中。

啊,啜泣流泪,呻吟,
像许多快乐小伙都会做的那样,
并且坐在她坟头悲悼,
长达一季又一天,
长达一季又一天。

当这一季过去后,
那美丽的少女开口说:
"什么人在我坟头哭泣,
日日夜夜没个完?

日日夜夜没个完?"

"是我,是我,我年轻美丽的爱人。
我再也无法入眠,只想
从你亲爱的双唇索取一个吻,
我日日夜夜在追寻,
我日日夜夜在追寻。"

"我已是冰冷的泥土,我的唇亦然,
亲吻它们是不对的。
因为,如果你违背神的法则,
你的时日将无多,
你的时日将无多。"

"看那里,看那里,太阳已落下,
这一天已永远消逝。
你再也无法把它带回,
无论用光明还是黑暗的手段,
无论用光明还是黑暗的手段。"

"看那里,唉呀,那茵绿花园,
我们常在园中漫步,
我们见过的最美花朵

如今已枯萎入茎,
如今已枯萎入茎。"

"我们自己的心也会死去,爱人,
就像这花茎一般腐烂,
所以你能做的一切,爱人,
就是等待你的死亡的日子,
就是等待你的死亡的日子。"(Niles 175,拙译)

"爱情女士"将箭射入爱人心中,约1320年,德国

引用文献

Child, Francis James, ed. *The English and Scottish Popular Ballads*, 5 volumes. Boston and New York: Houghton, Mifflin; London: Henry Stevens Sons and Stiles, 1882 – 1898 (rpt. New York: Dover Publications, 1965).

Duncan, Thomas G., ed. *A Companion to the Middle English Lyric*. Cambridge: D. S. Brewer, 2005.

Fowler, David C., "Ballads". *A Manual of the Writings in Middle English, 1050 – 1500*, Ed. Albert E. Hartung, vol.6. New Haven: Connectinut Academy of Arts and Sciences, 1980, pp.1753 – 1808.

Hirsh, John, ed. *Medieval Lyrics: Middle English Lyrics, Ballads and Carols*. Oxford: Blackwell Publishing, 2005.

Niles, John Jacob, ed. *The Ballad Book of John Jacob Niles*. Boston: Houghton Mifflin, 1961 (rpt. New York: Dover Publications, 1970).

第十六章

英格兰谣曲在苏格兰

两只乌鸦

当我独自一人走,
我听见两只乌鸦在吱嘎;[1]
其中一只对着另一只说:
"咱们今儿去哪吃呀?"

"我瞅见你身后那垛老墙,
一名刚被杀的骑士在那躺;
可没人知道他躺在那儿
除了他的猎鹰、猎狗和美人儿。

"他的猎狗跑出去打猎了,
他的猎鹰飞去逮野鸟了,[2]
他的美人儿另寻了新欢,
咱可以开开心心享用晚餐。

"你会坐上他雪白的颈骨,
我会啄出他漂亮的蓝眼珠;
还要取他一缕金黄的鬓发
垫咱的窝,当它光秃秃。

许多人正为他呻吟不止,[3]
但没人知道他去了哪里;
在他光秃秃的白骨上头,
大风将永远嘶吼。"

Twa Corbies

(Child no. 26 A, Hirsh no. 45)

As I was walking all alane,

I heard twa corbies making a mane;

The tane unto the t'other say,

"Where sall we gang and dine to-day?"

"In behint yon auld fail dyke,

I wot there lies a new slain knight;

And nae body kens that he lies there,

But his hawk, his hound, and lady fair.

"His hound is to the hunting gane,

His hawk to fetch the wild-fowl hame,

His lady's taen another mate,

So we may mak our dinner sweet.

"Ye'll sit on his white hause-bane,

And I'll pike out his bonny blue een;

Wi ae lock o his gowden hair

We'll theek our nest when it grows bare.

"Mony a one for him makes mane,
But nane sall ken where he is gane;
Oer his white banes, when they are bare,
The wind sall blaw for evermair."

注释

[1] 第2行:此为该民谣的苏格兰版本,通篇使用的是晚期中古英语的苏格兰方言,twa corbies 相当于 two crows。

[2] 第10行:原文为"把野鸟逮回家"(fetch the wild-fowl hame),暗示骑士死去不久已经有了新的主人。

[3] 第17行:此处的"呻吟"与第一节中乌鸦"吱嘎"用的是同一个中古英语动词"mane"(moan),译文根据实际语境作了分别处理。

解读

中古苏格兰谣曲《两只乌鸦》(*Twa Corbies*)与《不安宁的坟墓》一样没有中世纪手稿存世,但学界普遍认为这是一首创作于中世纪,且文本在流传过程中受到较少篡改的谣曲(Hirsh 154)。现存最早的书面版本是它的英格兰版本《三只乌鸦》(*The Three Ravens*),收录于詹姆士一世执政时期(1611年)英格兰作曲家托马斯·雷文斯科洛夫特(Thomas Ravenscroft)编辑出版的民歌集《花腔》(*Melismata*)。《三只乌鸦》与《两只乌鸦》的开篇基本相同,从语言上看年代相去不多,然而却是在两个版本的差异之中,我们将发现同一首谣曲在不同的方言里可以有怎样决定性的嬗变:基调、情感、价值观。

三只乌鸦

(英格兰版本,Child no. 26 B)

三只乌鸦坐在大树上,
浪里个浪,嘿浪里个浪里个浪,
三只乌鸦坐在大树上,
浪里个浪,嘿浪里个浪里个浪,
三只乌鸦坐在大树上,
浪里个浪,
三只乌鸦坐在大树上,

它们浑身要多黑有多黑。
浪里个浪,嘀哩嘀哩,浪啊浪。

其中一只对伙伴们说:
"今天早饭咱吃啥呀?"

"在下面那片绿草原上,
一名刚被杀的骑士在盾牌下躺。

他的猎狗们躺在他脚旁,
好好看守着自己的主人。

他的猎鹰们警惕地飞来飞去,
没有一只野鸟敢接近他。"

下头来了一头休耕的雌鹿,
要多年轻漂亮有多年轻漂亮。

她抬起他血淋淋的头颅,
她亲吻他红艳艳的伤口。

她把他扶起再背起来,
背他到泥泞的湖边。

清晨到来前,她把他埋葬,
晚祷时分前,她也随之死去。

但愿上帝给每位绅士都送去
这样的猎鹰、猎狗和心上人。(拙译)

  需要明确的是,《三只乌鸦》第六节中"休耕的雌鹿"是一个中世纪和文艺复兴时期常用的隐喻,是"孕妇"一词的委婉说法之一,在诗中指这位死去骑士的"心上人"(原文最后一节中的"leman")——抬起已故骑士的头颅、亲吻伤口、扶起他并把尸体埋葬在湖边等一系列动作也不可能由字面的"雌鹿"完成。《三只乌鸦》呈现的是事态"理应如此"的发展趋势:一位在战斗中死去的骑士躺在自己的盾牌下(为战友甚至是对手的尸体覆上盾牌是中世纪军事礼仪中的一个环节,至少在以骑士罗曼司为代表的文学作品中是如此,我们可以在马洛礼的《亚瑟王之死》中不止一次找到相关描述);他的猎狗躺在脚边看守主人的尸体;他的猎鹰盘旋放哨,不让食腐的野鸟(以诗中本来要饱餐一顿骑士尸体的三只乌鸦为代表)接近;他生前的爱人前来清洗和埋葬他的尸身。

  诗中死去骑士的猎犬、猎鹰和爱人所呈现的一个共同品质就是"忠诚"——中世纪骑士文学的核心价值观之一,一个理想的世界中无论人还是动物都须遵守的法则。然而,到了《三只乌鸦》的倒数第二节,当骑士的心上人在一天的时间内不仅将他埋葬,还近乎为他殉葬("清晨到来前,她把他埋葬,/晚祷时分前,她也随之死去"),

读者会感到,这首谣曲再也无法将一个"理应如此"的理想世界饰以"通常如此"的假象。换言之,此时通篇都在通过理所当然的语调(即使经过了乌鸦的转述)来引导读者相信事情本应如此:猎犬和猎鹰当然应该守护主人,无论他是否已死;骑士的情人当然应该将他得体地安葬。

至此为止,我们还容易相信这一切都是符合中世纪丧葬礼仪要求的,甚至猎鹰和猎犬们也经受过相关的训练。但到了骑士怀孕的情人赴死这一节,即使最轻信的读者也不会认为这是"通常如此"的情节。退一步说,即便她是因为伤心过度,哀恸而亡,最后一节的祈愿——"但愿上帝给每位绅士都送去/这样的猎鹰、猎狗和心上人"——则完全暴露了这样一个修辞事实:本诗通篇描述的是意图("理应如此"—"但愿如此"),而非现实("通常如此")。作为目击人和转述者的乌鸦本应使得该描述客观中立,披上纪实的色彩,然而诗末的祈愿显然并非出自(初衷是要以死去的骑士为早饭的)乌鸦们,而是出自一个未被点名的叙事者,一个隐形在场的"我"——或许也就是诗人本人的声音。实际上,这种叙事者视角的切换在更早几节中就已发生,只是诗人卓越的技巧使得该过渡发生得太过自然,通常读者要到最后一节才会发现这一早已完成的过渡。

与之相反,以中古英语苏格兰方言写就的《两只乌鸦》中的叙述才更接近"通常如此"的维度。乌鸦的数目减少了一只,这只是个无关痛痒的改动;核心的变动首先在于开篇伊始第一人称叙事者"我"的介入:"当我独自一人走,/我听见两只乌鸦在吱嘎;/其中一只对着另一只说……"严格说来,《三只乌鸦》中亦有乌鸦之外的叙事者声音贯穿全诗,但如上文所述,这个叙事者始终是隐形的、未被点明的,更不曾如《两只乌鸦》中那样直截了当地采用"我"的第一人称。

第二点,也是最关键的改动,在于《两只乌鸦》中围绕骑士尸体发生的一切完全是对《三只乌鸦》中"理应如此"的颠覆,仿佛是一个理想世界倒映在哈哈镜中:"他的猎狗跑出去打猎了,/他的猎鹰飞去逮野鸟了,/他的美人儿另寻了新欢"——理应忠诚的一切都不忠诚,结果就是乌鸦们终于可以"开开心心享用晚餐"。并且当《三只乌鸦》用十二行诗描述动物和姑娘对死去骑士的"忠诚"时,《两只乌鸦》却仅用三行就完成了对这一"忠诚"的颠覆,仿佛在模仿现实中忠诚的反面"背叛"发生的速度之快。

在这个苏格兰版本里,标题中的乌鸦们成了猎犬、猎鹰和"美人儿"不合理想的行为的直接受益人。而它们并不满足于饕餮一顿,还准备物尽其用,用骑士的白骨、眼珠和头发装修自己的鸟窝:"你会坐上他雪白的颈骨,/我会啄出他漂亮的蓝眼珠;还要取他一缕金黄的鬈发/垫咱的窝,当它光秃秃"——怎样的反讽!然而《两只乌鸦》令人不寒而栗之处,正在于以一种看似犬儒的语调,起到了《三只乌鸦》竭尽修辞和粉饰也未能达到的效果:呈现现实中发生概率更大的、真正的"通常如此"。诗末的描述性句子"在他光秃秃的白骨上头,/大风将永远嘶吼"也远比《三只乌鸦》中近乎一厢情愿的祈愿("但愿上帝给每位绅士都送去/这样的猎鹰、猎狗和心上人")在修辞上有力得多:毕竟尘归尘,土归土,曝尸荒野的骑士被食腐的鸟类啄食后化作白骨,是比尸体一直被忠诚的猎狗和猎鹰看守着、等待一个情人前来掩埋并为之殉葬要自然得多,也普遍得多的结局。也是基于以上理由，我们认为这首中世纪谣曲是先有"三观正确"的英格兰版本《三只乌鸦》，再有基于此版本改写而成的苏格兰版本《两只乌鸦》的——后者结构更精简、修辞更成熟，呈现的世界观也更"现代"。

引用文献

Child, Francis James, ed. *The English and Scottish Popular Ballads*, 5 volumes. Boston and New York: Houghton, Mifflin; London: Henry Stevens Sons and Stiles, 1882-1898 (rpt. New York: Dover Publications, 1965).

Hirsh, John, ed. *Medieval Lyrics: Middle English Lyrics, Ballads and Carols*. Oxford: Blackwell Publishing, 2005.

《阿伯丁动物寓言集》中的乌鸦,13 世纪英国

第十七章

誊抄工与"护书诅咒"主题

乔叟致亚当,他的誊抄工

(杰弗里·乔叟)

亚当,誊抄工,只要你重新抄写[1]
我的《波伊齐》或《特洛伊罗斯》,[2][3]
但愿你长长的鬈发下生出皮藓
除非你更忠实地誊抄我的原诗!
多少次,我不得不一遍遍替你返工
在羊皮上又擦又刮,订正错误,
一切都因为你的疏忽,你的仓促![4]

Words unto Adam, His Own Scriveyne[5]
(Geoffrey Chaucer)

Adam Scryveyne, if ever it thee befalle

Boece or Troylus for to wryten newe,

Vnder thy long lockkes thowe most haue the scalle

But after my makyng thowe wryt more trewe!

So oft a-day I mot thy werk renewe,

It to corect and eke to rubbe and scrape,

And all is thorugh thy necglygence and rape!

注释

[1] 第1行：中古英语名词 scryveyne 来自拉丁文动词 scribere（书写），专指手抄本制作过程中负责誉抄文本的抄写员，又称为缮写士，以区分于同样参与抄本制作的绘经师（illustrator）等作者，相当于现代英语中的 scribe。

[2] 第2行：*Boece* 指乔叟从拉丁文译为中古英语的罗马哲学家波伊提乌斯《哲学的慰藉》（*De Consolatione Philosophiae*）一书，乔叟采用了原作者名字的中古英语拼法，作为译作的书名。《哲学的慰藉》约成书于公元524年，其时波伊提乌斯正被东哥特国王西奥多（Theodore the Great）以（莫须有的）谋反罪名囚于狱中——此前他在元老院中权倾一时，位及执政官。深深体会到人生无常、命运多变的波伊提乌斯在狱中写下了这本古典晚期与中世纪早期交接时期最重要的哲学著作，对中世纪文学和思想产生了极其深远的影响。除了拉丁文原文外，乔叟参考的翻译底本还可能包括让·德·默恩（Jean de Meun，《玫瑰传奇》的第二作者，乔叟也曾将《玫瑰传奇》从古法语译为中古英语）的古法语译本。

[3] 第2行：《特洛伊罗斯》（*Troylus*）全称《特洛伊罗斯和克丽希达》（*Troilus and Criseyde*），该长篇史诗以帝王韵（rime royale）写成，约成书于1380年，常被看作乔叟最完整也最成功的一部作品。取材于薄伽丘的意大利语叙事诗《被爱情摧残者》（*Il Filostrato*）、12世纪古法语诗圣默赫的贝诺瓦（Benoît de Sainte-Maure）的《特洛

伊罗斯传奇》(*Roman de Troie*)等早期作品,乔叟在该史诗中重写了特洛伊战争背景下特洛伊王子(国王普里阿糜斯最小的儿子)特洛伊罗斯与克丽希达(一位加入了希腊人阵营的特洛伊先知卡尔卡斯的女儿)的爱情悲剧。《特洛伊罗斯和克丽希达》后来成为 15 世纪中古苏格兰诗人罗伯特·亨利森(Robert Henryson)长诗《克丽希达的见证》(*The Testament of Cresseid*)的重要素材,进而影响了莎士比亚的同名悲剧《特洛伊罗斯和克丽希达》。

[4] 形式上,《乔叟致亚当,他的誊抄工》只有一节七行诗(也有校勘者将该诗分为前四后三两节),尾韵押的是帝王韵(a-b-a-b-b-c-c)。关于帝王韵的历史参见本书第一部分第十八章。

[5] 本书中对乔叟短抒情诗的引用均出自第三版《河滨本乔叟》(Larry D. Benson, ed. *The Riverside Chaucer*, 3rd edition. Oxford: Oxford University Press, 2008),下不赘述。

解读

提起"英国诗歌之父"杰弗里·乔叟（Geoffrey Chaucer），人们首先想到的自然是他的（并未彻底完成的）皇皇巨著《坎特伯雷故事集》（The Canterbury Tales）。的确，《坎特伯雷故事集》对作为俗语（vernacular）的中古英语所作的贡献，相当于但丁的《神曲》对同样为俗语的中古意大利语所作的贡献。此前英国中世纪盛晚期的文学语言是拉丁语和盎格鲁—诺曼法语（在意大利则是拉丁语），这两本百科全书式的巨著的问世则标志着原先主要是口头语言的英语和意大利语在各自的文化语境中改头换面，跻身写出过世界一流作品的文学语言的历史舞台。

然而乔叟的才智远不止于《坎特伯雷故事集》，他的长篇史诗《特洛伊罗斯和克丽希达》，中长篇梦幻诗系列（《公爵夫人之书》《百鸟议会》《声誉之宫》《女杰传》），他从拉丁语或法语翻译成中古英语的重要作品《波伊齐》和《玫瑰传奇》（见注释[2]），甚至他写给十岁儿子刘易斯的关于如何使用星盘的论说文，都是文学史和英语语言史上的无价瑰宝。毫不意外地，他也写过许多杰出的抒情短诗，《河滨本乔叟》正式收录并归入其名下的共有十七首，另有四首疑似为乔叟所作但缺少手稿署名的短诗也被编辑拉里·D. 班森收录其中（Benson 631–660）。

《乔叟致亚当，他的誊抄工》（Words unto Adam, His Own Scriveyne，又作《誊抄工亚当》）是其中相对不起眼的一首短诗，一直以来在学界得到的关注也比较少,但引起的争议却不小。以林妮·穆尼为代表的"自传派"认为该诗中被责骂的对象"亚当"就是乔叟作品最重要的誊抄工亚当·平克赫斯特(Adam Pinkhurst):这位亚当是乔叟的同时代人,大约从14世纪80年代起担任乔叟的誊抄工(又称"缮写士"),并在1400年乔叟死后仍为他誊抄作品。这位亚当·平克赫斯特恰恰就是《坎特伯雷故事集》的两份最重要的早期手稿——亨瑞特手稿(Hengwrt Manuscript,今藏威尔士国家图书馆)和埃利斯米尔手稿(Ellesmere Manuscript,今藏加州圣马力诺亨廷顿图书馆,《坎特伯雷故事集》诸多现代校勘本的底本)——的抄写者(Mooney 98-100)。自从穆尼于2004年将《乔叟致亚当》的"收件人"(addressee)锁定为亚当·平克赫斯特,"自传派"的观点得到了广泛认同,毕竟这是看起来最证据确凿,时间上也能对上号的一种可能:乔叟的这首诗约写于1380年代中期,在他完成《波伊齐》与《特洛伊罗斯和克丽希达》之后,也正是平克赫斯特开始为乔叟抄写的年代。

持异见者的理由也言之凿凿:与绝大多数中古英语抒情诗一样,《乔叟致亚当,他的誊抄工》这个诗题并非出自乔叟本人之手,而是由后世的另一名誊抄工约翰·谢利(John Shirly)拟定的——考虑到诗题对确立诗歌旨趣的重要作用,如此,乔叟这首诗在多大程度上是针对一个特定的历史人物"亚当"就不得不存疑了(Olson 296)。不少早期学者把这首诗看作一首"怨歌"(plaint),认为作者抱怨和哀叹誊抄工的疏忽是一个常见的中世纪抒情主题。

约十年前,格雷丁·奥尔松另辟蹊径,认为这首诗在文类上属于"护书诅咒"(book curse)的一种——由于中世纪文化传承极其仰仗手抄本的流传,而手抄本的制作又极其费时费财费力,我们常常可以在抄本的开篇或结尾处发现这样的诅咒:任何"偷窃、损毁或滥用"抄本的读者都将受到天罚,轻则不得安生,重则不得好死(Olson 284)。的确有大量这一类型的护书诅咒作为抄本页缘艺术(marginalia,包括书写在页缘的文字和图画)的一部分被保留了下来,比如马克·德罗金在他关于护书诅咒的专题史中举出的一例针对窃书者的诅咒:"凡是偷书或是借书不还的人,这本书会变成蛇啃噬你,并且你将患梅毒,痛苦地溶化着死去,你的内脏将被蛆虫吞噬,来世你将受到地狱之火的折磨。"(Drogin 88)

但是把《乔叟致亚当,他的誊抄工》看作"护书诅咒"的一个显著问题在于:护书诅咒是由誊抄工写在抄本上——或许是遵照作者或委托制作抄本者的意愿,或许是出自本人意愿——向潜在的不守规矩的读者发出的诅咒。而本诗中诅咒的对象却是誊抄工本人("但愿你长长的鬈发下生出皮癣")。诗人为何要诅咒辛苦为他抄录作品的誊抄工,并且后者为何又要如实抄写这份诅咒——假如他当真认为本诗的实质是意图严肃的诅咒?

此外,简·昌斯把该诗看作一种"诗体信"(verse epistle),并且同时是关于原罪与救赎的一则寓言:上帝与诗中的作者"我"的关系相当于伊甸园中犯罪的亚当与诗中犯错的誊抄工"亚当"的关系。根据昌斯的观点,如果在较为宽泛的意义上使用教父学四重解经法的术语,我们可以说诗中写字的"作者—乔叟"是口说圣言的上帝的一种"类型"(type),而诗中的誊抄工亚当是伊甸园中亚当的一个类型(Chance 120)。布兰登·奥康纳尔进一步指出,这种艺术家—创造者—上帝之间的平行指涉还可以更广义地对应于"上帝作为世界之书的作者"这一常见的中世纪隐喻(O'Connell 40)。奥康纳尔的观点引诱我们更仔细地回到中世纪抄本制作的物质文化语境中去,对"作者"和"誊抄工"之间的历史关系作一番细查。在典型的中世纪思维中,这两种人首先都是手抄本制作者或曰书籍制作者。13世纪方济各会神学家波纳文图拉(Bonaventura)的一段评注中关于四种书籍制造者的划分很好地体现了这种思维:

有四种制作书籍的方法。有时是一个人不增也不改地誊抄别人的字,他只能叫作"誊抄工"(scriptor)。有时一个人把别人写的段落汇编在一起,他就叫作编者(compilator)。有时一个人既写别人的也写自己的字,但主要是别人的,只是为了说明才增添自己的部分,他就不能称之为作家,而只是个评注家(commentator)。有时一个人既写别人的也写自己的字,但以自己的字为主,只是用别人的字来作为论据,那么他就应该被称为作者(auctor)。(Burrow 29-30)

根据这种四分法,很显然,《乔叟致亚当,他的誊抄工》中的"我"是诗中提及的两个文本的作者(auctor),而亚当只是一名誊抄工(scriptor),与"编者"和"评注家"一样,都不能被称为"作者"。誊抄工不能成为作品的全权负责人,其职责在于且仅在于"不增也不改地誊抄别人的字"——诗中的亚当恰恰是因为在这一点上出了差池,而被"我"认定为玩忽职守。而"我"的愤懑还在于,由于誊抄工的不称职("一切都因为你的疏忽,你的仓促"),自己身为"作者"却被迫一再担负起"誊抄工"的职责,自行修订"亚当"写错的抄本("多少次,我不得不一遍遍替你返工/在羊皮上又擦又刮,订正错误"),而耽误了本可以用来创作的时间。我们当然可以对此进行寓意解读:伊甸园中亚当的僭越如同"誊抄工"亚当写错的字,而道成肉身、降临人间为亚当及其后裔赎罪的基督就如同"我"在抄本上进行的返工。要知道中世纪的缮写士们在羊皮或牛皮抄本上订正错误可不像今天用橡皮擦去铅笔字迹,或用修正液涂去钢笔字迹那么简单。矿物颜料制成的墨水一旦从羽毛笔尖端渗入纤维深处,必须用小刀刮去表层的墨迹,方可再用新的字迹覆盖——由于羊皮和牛皮价格昂贵,且需要经过去毛、尿液与青柠汁浸泡、晾干等一系列复杂工序方可做成抄本的介质,不少手抄本作坊都会选择将其认为没有价值的前人抄本,刮去表层字迹后,作为空白抄本来誊抄新的内容。然而我们同样可以将本诗看作一则关于文字的易损性和文本的流动性的普遍寓言:无论作者(不管是乔叟这样的大作家还是普通写字者如你我他)如何不辞辛劳,绞尽脑汁想要确保写下的作品一字不差地流传下去,随着时光的流逝、介质的朽坏、读者的累积,文本——确切地说是文本传递的意义——都将不可避免地偏离作者的初衷,悖离作者的意志,并在读与写、消化与传递的过程中逐渐形成独属于自己的生命。初始作者无法阻止誊抄工、编者、评注者乃至世世代代的读者加入一个使文本不断扩充的"作者"的队伍中来,正如羊皮纸无法阻止后人在页缘添加涂鸦或注释,与位于中心的文本构成图文互动。羊皮有呼吸,文本有生命,不是自诩上帝的"作者"威胁或诅咒就能扼杀的。

最后,誊抄工在采光差、文具次、容错率低、工时长的中世纪无疑是最考验人耐心和毅力的工种之一。读读下面这首 11 世纪中古爱尔兰语抒情诗《缮写士科伦基尔》,我们或许会对《乔叟致亚当,他的誊抄工》中的"亚当"抱有更深的同情——无论他是何人,无论他是否存在:

我的手因握笔而麻木
我的鹅毛笔生着锥形尖
从它的鸟喙中汩汩溢出
甲虫般闪亮的蓝黑墨水。

缮写室中的缮写士(誊抄工),
15 世纪巴黎,今藏法国国家图书馆

智慧的小溪奔流如泉涌
从我精细的土黄字体中;
绿皮冬青浆果制成墨水
在羊皮纸上奔流如河川。

我小小的湿润的羽毛笔
在书页间穿梭,有粗有细
丰富着学者们的藏书:
我的手因握笔而麻木。(拙译)

引用文献

Benson, Larry, D., ed. *The Riverside Chaucer*, 3rd edition. Oxford: Oxford University Press, 2008.

Burrow, J. A. *Medieval Writers and Their Work: Middle English Literature and Its Background 1100–1500*. Oxford: Oxford University Press, 1982.

Chance, Jane. "Chaucerian Irony in the Verse Epistles: 'Wordes Unto Adam', 'Lenvoy a Scogan' and 'Lenvoy a Bukton'." *Papers on Language and Literature* 21 (1985): 115–129.

Drogin, Marc. *Anathema! Medieval Scribes and the History of Book Curses*. Totowa, NJ: Allanheld & Schram, 1983.

Mooney, Linne. "Chaucer's Scribe." *Speculum* 81 (2006): 97–138.

O'Connell, Brendan. "'Adam Scriveyn' and the Falsifiers of Dante's 'Inferno': A New Interpretation of Chaucer's 'Wordes'". *The Chaucer Review* 40 (2005): 39–57.

Olson, Glending. "Author, Scribe, and Curse: The Genre of Adam Scriveyn." *The Chaucer Review* 42 (2008): 284–297.

第十八章

寓言、诗体信与怨歌传统

乔叟致他钱袋的怨歌

(杰弗里·乔叟)

向你,我的钱袋,不向任何别人
我发出哀叹!你是我亲爱的女士,[1]
真遗憾,你现在轻成了这个样!
当然,除非让我醒转的是你,
否则我宁可躺在灵床上!
所以我要哭喊,求你发发慈悲
再次变沉吧,不然我就死定了!

今天就向我保证,在夜晚降临前,
让我听见你悦耳的钱币响叮当
或者看见你的颜色,阳光般明艳,
这种金黄色泽从来没人能赶上。
你是我的生命,我心的船舵,
带来慰藉和友好陪伴的女王,
再次变沉吧,不然我就死定了!

现在,钱袋,我的生命之光,
我在这下界的拯救者,
救我逃离这城,用你的力量

既然你不愿作我的司库!
修士的头有多秃,我就有多穷,
但我还是要祈求你的恩惠
再次变沉吧,不然我就死定了!

乔叟的寄语:[2]

哦,布鲁特人的阿尔比翁的征服者![3]
你继承皇家血统,也通过自由选举
是真正的英国之王,我把这支歌献给你;
你,有能力弥补一切哀伤的你,
下定决心吧,听取我的恳求!

The Complaint of Chaucer to His Purse

(Geoffery Chaucer)

To yow, my purse, and to noon other wight
Complaine I, for ye be my lady dere.
I am so sory now that ye be light,
For certes but if ye make me hevy chere,
Me were as leef be leyd upon my bere,
For which unto your mercy thus I crye
Beth hevy ageyn or elles mot I dye.

Now voucheth-sauf this day er it be night
That I of yow the blisful soun may here,
Or see your colour lyke the sonne bright
That of yelownesse hadde never pere.
Ye be my lyf, ye be myn hertes stere,
Quene of comfort and of good companye,
Beth hevy ageyn or elles mot I dye.

Now purse that been to me my lyves lyght
And saveour as doun in this worlde here
Out of this toune help me thurgh your might

Sin that ye wole nat been my tresorere

For I am shave as nye as any frere;

But yet I prey unto your curtesye,

Beth hevy ageyn or elles mot I dye.

L'Envoy de Chaucer

O conquerour of Brutes Albyoun

Which that by line and free eleccioun

Been verray king, this song to yow I sende,

And ye that mowen alle oure harmes amende

Have minde upon my supplicacioun.

注释

［1］第2行:"我亲爱的女士",寓言诗中抽象的"品质性角色"常被比作骑士文学中的一位淑女。本诗中的寓意人物虽是具体事物"钱袋",实际指向抽象的"财富",乔叟灵活运用了这一寓言体元素,为文本注入了诙谐效果和戏剧张力,下文"带来慰藉和友好陪伴的女王"和"我的生命之光"也是对典型寓言女主角的称呼。

［2］"寄语"(envoy 或 envoi):派生自法语词"送信"(envoyer),源自中世纪法国行吟诗人的歌谣末端,用来向诗人的爱人、朋友或恩主直接致意,表达祝愿或者提出期望。"寄语"段的行数一般少于诗歌正文每节行数,有时部分复制正文中的尾韵。

［3］寄语段第1行:"布鲁特"(Brut)和"阿尔比翁"(Albyoun,亦作Albion)均为英格兰古称。前者来自传说中特洛伊英雄埃涅阿斯的后人、第一任不列颠国王布鲁图斯(Brutus)的名字,后者在原始印欧语系词源中意为"白色",一说源自英格兰南部多佛的白色悬崖,或来自古凯尔特诸语中的"(可见的)世界"一词。两者均多见于文学语境。

解读

中世纪文学语境中充斥着"象征"(symbol)与"寓言"(allegory)两种程式。常见的情况是,理论家的批评野心有多大,这两条术语间的差异就有多远。造成这种不确定性的一个原因是:中世纪的象征与寓言对应着(甚至是来源于)一种将世界及其中万物理解成"面具"的思维习惯,仿佛万物的意义从来不在于表象。上文所引法国神学家里尔的阿兰的诗行漂亮地归纳了这种态度。正如赫伊津哈(Johan Huizinga)在《中世纪的秋天》中所言:

> 中世纪人的头脑对于圣保罗的这条真言了悟得最为透彻:"我们现在是对着镜子观看,模糊不清;到那时,就要面对面了……"(哥林多前书 13:12)这种感受可能会采取一种病态强迫的形式,导致一切事物似乎都隐藏着一种危险,一个我们必须不惜一切代价解开的谜面。或者,万物也可被作为一种宁静与安心之源泉来体验,让我们充满这种感觉:我们自己的生命也包含在世界的隐藏意义之中。(Huizinga 194)

这种倾向在现代人眼中无疑显得拐弯抹角,缺乏效率,但它并不仅仅是文学趣味变迁的一个例证。它至晚可以追溯到基督教早期教父的四重解经法,在中世纪经院哲学的智识氛围中被强化,同时也植根于一种用图像来把握世界的传统,而图像的系统是逐渐确定下来的——"图像是俗众的文学(laicorum literatura)"(Eco 54)。比如在中世纪动物寓言集彩绘手抄本中,鹈鹕总是象征基督,独角兽总是象征贞洁。早在这种倾向达到顶峰之前很久,奥古斯丁就言之凿凿地宣说:"当某种用比喻的方法说出的事物被按照字面来理解时,它只在肉身层面被理解。"(Augustine 84)圣维克托的休将这一观点发展得更为清晰:"一切分析都始于有限或已定义之物,向着无限或未定义之物前进。"(Hugh 92)然而休同时也提出了警告:缺乏经验的读者滥用寓意解经法可能造成危险后果,有鉴于此,他建议采取中道:

> 从前,那接受了生命之法的人为何遭谴,难道不是因为他们一味追随那使人死的字句,却忽略了那使人活的精义?但我说这些,不是为了要给任何人机会,按照自己的意志任意解释经文……两方面都很重要:一是我们要遵循字句,不可将我们自己的理解置于神圣作者之上;二是我们不可遵循太过,以至于不承认真理的一切表述都反映在字句中。不做献身于字句的人,"属灵的人能看透万事"。[1](Minnis 81)

对于艾柯而言,象征和寓言都可被归入"中世纪象征主义",并可被进一步分为"形而上象征"和"普遍寓言"。前者与"在世界之美中洞见上帝之手的哲学习惯"有关,对于约翰·斯科图斯·埃里金纳(John Scotus Erigena)这样的中世纪象征主义者而言,"世界是一场盛

---

[1] 休在此部分引用了《哥林多前书》第2章第15节:"属灵的人能看透万事,却没有一人能看透了他。"

大的神显",在美丽的造物中彰显着上帝的事工(Eco 56)。艾柯对"普遍寓言"的定义则不那么清晰,大致可归纳为:将世界及其中万物看作拥有四个层面的意义(字面义、寓言义、道德义、神秘义)。有时,"形而上象征"会转化为"普遍寓言",艾柯称之为"象征结晶成寓言"的过程(Eco 58)。对于艾柯而言,两者不过是同一种审美情趣的不同表现,在某些情况下甚至可以互转。然而在艾柯的结晶论问世前四分之一个世纪,C. S. 刘易斯提出过迥然相异的看法,刘易斯认为象征,或称"圣礼主义"(sacramentalism),"几乎是寓言的反面",坚定不移地在两者间划清了界限:

> 两者间的差异再强调也不为过。寓言作者离开已知——他自己的情感——去谈论更不真实之物,也就是虚构。象征作者离开已知,为了寻找更真实之物。换种说法来解释这种差异:对于象征作者而言,我们才是寓言。我们是"僵硬的拟人";我们头顶的苍穹是"影子般的抽象";我们误以为是真实的世界,不过是那存在于别处的、在所有不可思议的维度上都真正饱满立体的世界的干瘪缩影……象征之诗根本不曾在中世纪引吭高歌,只有在浪漫主义的时代才臻于圆满;这一点,对于区分象征与寓言的重大差异也是至关重要的。(Lewis 45 – 46)

刘易斯的区分十分有益,他对寓言的定义也无疑比艾柯更为精准,中世纪寓言诗成为一种独树一帜的文类,绝大多数依靠的是距离刘易斯的定义更近的寓言机制和寓意人物(allegorical characters)。典型中世纪寓言诗中的寓意人物大致可分为两类：来自古典传统的男女神祇，一个个犹如直接从希腊—罗马万神庙中走来，只是被诗人乔装打扮成了中世纪淑女或骑士；以及那些代表人类礼仪、社会地位或道德，乃至任何抽象理念的"品质性"角色——继承自一个真正植根于中世纪的、被 12 世纪古法语寓言罗曼司《玫瑰传奇》(*Roman de la Rose*)发扬光大的传统。后一类寓意人物（各类抽象理念的化身）在文本中常被设定为针锋相对的敌人，为了争夺某项精神大奖（通常是叙事主人公的灵魂）而大打出手，这种寓意人物之间的战争叫作"内战"(*bellum intestinum*)、"圣战"(Holy War)或"灵魂大战"(*psychomachia*)——最后一个名字来自 5 世纪拉丁语诗人普罗登提乌斯(Prudentius)的同名作品(*Psychomachia*)。普氏虽然在晚古时期写作，却被看作第一位纯粹的"中世纪寓言"作家，为后来中世纪盛期著名的寓言诗《玫瑰传奇》、《农夫皮尔斯》、《淑女集会》(*The Assembly of Ladies*)乃至中古英语寓言体道德剧《每个人》(*Everyman*)等作品开创了体例。

"乔叟只要采用一种文体，就一定会更新和推进这种文体"(Hirsh 171)，赫许的这个判断同样适用于这封以一个寓意人物为收信人的"诗体信"(verse letter)。乔叟学家们普遍认为，《乔叟致他钱袋的怨歌》(*The Complaint of Chaucer to His Purse*)真的是为讨债而写作的，并且讨债的对象不是别人，而是 1399 年从理查二世手中夺走王位的新国王亨利·波林勃洛克(Henry Bolingbroke，亨利四世)！金雀花王朝末代国王理查二世的统治虽然备受诟病（尤其在识时务者为俊杰的都铎王朝的史学家和文学家手中，包括莎士比亚），其在位期间却见证了英语摆脱其仅被视作本土"俗语"的身份偏见、正式作为一种文学语言登上文学史舞台的过程。"理查时代文学"(Ricardian Literature)繁荣的14世纪后期亦被称作中古英语文学的黄金年代,而乔叟及其《坎特伯雷故事集》恰恰在英语作为正式文学语言崛起的过程中起了决定性的作用,相当于但丁及其《神曲》对同为俗语的意大利语产生的影响。

但这都是文学史的后见之明,对于当时已是花甲老人的乔叟而言,王权暴力更替带来的直接后果就是他没有拿到本该由理查二世发放的王室津贴,许多学者相信这就是《乔叟致他钱袋的怨歌》这首辛辣、风趣又略带苦涩的寓言体"讨债诗"的缘起。

这篇"诗体信"(也称"信件诗")中并无常见于长篇寓言诗中的"灵魂大战"等戏剧主题,仅仅是活用寓言手法,把一切不满和怨言向一个虽未出场却活色生香的寓意人物"钱袋女士"倾泻,巧妙地避开了直接向"被追债人"(国王)发牢骚的尴尬和危险,所以严格来说它算不得一首纯粹的寓言诗。然而乔叟活用寓言体的手法是如此娴熟,恰恰继承了《玫瑰传奇》以降的寓言传统中最鲜活的部分。我们不仅能轻易从他的描述中见到钱袋女士登场时的凤冠霞帔("你悦耳的钱币响叮当……你的颜色,阳光般明艳,/这种金黄色泽从来没人能赶上"),更是在读诗的过程中逐渐进入他精心设置的、可与"钱袋女士"亲密交谈的叙事情境,不知不觉中成为了寄信人"我"的窥私者和同谋。仅仅凭借两个人物(寄信人"我"和不出声的收信人"钱袋"),乔叟就制造出了最成功的那部分中世纪寓言长诗中扣人心弦的戏剧张力。

同时，这一切还在另一套语汇的掩饰下展开——骑士向心上人表现求爱中的绝望的"典雅爱情"语汇（"你是我的生命，我心的船舵，/带来慰藉和友好陪伴的女王……钱袋，我的生命之光，/我在这下界的拯救者"）——并一路对这套语汇进行戏仿和解构。乔叟不愧是乔叟，总能在不同母题和文类的经纬中轻盈穿梭，杂糅与编织出新的文学地形图，遵循却又时刻更新着诗歌的形式和规则。就韵学而言，《乔叟致他钱袋的怨歌》通篇（除寄语外）以帝王韵（rhyme royal）写就，这种遵循五步抑扬格的七行诗体押 a-b-a-b-b-c-c 尾韵，得名于苏格兰国王詹姆士一世——这位诗人国王使用该韵体写了长诗《国王之书》（*Kinges Quair*）——但首次将帝王韵在英语中发扬光大的人当推一个世纪前的乔叟。乔叟在长诗《特洛伊罗斯和克丽希达》（*Troilus and Criseyde*）以及梦幻诗《百鸟议会》（*Parlement of Foules*）中通篇使用帝王韵，并将它运用于《坎特伯雷故事集》中的四个故事（《律师的故事》、《修女院院长的故事》、《学者的故事》和《第二修女的故事》）以及一系列短抒情诗中。

这首技艺精湛的、史上最著名的"催稿费诗"实际效果如何？毕竟在附加的"乔叟的寄语"中，"我"一改之前的迂回曲折，借献诗的名义，直接向当朝国王呼告（"布鲁特人的阿尔比翁的征服者！/你继承皇家血统，也通过自由选举/是真正的英国之王……下定决心吧，听取我的恳求！"）。这些固然是奉承君王修辞的一部分（尤其考虑到亨利四世称王的背景，"通过自由选举"就具有了讽刺意味），但乔叟言辞中的恳切和他诉求的迫切也显而易见。"英国诗歌之父"乔叟于次年撒手人寰（1400年左右），其死因至今仍疑窦重重，一般认为他去世前的确成功地追讨到了两笔王室津贴,但都低于他原本应得的数目(Ferris 46-50)。寓言诗、怨歌、情诗、诗体信/信件诗……尽管这首短短的小诗是中古英语诗歌文体学的研究典范,但在"诗可以怨"最世俗和现实的意义上,《乔叟致他钱袋的怨歌》终究未能替它的作者实现心愿,"弥补一切哀伤"。

托马斯·霍克利夫《王政》手稿边缘的晚年乔叟肖像,约1415—1420年,今藏大英图书馆

引用文献

Augustine of Hippo. *On Christine Doctrine*. Trans. D. W. Robertson, Jr. New York: Liberal Arts Press, 1958.

Eco, Umberto. *Art and Beauty in the Middle Ages*. Trans. Hugh Bredin. New Haven: Yale University Press, 1986.

Ferris, Sumner J. "The Date of Chaucer's Final Annuity and 'The Complaint to His Empty Purse'". *Modern Philology* 65 (1967): 45–52.

Hirsh, John, ed. *Medieval Lyrics: Middle English Lyrics, Ballads and Carols*. Oxford: Blackwell Publishing, 2005.

Hugh of St. Victor. *The Didascalicon of Hugh of St. Victor*. Trans. Jerome Talor. New York: Columbia University Press, 1963.

Huizinga, Johan H. *The Waning of the Middle Ages: A Study of the Forms of Life, Thought, and Art in France and the Netherlands in the Fourteenth and Fifteenth Centuries*. Trans. F. Hopman. Harmondsworth: Penguin Books, 1965.

Lewis, C. S. *The Allegory of Love: A Study in Medieval Tradition*. Oxford: Oxford University Press, 1936.

Minnis, A. J. et al. eds. *Medieval Literary Theory and Criticism c.1100–c.1375: The Commentary Tradition, Revised Edition*. Oxford: Clarendon Press, 1992.

［荷］约翰·赫伊津哈著:《中世纪的秋天:14世纪和15世纪法国与荷兰的生活、思想与艺术》,何道宽译,桂林:广西师范大学出版社,2008年。

第十九章

"典雅爱情"主题及其反讽

致罗莎蒙德的谣曲

（杰弗里·乔叟）

女士，你是一切之美的圣殿
在世界地图圈起的所有地方。[1]
因为你闪耀，如水晶般璀璨
你圆圆的脸颊有如红宝石。
你是那么快活，那么兴致高昂，
当我在庆典上看到你翩翩起舞
仿佛一剂膏药敷到我伤口上，
虽然你并未同我眉目传情。

尽管我哭出了一整桶眼泪，
但愿那悲伤不要挫败我的心！
你轻轻发出如此动听的声音，
让我的思想充满了福祉和欢欣。
所以深陷爱情中的我彬彬有礼
在悔恨中对自己说："罗莎蒙德，
这就够了，只要我爱着你，
虽然你并未同我眉目传情。"

从来没有一条梭子鱼在肉酱里[2]

像我在爱情里浸得那么深,那么疼;
所以,我经常觉得我自己,
是货真价实的特里斯丹爵士再生。[3]
我的爱情永远不会冷却或麻木
我永远焚烧于爱欲的喜悦中;
无论你做什么,我总是你的奴仆,
虽然你并未同我眉目传情。

万分温柔的　乔叟

To Rosemounde: A Balade
(Geoffrey Chaucer)

Madame, ye ben of al beaute shryne

As fer as cercled is the mapamounde,

For as the cristal glorious ye shyne,

And lyke ruby ben your chekes rounde.

Therwith ye ben so mery and so jocounde

That at a revel whan that I see you daunce,

It is an oynement unto my wounde,

Thogh ye to me ne do no daliaunce.

For thogh I wepe of teres ful a tyne,

Yet may that wo myn herte nat confounde;

Your semy voys that ye so smal out twyne

Maketh my thoght in joy and blis habounde.

So curtaysly I go with love bounde

That to myself I sey in my penaunce,

"Suffyseth me to love you, Rosemounde,

Thogh ye to me ne do no daliaunce."

Nas never pyk walwed in galauntyne

As I in love am walwed and ywounde,

For which ful ofte I of myself devyne

That I am trewe Tristam the secounde.

My love may not refreyde nor affounde,

I brenne ay in an amorous plesaunce.

Do what you lyst, I wyl your thral be founde,

Thogh ye to me ne do no daliaunce.

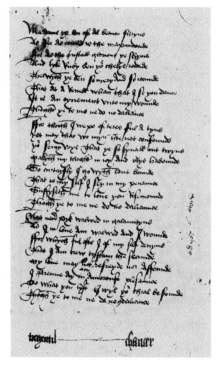

《致罗莎蒙德的谣曲》手稿

注释

[1] 第 2 行：中古英语复合名词 mapamounde 来自中世纪拉丁语 mappamundi（世界地图），由 mappa（地图）与 mundus（世界）构成。Mappa 原意为"布料"、"桌布"，该词只是中世纪拉丁语和俗语中众多用来表示"地图"的词汇之一，其他词汇包括：描述（descriptio）、图画（pictora）、绘表（tabula）、故事／历史（estoire）等。自中世纪盛期至乔叟写作的中世纪晚期，最常见的一种地图范式是"T—O"形：地图呈圆形，状似字母"O"的边界勾勒出世界的轮廓，当时欧洲人眼中的三大中心水系（尼罗河、顿河与地中海）则将世界分作三块（上方的半圆是亚洲，左下与右下的两个四分之一扇面分别是欧洲与非洲），在"O"中形成一个大写字母"T"。由于乔叟时代的世界地图通常是圆形的，故有"在世界地图圈起（cercled）的所有地方"之说。

[2] 第 17 行：galauntyne，一种用牛肉或鸡肉去骨烹制的中世纪肉酱，可能味辛辣，常裹涂在煮熟的鱼外用于调味。

[3] 第 20 行：Sir Tristam，亦作 Sir Tristram 或 Sir Tristan，为亚瑟王传奇中的著名人物，生于康沃尔的圆桌骑士之一，其名直译为"哀生"。特里斯丹以他与其叔父（康沃尔的马克国王）的未婚妻——爱尔兰公主漪瑟（Iseult）的爱情悲剧而闻名，成为忠于"典雅爱情"的痴情骑士的代名词。13 世纪法语《散文体特里斯丹》（*Tristan en Prose*）和 15 世纪英语作家托马斯·马洛礼所作《亚瑟王之死》（*Le Morte D'Arthur*）中均对特里斯丹的生平故事有详尽的叙述。

解读

　　这首谣曲(ballad)是乔叟短抒情诗中不太为人所知的一首,全诗由三节五步抑扬格八行诗组成,尾韵模式为ababbcbc,有时被称作"民谣体"诗节(ballad stanza)。"民谣体"诗节比"帝王韵"诗节多一行,又比后世的"斯宾塞体"诗节(Spenserian stanza,尾韵模式为ababbcbcc)少一行,乔叟曾在《坎特伯雷故事集》之《僧侣的故事》(*The Monk's Tale*)中使用过这种韵体。韵学史上通常认为埃德蒙·斯宾塞正是受到乔叟的影响,在"民谣体"的基础上再添加一行六音步的"亚历山大体"诗行(Alexandrine line),为其传世史诗《仙后》(*Fairy Queen*)创造了著名的"斯宾塞体"。

　　《致罗莎蒙德的谣曲》(*To Rosemounde: A Balade*)中充满了典型的乔叟式诙谐、灵动的句式,以及令人惊讶的奇喻。这首谣曲表面看起来是献给某位淑女的情诗,虽然那位淑女从未回馈他的感情。只有个别学者认为"罗莎蒙德"是一位有现实原型的女性——比如玛格丽特·高威就试图论证罗莎蒙德的真实身份为理查二世的新娘,法兰西的伊莎贝尔(Isabel de France),而乔叟正是为了取悦这位来自法国的王后,才选择了谣曲这种源自普罗旺斯的诗体(Galway 278)。然而只要仔细品味诗中戏剧化的夸张修辞("尽管我哭出了一整桶眼泪,/但愿那悲伤不要挫败我的心"),自恋自艾而又自夸的第一人称自我指涉("我经常觉得我自己,/是货真价实的特里斯丹爵士再生"),悖离情诗传统隐喻词汇、不伦不类乃至滑稽的奇喻("从来没有一条梭子鱼在肉酱里/像我在爱情里浸得那么深,那么疼"),我们不难发现,本诗在"示爱"的字面之下另有其他意图,甚至是直接颠覆其表面主旨的意图。

第17—18行中"梭子鱼在肉酱里"的奇喻尤其引人注目。我们对所谓中世纪黑暗料理的知识基于零零碎碎的史料记载和食谱残篇,这使我们无法精确地知道裹在整条鱼外用来调味的 galauntyne 酱汁究竟是什么滋味,但至少能从下一行"受伤/疼痛"(ywounde)的表述中推出这是一种刺激味蕾的、很可能辛辣的调味品。乔叟于本诗第17—18行中在"我"和"梭子鱼"之间建立了平行指涉,使得这两行的意象具有了浓重的自嘲和反讽意味。中世纪用来比喻(沉浸在)热恋中人的心情和处境的食物通常是精美的甜品、芬芳的花蜜、新鲜的水果——尤其是各种色泽鲜艳、外形与性器官相似的莓类或瓜果,就如我们在希罗尼姆斯·博施的《人间乐园》(因画满上千颗成为男欢女爱的温床的莓果而被戏称为《草莓乐园》)三联画中看到的那样——或者馥郁的醇酒。反之,一条浸在肉酱里的梭子鱼的意象不仅令人莞尔,而且使人不快,似乎诗人有意要将"我"的这场单相思百般调侃和贬抑。不管是"无论你做什么,我总是你的奴仆"中透露出受虐倾向的卑躬屈膝,还是贯穿全诗的叠句"虽然你并未同我眉目传情"中传达的不被回馈的爱情的绝望,结合上述种种戏谑的修辞,都越来越明晰地为我们指出了《致罗莎蒙德的谣曲》真正的旨趣——一首披着情诗的外衣,讽刺中世纪"典雅爱情"(courtly love)理念的"反情诗"。

"典雅爱情"(源自古法语 amor courtois)一词的地位是由加斯东·帕里斯(Gaston Paris)在《关于圆桌传奇〈兰斯洛:囚车骑士〉的

研究》中首先确立的——《兰斯洛：囚车骑士》(*Lancelot, le Chevalier de la Charrette*)是12世纪最杰出的中古法语亚瑟罗曼司作者克雷蒂安·德·特洛瓦的代表作。在帕里斯的定义中，"典雅爱情"是男性单方面将特定的女性偶像化、崇高化的过程，作为崇拜者的骑士必须不惜一切代价满足心上人的任何愿望，以赢得芳心，并且无论作为爱慕对象的女士如何对他置之不理，甚至残忍相待，骑士都要对她始终痴心、忠贞不渝。我们可以对观本诗中"我的爱情永远不会冷却或麻木／我永远焚烧于爱欲的喜悦中；／无论你做什么，我总是你的奴仆"，看到乔叟是如何严格遵循"典雅爱情"中单恋骑士的传统措辞——为了更有力地对其背后的价值进行批判。

一段有始有终的中世纪典雅爱情未必涉及性，但也绝非纯粹的精神恋爱，因为性的吸引恰恰是触发这段关系的原力。C. S. 刘易斯在《爱的寓言》(*The Allegory of Love*)中将涉及性的部分说得更加直白，他将典雅爱定义为"一种极其特殊的爱，其特点包括谦卑、文雅、通奸，还有爱之宗教"(Lewis 21)。这句话也凸显了典雅爱情无法回避的最大的暗面：它很少发生在合法夫妇之间，而是必须暗中进行，掩人耳目，作为一种不受婚姻契约和法律保护的爱情形式，被看作对通常无关爱情的中世纪贵族婚姻的一种补偿。

历史学家们——诸如20世纪60年代的D. W. 罗伯岑(D. W. Robertson)和70年代的约翰·C. 摩尔(John C. Moore)、E. 塔波特·多纳森(E. Tabolt Donardson)——声称"典雅爱情"一词实为现代人的发明，没有充足的文献证据可证明它确实存在。不过，"典雅爱情"的近亲词"优雅爱情"(fine love，源自古法语 fin amor)却早在11世纪左右就大量散见于普罗旺斯语和法语文献中,绝非今人年代误植的臆造。一般认为这一传统——至少在文学作品中——在阿奎丹、普罗旺斯、香槟和勃艮第公国最为盛行,传说是阿奎丹的埃莉诺(Eleanor of Aquitaine)及其女儿玛丽将典雅爱情的理想先后引入了英法两国的宫廷。处理典雅爱情的常见文学体裁有抒情诗、寓言故事、散文罗曼司、籁歌(lay/lai)、训诫文等。其中最著名的训诫文当属安德雷斯·卡波拉努斯(Andreas Capellanus)模仿古罗马奥维德《爱的艺术》(*Ars Amatoria*)所作的《论爱情》,卡波拉努斯将典雅爱情定义为"纯洁之爱":

> 是纯洁之爱将两颗心儿销魂地拴在一起。这类爱出于脑的沉思和心的深情,最多只能抱一下,亲个嘴,或小心翼翼地碰一下爱人的裸体,而那最终的慰藉对于想要纯洁地相爱的两人而言是禁止的……那种爱称为混合之爱,它起于每种肉体的愉悦,止于维纳斯的终极行为。(Lewis 35)

假使我们相信卡波拉努斯的定义,认为"纯洁之爱"与"混合之爱"当真泾渭分明,并且前者远远优于后者,只有前者算得上"典雅爱情";一个吻、一个拥抱、一次触碰比"维纳斯的终极行为"更纯洁、更"出于脑的沉思和心的深情",因而是想要在典雅爱情中相爱的两人可以发生身体接触的最大值——我们能得到的将会是一个悲惨的,即使感情得到了回馈、欲望却永远得不到满足的骑士(典雅爱情中的已婚方几乎永远是女性)。由于典雅爱情中骑士对女士忠贞不二的要求,他将终身无处安放自己的身体需求,成为一个"恋爱中的禁欲修士"类的人物。这已经是比较幸运的情况。典雅爱情更常见的程式是,女士永远不会回应骑士的感情,无论他如何反复以语言和行动求爱、立誓,保证自己的爱情矢志不渝,就如我们在《致罗莎蒙德的谣曲》中看到的那样("虽然你并未同我眉目传情")。若要做个严格符合典雅爱情理想的恋人,那么男性求爱者将被要求一辈子忍受在精神和肉体上都得不到慰藉的处境:他的爱情越无望,越给他带来无尽的折磨,他作为典雅爱人的声誉就越无可挑剔。

这样一种内部饱含悖论、现实中难以持续却因其"典雅"之名受到贵族社会追捧(至少是在文学中)的爱情理想,在以务实著称的乔叟那里自然得不到青眼。实际上,《致罗莎蒙德的谣曲》绝非乔叟戏谑典雅爱情的唯一文本,在短抒情诗《情怨》(*Complaynt D'Amours*)、《致他的女士的怨歌》(*A Complaint to His Lady*),乃至《坎特伯雷故事集》之《磨坊主的故事》(*The Miller's Tale*)中,乔叟都曾调动修辞的十八般武艺,向典雅爱情的理想全面开火,讥刺其虚伪、矫揉造作、时常沦为自抬身价的工具的特质。此后的英格兰大地上,诗人约翰·高尔(John Gower),还有罗曼司作家托马斯·马洛礼(Thomas Malory)都曾用自己的方式或含蓄或巧妙地批评了这一中世纪文学传统中最重要的爱情理想,马洛礼在《亚瑟王之死》中更是费心经营,实际上将卡米洛特王朝及其基督教骑士理想的覆灭归因于典雅爱情——发生于亚瑟王王后桂妮薇与亚瑟王最信赖的圆桌骑士兰斯洛之间的婚外恋情。尽管马洛礼笔下这两人的爱情严格来说不符合卡波拉努斯对"禁欲系"典雅爱情的定义(《亚瑟王之死》中多处暗示两人曾私会同寝),但《亚瑟王之死》确凿无疑是将桂妮薇和兰斯洛之间的感情当作典雅爱情的典范来刻画的。[1]

《致罗莎蒙德的谣曲》中时时缺席却又处处在场的女主人公罗莎蒙德,就连她的名字(Rosemounde,现代英语中的Rosamund,来自拉丁文rosa mundi,"世界的玫瑰")都有一丝"反情诗"的意味。若说恋人总认为自己的恋慕对象独一无二,并且希望她对自己忠诚和专一,成为一朵"唯一的玫瑰",那么"世界的玫瑰"——任何人的玫瑰——叫作这个名字的女性作为情诗的致意对象,不能不说带有浓重的讽刺意味。后世有莎士比亚致"黑夫人"的"反情诗"商籁——"我爱人起誓,说她浑身是忠实,/我真相信她,尽管我知道她撒谎"(商籁第138首,梁宗岱译);"因为我曾赌咒说你美,说你璀璨/你确是地狱一般黑,夜一般暗"(商籁第147首,梁宗岱译)——"英国诗歌之父"乔叟即使在他少有人关注的抒情诗作品中,依然是一个先行者。

---

[1] 详见包慧怡:《〈亚瑟王之死〉与正义的维度》,载《上海文化》2011年第6期,第99—110页。

引用文献

Brown, Peter, ed. *A Companion to Chaucer*. Hoboken, NJ: John Wiley & Sons, 2002.

Galway, Margaret. "Chaucer, Graunson, and Isabel of France." *The Review of English Studies* 24.96 (1948): 273-280.

Lewis, C. S. *The Allegory of Love: A Study in Medieval Tradition*. Oxford: Oxford University Press, 1936.

[英]莎士比亚著:《莎士比亚十四行诗》,梁宗岱译,刘志侠校注,上海:华东师范大学出版社,2016年。

第二部分

五十二首中古英语抒情诗详注

（扩展阅读）

1. 林中的飞鸟[1]

林中的飞鸟,

水中的游鱼,

我准是发了疯。[2]

满心悲伤地走着,只为

血肉之躯中最美的那一位。[3]

注释

[1]《林中的飞鸟》(*Foweles in the Friþ*)是一支两声部短歌,写作时间是1270年左右,原手稿中保留了相应的乐谱(Bodleian Library, MS Douce 139, fol. 5)。与《春日已降临》一样,许多学者将它归入"归春诗"的行列,虽然本诗的基调是哀愁的,缺少前者那种狂欢氛围。五个中古英语短句押abbab尾韵。

[2] 本诗与许多早期中古英语诗歌一样,在描述中大量留白,仅通过罗列名词或词组来暗示含有丰富动词的情景。这里同时使用了对仗和对照的写法:春回大地时万物复苏,飞鸟和游鱼各得其乐,却与第一人称抒情主人公"我"失心疯(waxe wod)般的心境形成鲜明对比。

[3] 学界通常认为"血肉之躯中最美的那一位"(beste of bon and blod)指一位尘世间的恋人,而"她"对"我"的弃绝促成了这首披着"归春诗"外衣的"失恋歌"的写作。但也有少数学者认为"最美的那一位"指耶稣,道成肉身的他虽为"血肉之躯",却在精神层面上具有凡人不可能企及的完美。

2. 荆棘下,清泉畔[1]

荆棘下,清泉畔,
不久前,忧愁缓,[2]
一位少女立泉边,
少女心中满怀爱。[3]
任是谁,觅真爱,
必将在她那儿寻见。[4]

注释

[1]《荆棘下,清泉畔》(*At a Sprynge Wel under a þorn*)这首小诗约写于14世纪末,诗中的泉畔少女通常被认为是童贞女玛利亚。

[2] 第2行为一般过去时。被动态的"忧愁缓"(Ther was bote of bale)指向一种对多人普遍适用的情境,而非特定某人的苦恼得到了缓解。一般认为这里在隐射少女玛利亚同意成为神子的人间母亲,从而使得救赎成为可能,缓解了全人类的忧愁。

[3] 第3—4行转为一般现在时,仿佛站在井边、心中充满爱(full of love ibounde)的少女一旦出现,就不会消失,而将在一个不同于尘世时间的维度里永远存在。

[4] 第5—6行又转为将来时,鼓舞读者坚定信仰,并承诺了一种必将兑现的未来。

3. 整夜在玫瑰边[1]

整夜在玫瑰边,玫瑰
我整夜躺在玫瑰边;
我不敢偷走这朵玫瑰,
但我摘下了这朵花。[2]

注释

[1]《整夜在玫瑰边》(*All Night by þe Rose*)与《少女躺在荒原中》、《我来自爱尔兰》一同保存在著名的"罗林森残篇"中(Bodleian Library, MS Rawlinson D. 913, fol. 1v),写作时间为13世纪末至14世纪早期。与该残篇中的其他中古英语短诗一样,由于缺乏确凿的上下文语境,《整夜在玫瑰边》通常被归入"谜语诗"。

[2]"我摘下了这朵花"(I bar the flour awey)常被认为是"夺取贞操"(deflower)的中世纪版本的委婉说法,从而奠定了大部分学者认为该诗描述的核心事件是一场性冒险的解读。

4. 我寻找一位不会衰老的青年[1]

我寻找一位不会衰老的青年,
我寻找一种不会死亡的生命,
我寻找没有忧惧的欢愉,
我寻找没有匮乏的富足,
我寻找没有纷争的狂喜,[2]
——所以我这样度过我的一生。[3]

注释

[1]《我寻找一位不会衰老的青年》(*I Seche a Youþe þat Eldyþ Noght*)约作于14世纪早期,保存在牛津大学饱蠹楼"颂歌抄本"中(Bodleian Library, MS Laud Misc. 210, fol. 1v),也是中古英语经典"谜语诗"之一,通篇措辞具有明显的宗教色彩。

[2] 本诗前5行用一串排比句,从反面呈现了基督教语境下"胜利人"(*homo viator*)的主题:人类在此世的生命虽然难逃忧愁和恐惧、贫穷与匮乏、战乱与纷争,乃至衰老和死亡,但有一个人可以战胜这一切,而"我"通过模仿他也能够在生命旅程的终点获得这种胜利。前5句与福音书中耶稣的诸多自述或对他的描述呼应,譬如"我是道路、真理和光"(《约翰福音》14:6);"神原不是死人的神,乃是活人的神;因为在他那里,人都是活的"(《路加福音》20:38)等。

[3] 末句表现了中世纪平信徒最重要的行为指导之一"效仿基督"(*Imitatio Christi*)的主题:通过模仿基督生活中的方方面面(比如清苦守贫、救济病人等),每个平凡的人(本诗中普遍的"我")都有望在死后成为和他一样的"胜利人"。

5. 在一切树木之中[1]

在一切树木之中,
在一切树木之中,
山楂树开花最甜
在一切树木之中。

她将是我的爱人,
她将是我的爱人,
造物中最美丽者
她将是我的爱人。[2]

注释

[1]《在一切树木之中》(*Of Everykune Tree*)是保存在上述"罗林森残篇"中的第一首诗,写作年代与该残篇中其他诗作相当。全诗大量运用了重复修辞法(不重复的诗句只有四行),且除了第 7 行多一个音节外,每行音节数基本相等(6 个),读来情感朴实而又朗朗上口。其第一节的写法很容易让我们想到《诗经》中《国风·周南·桃夭》的开篇比兴:"桃之夭夭,灼灼其华。之子于归,宜其室家。"同样是通过对花朵美艳的赞颂,引出对后文中女性的赞美。半个多千禧年后,豪斯曼(A. E. Housman)的短诗《一切树中最娇艳者》(*Loveliest of Trees*)的标题句式与此诗惊人相似,我们无从考据豪斯曼是否读过这首匿名氏以中古英语写下的"谜语诗",但或许能从中管窥中古英语作为一门新兴的俗语文学语言在时间长河中的嬗变。周煦良先生将豪斯曼的短诗第一节中译如下:"樱桃树树中最娇,/日来正花压枝条,/林地内驰道夹立,/佳节近素衣似雪"(出自诗集《西罗普郡少年》)。

[2] 第二节中用来表示"爱人"一词的中古英语名词始终是"lemman",既可指男性又可指女性爱人,除了世俗爱情中的情偶外还可指基督或基督的灵性新娘,参见本书第一部分第七章《我有一个妹子》一诗的注释。与第一节的现在式不同,此节通篇使用将来式,或许表达了"我"的期许和愿望。

6. 塔巴特喝醉了[1]

[塔巴特]喝醉了,
喝醉了,喝醉了,
醉酒人是塔巴特,
醉酒人是塔巴特,
[喝醉了]葡萄酒。

嘿[……]小妞儿,[2]
妹子,沃特,彼得![3]
你们都喝得那么畅快
我也要这么做!

都站着不动,
不动,不动,
所有人都站着不动,
[所有人都站着]不动,
好像一块石头。

脚底轻轻绊一跤
让你的身体飞走![4]

注释

[1]《塔巴特喝醉了》(*Tabart Is Ydronken*)同样出自"罗林森残篇",由于手稿中此诗有不少磨损而无法辨认之处,此诗成了一种"残篇之残篇",不得不由后世校勘本编辑根据可辨识的字迹和语境补上原文缺损处(译诗中用"[ ]"表示)。

[2]"小妞儿"的原文"Malkin"是中古英语中用来称呼地位低下的女性、女仆或者水性杨花的女人的名词,*MED* 认为它或许来自"玛蒂尔达"(Matilda)这个名字。结合此诗的酒馆叙事语境并综合考虑下一句中的"妹子"等称呼,中文取意译,泛化处理为"小妞儿"。

[3]"妹子,沃特,彼得"(Suster, Walter, Peter)——从缺乏特定所指的"小妞儿"和"妹子"到有具体名姓的"沃特"和"彼得",已经喝得醉醺醺的"我"(塔巴特本人?)仿佛经历了一个由远及近、视线逐渐清晰的辨识过程。在辨识出自己的熟人都在狂欢痛饮之后,"我"决定"也要这么做"(ant ichulle eke)。对于这位"塔巴特"的身份我们一无所知,他是否与泰晤士河南岸的塔巴德酒馆(Tabard)——《坎特伯雷故事集》的主人公们踏上朝圣之路的起点和临行前痛饮的地方——有某种联系?这有待未来更多的语文学研究为我们揭开答案。

[4]全诗虽是"残篇之残篇",却有完整的动静对照。喝得酩酊大醉、呆若木鸡、"好像一块石头"的醉鬼们拥有的是一种静止的假象,

只消"脚底轻轻绊一跤"(Trippe a littel with thy fot)就会整个人"飞走"。《塔巴特喝醉了》这首非典型"饮酒歌"中重复的短句、浮夸的语气、跳跃的句式仿佛在模仿"我"和酒馆里众人的醉态，不失为一种另类的中世纪浮世绘。

7. 日光落在十字架下[1]

如今,日光落在十字架下,[2]

我哀悼你,玛丽,你美丽的十字架。[3]

如今,日光落在树木底,[4]

我哀悼你,玛丽,你的儿子和你。

注释

[1]《日光落在十字架下》(*Now Goth Sonne Vnder Wod*)大约写于13世纪中叶,最早的版本保存在牛津大学饱蠹楼"赛尔顿抄本"(Bodleian Library, MS Arch. Selden, supra 74, fol. 55v, col. 2)中。本诗短小精悍且朗朗上口(押简单的 aabb 邻韵,中译保留韵脚),除了"赛尔顿抄本"外,还在众多其他法语、拉丁语和英语手稿中保存了下来,并且很可能曾经以口头形式广泛流传。

[2] 第1行中的"十字架"(wod)一词为双关语,在中古英语中可同时指"树林"或者"十字架"。

[3] 第2行中的"十字架"(rode)一词亦为双关语,在中古英语中可同时指"(用来制作十字架的)树木"、"十字架"或者"脸庞、面容"。此处称呼圣母的中古英语名字"玛丽"(Marie)而非拉丁名字"玛利亚"(Maria),中译与之对应。

[4] 第3行中的"树木"(tre)一词也是双关语,可指"树木"或"(木制的)十字架"。这首典型的"受难抒情诗"围绕"树—十字架"这组核心意象,巧用各种双关,不动声色地将读者引入一种肃穆、内省和悲悼的氛围。

8. 我爱一朵花[1]

（托马斯·菲利普斯）

"我爱,我爱,你爱谁?"

"我爱一朵花,容颜鲜艳。"

"我爱另一朵,和你一样多。"

 "那么,很快就会在这儿得到证明:

   我们三个是否能够意见统一。"

"我爱一朵花,香气馥郁。"

"温柔的马郁兰,还是薰衣草?

楼斗菜,还是甘甜的金盏花?"

 "不是! 不是! 算啦:

  这些花中没有谁

   能讨我欢心。"[2]

"有一朵花,无论她在哪儿,[3]

并且尚未因我获得芳名。"

"报春花,紫罗兰,还是初绽的雏菊?"

 "她比她们都要

  更胜一筹,

   最令我欢欣。"

"我全心全意爱着那朵花。"
"温柔的桂竹香,还是迷迭香?
洋甘菊,琉璃苣,还是香薄荷?"
　"不是,当然不是
　　这些都不是
　　讨我欢心的那一位。"

"我选择一朵花,有最鲜妍的脸庞。"
"你选的那一位叫什么名字?"
"我猜想是玫瑰,令你心旌神摇!"
　　"正是她,
　　她的心灵如此高贵,
　　最令我欢欣。"

"玫瑰,那可是一朵皇室之花。"
"红玫瑰还是白玫瑰?说出她的颜色!"
"两者一样甜美,一样芳馨。"
　　"她们是一位,
　　正如那日所见,
　　令我异常欢欣。"

"我爱那红白相间的玫瑰。"[4]
"那可是你纯粹而完美的选择?"

"光是听见她们被谈论就叫我欣喜。"
"让我们高歌欢庆
去见我们的君王,
以及那三朵玫瑰。"[5]

注释

[1]《我爱一朵花》(*I Love a Flower*)的作者极可能是托马斯·菲利普斯爵士(Sir Thomas Phillipps,1465－1520),都铎王朝开国君亨利七世的随从。此诗约写于1500年,距离亨利七世(1485—1509年在位)登基为英王不久。虽然背后是为新君歌功颂德、替新朝的合法性背书的政治诉求,《我爱一朵花》仍不失为一首精巧的"花园诗",为我们保留了一长串晚期中古英语向早期现代英语过渡期间的园艺词汇。

[2]"讨我欢心"(that liketh me),此句中的 liketh 作使动解,相当于 pleases(me)。

[3]"无论她在哪儿"(where so he be)中的中古英语人称代词 he 既可以是第三人称阳性单数(对应现代英语 he),又可以是第三人称阴性单数的人称代词(对应现代英语 she),还可以是第三人称复数人称代词(对应现代英语 they)。由于诗歌语境中多用阴性人称指代拟人化的鲜花,此处译作"她",下文同。除了 he 外,中古英语第三人称阴性单数人称代词还有 heo, hi(e), ho(e), hu(e), hw 等。类似地,下文中 in his degree 中的 his 在本诗中是第三人称阴性单数所有格(对应现代英语 her),虽然在其他语境中 his 可以是第三人称阳性单数所有格(对应现代英语 his)或第三人称复数所有格(对应现代英语 their)。

[4]"红白相间的玫瑰"影射都铎王朝族徽上的双色"都铎玫瑰"

(Tudor Rose),通常是外层的红玫瑰包裹中心的白玫瑰,有时也将一朵玫瑰四等分,相邻交错涂成红色和白色。所谓"都铎玫瑰"实际上是亨利七世用来为自己的继承权合法性背书而发明的一种宣传形象。出自兰开斯特家族旁支的亨利·都铎(Henry Tudor,亨利七世登基前的名字)在博斯沃思平原一役击败理查三世后,娶约克家族的伊丽莎白(Elizabeth of York)为王后,结束了金雀花王朝两大家族间延续三十余年的王权之争,即所谓红白玫瑰对峙的"玫瑰战争"(Wars of the Roses)。

然而现代历史学家认为,"玫瑰战争"的提法和"都铎玫瑰"一样,都是胜利者亨利七世为自己以旁支登基谋求民众支持的发明:约克家族的确曾以白玫瑰为族徽,但兰开斯特家族在亨利登基前几乎从未以玫瑰为族徽(用得更多的是羚羊),即使偶然在族徽上使用玫瑰时,通常也是一朵金色玫瑰(而非红色)。15世纪的英国人从未将这场他们亲身经历的旷日持久的内战称作"玫瑰战争",而战胜者亨利七世就通过以一朵双色玫瑰为族徽——"都铎玫瑰"又称"大一统玫瑰"(Union Rose)——巧妙地自命为结束红白玫瑰纷争的英雄、两大家族合法的联合继承人,在王朝开辟伊始就打赢了英国历史上最漂亮的宣传战之一。通过包括本诗作者和莎士比亚(在《理查三世》等历史剧中全面贬低亨利·都铎曾经的对手——对生活在都铎王朝的作家而言毫不奇怪)在内的一系列作家,以及无数在教堂里、屋檐上、手稿中描绘"都铎玫瑰"的艺术家之手,这朵"红白相间的玫瑰"自此成了英格兰正统王权的象征,至今仍可在英国皇家盾形纹徽、英国最高法院的纹章乃至伦敦塔(Tower of London)守卫的制服上看到。

[5]"三朵玫瑰":(兰开斯特家族莫须有的)红玫瑰、(约克家族的)白玫瑰、红白相间的"都铎玫瑰"。

9. 冬日唤醒我所有的忧愁[1]

冬日唤醒我所有的忧愁；
现在,这些树叶光秃秃;
我时常叹息,悲伤哀恸
每当我念及,尘世的愉悦
如何全部归于空无。[2]

它一会儿出现,一会儿消失,
就像当真从未存在过一样、
这是真的,许多人都说过:
一切都将逝去,除了神的意志;
我们都会死去,尽管我们不乐意。

所有我们播下的未熟的种子；
现在都已在一瞬间枯萎;[3]
耶稣,帮助我们,让我们看见,
保护我们免下地狱,因为我既不知晓
自己将去哪里,也不知道要待多久。[4]

注释

[1]《冬日唤醒我所有的忧愁》(Winter Wakeneth All My Care)是一首具有代表性的"死亡抒情诗",其中出现了诸多这类抒情诗中常见的主题。

[2] 此处(以及第二节整节)为死亡抒情诗之"鄙夷尘世"母题的典型表述。"尘世的愉悦/如何全部归于空无"回应着《传道书》中传道者关于"人生虚空"(vanitas)和"凡人必死"主题的忠告:"虚空的虚空,凡事都是虚空"(《传道书》1:2);"我为自己动大工程,建造房屋,栽种葡萄园;修造园囿,在其中栽种各样果木树……我又为自己积蓄金银和君王的财宝,并各省的财宝……后来,我查看我手所经营的一切事和我劳碌所成的功,谁知都是虚空,都是捕风,在日光之下毫无益处"(《传道书》2:4-11);"人死的日子胜人生的日子。往遭丧的家去,强如往宴乐的家去,因为死是众人的结局"(《传道书》7:1-2);"人怕高处,路上有惊慌;杏树开花,蚱蜢成为重担;人所愿的也都废掉,因为人归他永远的家,吊丧的在街上往来"(《传道书》12:5)。

[3] 可对比思考《传道书》中关于"撒种"的比喻:"看风的必不撒种,望云的必不收割"(《传道书》11:4);"早晨要撒你的种,晚上也不要歇你的手,因为你不知道哪一样发旺:或是早撒的,或是晚撒的,或是两样都好"(《传道书》11:6)等。

[4] 此处体现死亡抒情诗"畏惧死亡"(timor mortis)母题中对于死亡

之必然性中包含的或然性的恐惧：死亡虽然是确凿的，却无人能确定死后自己何去何从。详见本书第二部分《每当我想到那三件事情》一诗的注解。

10. 每当我想到那三件事情[1]

每当我想到那三件事情,
我就再也无法感到欢欣:
第一件事:我必将死去,
第二件事:我不知何日将死,
第三件事最令我焦心:
我不知道死后将往何处去。

注释

[1]《每当我想到那三件事情》(*Whan I Thenke Thinges Thre*)是一首集中表现"畏惧死亡"母题的短诗,体现了中世纪人典型的死亡焦虑(同时也是一种信仰焦虑):不仅要担心此世生命终结时死亡带来的痛苦,还要操心死后灵魂的何去何从。这类存在之焦虑一般在神学和文学文本中被称作"三件伤心事"(Three Sorrowful Things),即本诗中所谓"三件事情":死亡的必然性、死期的不确定性、死后灵魂的未知命运。在大量类似的中古英语死亡抒情诗中,死亡正是披着"一个必然,两个未知"的三重恐怖的面纱出场的,这些抒情诗也成为一种以文字形式直白出现的"死亡提醒"(*memento mori*),在对黑死病的记忆仍无比鲜活的两三个世纪中,警示人们时刻关心灵魂的归宿,早早为死后的福祉作准备。

11. 现在你啊,可悲的肉体[1]

现在你啊,可悲的肉体,躺在灵床上:
你那些貂皮大衣去了哪里?
曾经一度,你每日换三次皮袄,
只要你乐意,可以叫天换了地,
你将像挂在枝上的树叶一样腐烂!
你大吃大喝锅中精制的菜肴,
你让穷人站在户外的霜雪中;
你不肯反思,好教自己变得明智:
所以,你现在失去了天堂的欢欣。

注释

[1]《现在你啊,可悲的肉体》(*Nu Thu*, *Unsely Body*, Luria & Hoffman no. 235)同样是一首死亡抒情诗,并且是一首"灵肉对话体"抒情诗。其中灵魂对肉体的责备可以概述为第二行中"今何在"式的问句:"你那些貂皮大衣去了哪里?"(Where bet thine roben of fau and of gris?)——关于"今何在"作为"鄙夷尘世"母题的一个子题在古英语和中古英语诗歌中的嬗变,可参见本书第一部分第二和第十五章关于《当土壤成为你的塔楼》和《不安宁的坟墓》这两首诗的解读。

12. 献给圣母的短祷文[1]

有福的玛丽,处女母亲,

完美的少女,海洋之星,[2]

在最后审判的日子

挂念现在向你祈祷的仆人吧。

无斑的镜子,耶利哥的红玫瑰,

神恩的封闭花园,绝望中的希望,[3]

当我的灵魂离开身体,

拯救它脱离我仇敌的愤怒。

注释

[1]《献给圣母的短祷文》(*A Short Preyer to Mary*)约写于15世纪中期,体现圣母作为人与神之间的中保,在中世纪晚期平信徒的日常崇拜中具有至关重要的地位。

[2] "海洋之星"(sterre of the see)是圣母的拉丁文别称 *stella maris*(海洋之星)的中古英语直译。据信该别称来自中世纪早期一份关于"玛利亚"一词词源的文件中的抄写笔误,从此圣母就被看作驶向基督之航程中为信徒指路的"北极星",此后又演变为航海者的守护人。遵循这一传统,许多中世纪绘画和雕塑中都会在圣母的衣裙或圣光上饰以星星图案。

[3] "无斑的镜子"、"耶利哥的红玫瑰"、"封闭花园"都是与圣母紧密相连的象征,详见本书第一部分第十一章对《我有一座新花园》一诗的解读。

13. 死亡[1]

死亡:

它是痛苦,之于人的心灵;

它是确凿,之于人的境遇;

它为我们所有人分派结局。

注释

[1]《死亡》(*Mors*)这首只有四行(确切说是三行多一点)的短诗保留在约翰·格里姆斯通(John Grimestone)修士的布道笔记本中,写于1375年左右。我们把类似这样用于辅助布道的韵文片段亦归入广义上的中古英语"死亡抒情诗"——这些中古英语诗行经常简明概要,以朗朗上口、辅助背诵的尾韵写就,并且作为游方僧演说内容的一部分,被安插在更完整的布道手册中。

14. 春日绵延时多么快活[1]

春日绵延时多么快活,

那时百鸟齐唱。

可现在威猛的风逼近

还有暴雨猖狂。

唉! 唉! 天啊,这夜晚可真长![2]

而我,带着满身罪过,

悲伤,哀悼,守斋。

注释

[1] 《春日绵延时多么快活》(*Mirie It Is While Sumer I-last*)的写作时间比《春日已降临》更早一些,约作于13世纪上半叶。此诗在饱蠹楼罗林森G抄本(Bodleian Library, Rawlinson MS G. 22, fol. 1v)中保存下来纯粹出于偶然。罗林森G抄本自身是一本拉丁文诗篇集(Psalter),誊抄年代约在12世纪下半叶,手稿主体部分已经残破不堪;然而在13世纪上半叶的某个时期,另一名(与G抄本缮写者不同的)匿名缮写士在G抄本开篇处加入了一张散页,这张散页上保留了两首古法语短歌的词曲,以及《春日绵延时多么快活》的乐谱和歌词。这使得本诗同《春日已降临》一起,成为现存最早以英语写就的、伴有可还原演唱的乐谱的世俗主题歌曲——两首歌恰好都围绕季节、时序、天气展开,一夏(春)一冬,犹如镜像。

[2] "这夜晚可真长"(this nicht is long):与欢庆春回大地的"归春诗"《春日已降临》相反,学界通常认为此诗描写的是严冬时节,以及在英格兰漫长到臭名昭著的冬夜里对温暖季节的回忆和渴望。

15. 洁白如百合的玫瑰[1]

今日黎明已降临,

温柔的黎明已降临,

今日黎明已降临,

所以我必须回家。

温柔的黎明已降临,

今日黎明已降临,

温柔的黎明已降临,

所以我们必须回家。

在一个青翠斑斓的花园中

我看见一位美丽的王后

坐在芬芳的鲜花丛中。

她摘下一朵花,坐在中央。

我想我看见了洁白如百合的玫瑰,

我想我看见了洁白如百合的玫瑰,

并且她一直唱着歌;

在那园中花朵色彩缤纷,

漂亮的桂竹香她很熟悉;

对于鸢尾花她心怀悲悯,

她说:"白玫瑰是最真实的
这座花园正当合法的统治者。"[2]
我想我看见了洁白如百合的玫瑰,
并且她一直唱着歌……

注释

[1]《洁白如百合的玫瑰》(*The Lily-Whighte Rose*)这首匿名"花园诗"约作于1500年,语言风格已十分接近早期现代英语。百合与玫瑰本身都是圣母的象征花卉:红色百合象征其贞洁,红色玫瑰象征其慈悲(参见第一部分第五章关于《少女躺在荒原中》一诗的解读)。但综合考虑这首写于"玫瑰战争"结束后不久的作品的措辞("王后"、"合法的统治者"、"一直唱着歌"等),以及当时红白相间的"都铎玫瑰"作为新君最重要的族徽大行其道的时代背景,我们很难不倾向于对这首诗中的玫瑰意象作政治解读。详见本书第二部分对《我爱一朵花》一诗的注释。

[2]此处极有可能影射以白玫瑰为族徽的约克家的伊丽莎白。1486年,出自兰开斯特家族旁支、刚登基不满半年的亨利七世正是通过娶"白玫瑰"伊丽莎白为后,为自己远非无可争议的王位继承权赢得了血统上的合法性和大批亲约克派(Yorkist)贵族的支持。

16. 十一月有三十天[1]

十一月有三十天,
如同四月,六月和九月;
只有一个月有二十八天
其余都是三十一天。[2]

注释

[1]《十一月有三十天》(*Thirty Dayes Hath November*)是一首用来帮助孩童记忆每个月天数的"助记儿歌"或"口诀诗"。目前发现的最早英语版本被保存在大英图书馆哈雷馆藏(Harley Collection)一份拉丁文手稿的圣节日历页底部,写作时间为1425年前后。在这首口诀诗更晚的一些英语版本中,也有将"九月"与"十一月"对调的情况,因为两者押韵且天数相同。该诗亦有拉丁文和其他俗语版本流行于中世纪和文艺复兴时期欧洲各地。

[2] 原手稿中后两行的数字均用罗马数字表示。

17. 十二农事歌[1]

一月：我在火边温暖我的双手；

二月：我用铁锹耕种我的土地。

三月：我在这儿播下我的种子；

四月：我在这儿听见百鸟齐鸣。

五月：我像枝头的雀儿一般轻盈，

六月：我给我的玉米地好好除草。

七月：我用镰刀收割干草；

八月：我把谷物收割完毕。

九月：我用连枷打谷获得面包；

十月：这里我播下金色的小麦。[2]

十一月：我在晨间弥撒时把猪宰掉；

十二月：我在圣诞节啜饮红葡萄酒。

注释

[1] 标题为笔者所添。整首诗遵循第一句"一月：我在火边温暖我的双手"(Januar: By this fire I warme my Handes)的格式，由月份名加上该月份的典型农事(Labours of the Months)组成，故而称之为"十二农事歌"。"十二农事"(Twelve Labours of the Months)是一种盛行于中世纪的文字或图像主题，可用诗歌的形式以纯文字表达(如此诗)，更多则出现在时辰书(Book of Hours)和诗篇集等手抄本的彩绘日历页上。其中每月的日历对应各自的农事场景插图，不少本身是精美的风景画，以林堡兄弟为贝利公爵绘制的《奢华时辰书》为翘楚，其中除农事外也有反映贵族生活的场景，比如"五月"所对应的狩猎或驯鹰活动等。"十二农事"主题的系列诗与画因而成为我们了解中世纪经济、风俗、贵族或平民日常生活的宝贵资料。

[2] 此为第二轮播种（冬播），播种对象包括冬小麦和黑麦等。

18. 献给约翰的一支歌[1]

——为我们祈祷吧,和平王子
　　基督的朋友,约翰尼斯。[2]

现在,对你,基督最喜爱的人,
　你曾是一位既衰老又年轻的少女,[3]
我的心要朝着你来歌唱,
　基督的朋友啊,约翰尼斯。

因为你曾是那样洁净的一位处女[4]
　你千真万确看到了天堂的秘密
当你倚在基督的胸前,
　基督的朋友啊,约翰尼斯。

当基督被带到彼拉多跟前,
　你,洁净的少女,没有把他抛弃:
你一心只想追随他死去,
　基督的朋友啊,约翰尼斯。

基督把母亲托付给你,

让一位少女成为另一位少女的伴侣：[5]
帮助我们,使我们不至被离弃,
基督的朋友啊,圣约翰。

注释

[1]《献给约翰的一支歌》(*A Song to John*)作于15世纪早期,此诗的呈献对象是《约翰福音》的作者、"那主所爱的门徒"约翰(《约翰福音》13:23),通常也被认为是《启示录》的作者(部分现代学者对最后一点仍有争议)。约翰亦被称为"福音书作者约翰"(John the Evangelist)或者"圣者圣约翰"(St. John the Divine)以区别于另一位圣约翰,即施洗约翰(St. John the Baptist)。十二门徒中,福音书作者约翰也被认为是雅各的弟弟,与雅各一起被称为"半其尼"(希腊文 Boanerges,希伯来文 bene regesh 的音译,意为"雷之子");耶稣给西门重新起名为彼得后,又给雅各和约翰(西庇太的两个儿子)共起了这个名字:"他给这两人起名叫半尼其,就是雷子的意思。"(《马可福音》6:17)

[2] 致意辞的第2句为拉丁文(Amice Christi, Johannes),故保留约翰的拉丁文名译法"约翰尼斯"。此句亦成为全诗的叠唱句。

[3] "既衰老又年轻的少女"(maiden bothe eld and ying):中世纪盛期至晚期绘画中有两种最常见的约翰形象,一是一位灰白胡子的老者(来自拜占庭圣像画的影响);二是一位没长胡须的青年(继承西欧的传统,最早可追溯到4世纪的罗马)。第二种形象的一个十分盛行的变体是把约翰画得中性,甚至秀美如少女。一说约翰这种雌雄同体的形象有助于使女性和一部分想要奉行"移情性虔敬"(affective piety)的男性对之感到亲近。此外,约翰是十

二门徒中唯一没有早早殉道而活到高年的人;本诗中"衰老"亦可能指涉这一点。

[4] "那样洁净的一位处女"(so clene a may):此处中古英语名词"may"通"maiden",除上述圣像学传统的影响外,也指约翰的终身守贞。

[5] 耶稣在十字架上临死前曾将圣母托付给约翰:"站在耶稣十字架旁边的,有他母亲与他母亲的姐妹……耶稣见母亲和他所爱的那门徒站在旁边,就对他母亲说:'母亲(原文作"妇人"),看你的儿子!'又对那门徒说:'看你的母亲!'从此那门徒就接她到自己家里去了。"(《约翰福音》19:25-27)据信,此后约翰为了躲避迫害,将圣母带到了爱琴海畔以弗所城附近、今日土耳其境内塞尔丘克(Selçuk)城外七英里处的科莱索斯山上(Mt. Koresoss,土耳其语 Bülbüldağı,"夜莺山"),并为她在山上建造了一座石头小屋,圣母在那里居住直到去世。该地此后一直作为"圣母的居所"(Meryemana Evi)并成为天主教朝圣圣地。笔者曾在2014年造访该遗址,"圣母的居所"目前已被改建成一座狭窄的小教堂,附近(塞尔丘克城内)还有圣约翰墓遗址。

19. 祭坛圣仪[1]

它看似白色,实为红色,

它敏捷轻盈,却仿佛已死,

它是肉身,却看似饼,

它是唯一,看着亦如是,

它是神的身体,不是别的。

注释

[1] 此诗大约写于1450年,与本书正文讨论的圣体节颂歌《猎鹰驮走了我的爱人》不同,此诗集中体现了圣餐变体论(Transubstantiation)的思想。依据四福音书中的记载(《马太福音》26:26-28;《马可福音》14:22-24;《路加福音》22:19-20;《约翰福音》6:50-67),中世纪对圣餐中饼和酒的正统看法是:牧师主持的弥撒仪式中,饼已变成基督的身体,酒已变成基督的宝血。关于该"变体"是形式上的变化(*mutatio*)、本体/实质上的变化(*conversio substantialis*)还是其他意义上的变化,是图尔的贝朗瑞、托马斯·阿奎那等中世纪神学家长久争论的问题,直到宗教改革时期乃至今日都尚未完全解决。

20. 哦,残忍的人类[1]

哦,残忍的人类
在你的沉思中体会
我痛苦的受难!

你会发现我
对你全然充满善:
看,这是我的心!

注释

[1]《哦,残忍的人类》(*O Man Vnkynde*)这首 15 世纪短诗的手稿现藏剑桥大学圣三一学院(Trinity College, Cambridge, MS 1157, fol. 69),采取第一人称(基督的)视角,具有强烈的移情色彩,亦可能与中世纪盛期和晚期的圣心崇拜有关。原诗旁有基督作为"忧患之子"(Man of Sorrows)的插图。在"忧患之子"肖像传统中,头戴荆冠、流血不止的基督常常面容哀戚地指向自己右肋的伤口,有时旁边还绘有一颗巨大的开裂或流血的心脏。

21. 耶稣,我真善的佳偶[1]

(少女说:)
耶稣,我既真且善的佳偶,
不要带我去别的陌生处所;
我要驻扎在你的荫庇中,
而我已选择你做我的情郎。[2]
请快给我送来一件爱的信物,
好让我把那魔鬼赶走。

(魔鬼说:)
唉呀,唉呀,我被打败了,
一个女人战胜了我。
因为我在这儿看到了基督之血,
吓得我掉头飞奔,心智全失。[3]

注释

[1] 《耶稣,我真善的佳偶》(*Ihesu, My Spowse Good and Trewe*)写于15世纪,今藏伦敦朗伯斯宫(MS Lambeth Palace 78, fol. 223v, col. 2)。此诗虽短却充满戏剧张力,"少女"和"魔鬼"先后出场却不对话,而是各自发表一种我们会在莎士比亚等后世剧作家作品中常见的"戏剧独白",仿佛意在被读者"无意"中听取。

[2] 关于中古英语名词"情郎"(make)如何可以特指耶稣本人——童贞女玛利亚的配偶和儿子——详见本书第一部分第六章对《我吟唱一位少女》一诗的注解。当然,本诗中的"少女"未必只能指玛利亚,亦可以指任何将自己的生命和信仰交给基督的修女(nun)、女隐修士(anchorite)或普通女平信徒(lay woman)——这里"少女"的话语是典型中世纪盛期和晚期盛行于英国的"移情性虔敬"的措辞。

[3] "心智全失"(wax wood):"魔鬼"自述中的这个词组与《林中的飞鸟》这首世俗诗中因失恋而"失心疯"的主人公的自述一样,只是拼写略有不同。可以从"一个女人战胜了我"推断,上一节中少女的祈祷得到了回应。

22. 甜蜜的耶稣[1]

甜蜜的耶稣,至乐之王,
我心所爱,我心所悦,
你如此甜蜜,毫无疑问:
那失去你的人多么痛心。

甜蜜的耶稣,我心之光,
你是没有黑夜的白昼。
你赐我勇气,给我力量
为了能把你好好地爱上。

甜蜜的耶稣,我灵魂之药,
在我心中,你把根扎下,
那是你的爱,如此甜美,[2]
指引它向上,令它抽芽。

注释

[1]《甜蜜的耶稣》(Swete Jhesu)这首赞美诗有诸多版本存世,最著名的版本保存在大英图书馆"哈雷手稿"(British Libarary, MS Harley 2253)中,共15节,每节均以"甜蜜的耶稣"开头。此版本前三节与成书更早的牛津大学饱蠹楼"迪格比手稿"(Bodleian Library, MS Digby 86)中的一首仅有三节的赞美诗基本相同,故学者们推测前者是后者的扩写。中译采取迪格比手稿版本(Luria & Hoffman no. 92),该版本约作于13世纪,是最早围绕称颂基督名字展开的"圣名赞歌"之一。

[2] 形容词"甜美"(swote)是"甜蜜"(swete)的变体,中古英语抒情诗中常用"甜蜜"、"芬芳"、"香气扑鼻"、"甘醇"、"醉人"等描述味觉或嗅觉的感官性词汇来形容耶稣或圣母(及其恩惠或慈悲),尤以理查德·罗尔(Richard Rolle)等神秘主义作家为甚。

23. 无论谁看到十字架上[1]

无论谁看到十字架上,
耶稣我的爱人,
圣母玛利亚和圣约翰,
站在他身畔哀声啜泣。
他的整个头颅
被环绕的荆棘扎破,
他俊美的双手和双脚
都被钉子戳穿,
他的脊梁被木棍打肿
他的侧肋被长矛刺伤,
一切都为了人类的罪过,
他可以悲恸哭泣,
让苦涩的泪水留下
让人类了解爱。

注释

[1]《无论谁看到十字架上》(*Wose Seye on Rode*)写于13世纪,以高度视觉化的语言描绘了基督受难的现场,即圣像学中传统的"忧患之子"(见本书第二部分《哦,残忍的人类》一诗的注释);亦充满典型"移情性虔敬"的表述。原诗手稿今藏剑桥大学圣三一学院(Trinity College, Cambridge, MS 323, fol. 83v)。

24. 在那边森林里有座大厅[1]

在那边森林里有座大厅,
天堂的钟声,我听见它们敲响。[2]
大厅里挂满深紫的帷帐,
我爱我主耶稣胜过一切。[3]

在那座大厅里有一张床,
天堂的钟声,我听见它们敲响。
床上覆着猩红和鲜红幔帐,
我爱我主耶稣胜过一切。

在那张床上躺着一名骑士,
天堂的钟声,我听见它们敲响。
骑士的伤口日日夜夜流血,
我爱我主耶稣胜过一切。

在那张床畔立着一块石头,
天堂的钟声,我听见它们敲响。
甜美的处女玛丽跪在石上,
我爱我主耶稣胜过一切。

在那张床底涌出一股水流，
天堂的钟声，我听见它们敲响。
一半是清水，一半是鲜血，
我爱我主耶稣胜过一切。

在那张床尾长着一株荆棘，
天堂的钟声，我听见它们敲响。
自他诞生起就绽放出花朵，
我爱我主耶稣胜过一切。

在那张床上方，明月高悬，
天堂的钟声，我听见它们敲响。
诉说我们的救主今晚出生，
我爱我主耶稣胜过一切。

注释

[1]《在那边森林里有座大厅》(*Down in Yon Forest There Stands a Hall*)是一首现代英语圣体节颂歌,自16世纪晚期中古英语圣体节颂歌《猎鹰驮走了我的爱人》改编而来,即写于19世纪的德比郡版本(Greene no. 322C)。可与中古英语版本对比阅读,参见本书第一部分第十三章《猎鹰驮走了我的爱人》的解读。

[2] 此行为叠唱句,重复并贯穿全诗。

[3] 此行为叠唱句,重复并贯穿全诗。

25. 我们将手拉着手宣誓[1]

我们将手拉着手宣誓,
我们将欢天喜地,
因为人类离弃了地狱的恶魔
而神的儿子成了我们的爱人。[2]

一个婴孩出生在人类中,
那个婴孩毫无瑕疵。
那孩子是神,也是人,
我们的生命从他之中开始。

我们将手拉着手宣誓,
我们将欢天喜地,
因为人类离弃了地狱的恶魔
而神的儿子成了我们的爱人。

有罪的人哪,高兴快活起来,
为你们的婚姻,和平已被宣说,[3]
在基督诞生的时刻。
走向基督吧,和平已被宣说,
他为你们,迷失堕落的你们

抛洒了自己的鲜血。[4]

我们将手拉着手宣誓,
我们将欢天喜地,
因为人类离弃了地狱的恶魔
而神的儿子成了我们的爱人。

有罪的人哪,高兴快活起来,
因为天堂已被买下又售出。
每只脚啊,
都走向基督吧,你的和平已被宣说,
为了拯救你们,他一百次地
献上了自己的生命。

注释

[1]《我们将手拉着手宣誓》(*Honnd by Honnd We Schulle Ous Take*)是一首耶稣受难颂歌,被保存于一份今藏牛津大学饱蠹楼图书馆的 14 世纪布道文手稿(Bodleian Library, MS Bodley 26, fol. 202v)中,写作时间约为 1350 年。这首颂歌同时处理了耶稣的降生(Nativity)和受难(Passion),整体语调是欢快的,却也饱含哀悼,仿佛悲喜必须互相成就。

[2] 此节为贯穿整首诗的副歌,共 4 行。

[3] 此处的"婚姻"(mariage)指个体灵魂与基督之间的联姻,呼应副歌中"神的儿子成了我们的爱人(make)"。"和平已被宣说"(peys ys grad)中 grad 为动词 greden(高喊、哭泣、恳求、宣布、指控)的过去分词,亦有(i)gred 等形式。

[4] 此节(以及最后一节)在基督的牺牲和凡人的"和平"之间同时建立了因果关系和时间关系。

26. 什么,你还没听说? [1]

什么,你还没听说? 耶路撒冷之王
已在伯利恒出生。 [2]

我要告诉你一宗伟大的奇迹,
一位天使如何为了我们的福祉,
前去找一位少女,并说:"向你致意!"

什么,你还没听说? 耶路撒冷之王
已在伯利恒出生。

"向你致意!"他说:"充满恩典,
上帝与你同在,就在此时此地,
不久你将诞下一名婴孩。"

什么,你还没听说? 耶路撒冷之王
已在伯利恒出生。

"一个婴孩?"她说:"这怎么可能?
从来没有男人和我发生关系。" [3]
"圣灵,"他说:"将会降临于你。"

什么,你还没听说?耶路撒冷之王
已在伯利恒出生。

"你是,也一直将会是,"
天使说:"一位处女,
之前,之后,方方面面。"

什么,你还没听说?耶路撒冷之王
已在伯利恒出生。

少女再次回答天使:
"如果上帝的意愿如此,
这话语就让我满心欢喜。"

什么,你还没听说?耶路撒冷之王
已在伯利恒出生。

现在,听闻了这样的好消息,
我们每个人都要欢天喜地,
向那婴孩唱出《尊主颂》![4]

注释

[1]《什么,你还没听说?》(*What, Hard Ye Nat?*)是一首圣母领报颂歌,与圣体节颂歌《猎鹰驮走了我的爱人》和圣诞颂歌《不要让人踏入这座厅堂》被保存在同一部16世纪早期手稿中,今藏牛津大学贝利尔学院(Balliol College, Oxford, MS 354, fol. 230v)。本诗着重强调童贞女玛利亚对于成为基督生母这件事自觉自愿的接受("如果上帝的意愿如此,/这话语就让我满心欢喜")——玛利亚出于自由意志的同意在这个圣诞事件中至关重要,这是一种在中世纪被广泛接受的观点。

[2] 此节为贯穿整首诗的副歌,亦是常见于圣诞颂歌的表述。

[3] "从来没有男人和我发生关系"(Ther had never no man knowlage of me):knowlage为中古英语动词knouen的名词,knouen在特定语境下表示与某人发生性关系,常用词组有knouen sb. fleshli(与某人发生肉体关系)、knouen togederes(同床共枕)等。《圣经》现代英译中依然大量保留了know(knouen的现代英语形式)的这层含义。

[4]《尊主颂》(*To Deum*)是一首早期基督教拉丁文颂歌,曲名*To Deum*来自其首句"Te Deum laudamus"("主,我们赞美你"),据信词作者是圣安布罗修和圣奥古斯丁。包括海顿、莫扎特、德沃夏克在内的诸多作曲家都曾为它谱曲,此颂歌至今仍在罗马天主教和英国国教的圣礼仪式中被广泛使用。

27. 日安,日安[1]

日安,日安,
我主圣诞,日安![2]

日安,圣诞我主,我们的国王,
每一个人,无论老幼,
都对你的到来满怀欣喜。

日安,日安,
我主圣诞,日安!

神的儿子,如此强大,
从天堂降临,来到人间
出生于一位如此明艳的少女!

日安,日安,
我主圣诞,日安!

天堂,人间,还有炼狱,[3]
以及所有居于其中的人们,
都对你的到来奔走相告。

日安,日安,
我主圣诞,日安!

关于你的到来,教士说:
你来是要拯救全人类
让他们解脱从苦难中解脱。

日安,日安,
我主圣诞,日安!

我们将会想尽一切办法
让内心充满慰藉,
我美好的主啊,为你的缘故。

日安,日安,
我主圣诞,日安!

注释

[1]《日安,日安》(*Go Day, Go Day*)是一首典型的圣诞颂歌(Bodleian Library MS Arch Selden B. 26, fol. 8)。可与另一首圣诞颂歌《不要让人踏入这座厅堂》对照阅读,参见本书第一部分第十四章对后者的解读。

[2] 此节为贯穿整首诗的副歌。

[3] 中古英语中 helle 一词除了指"地狱"(即 Hell of the Damned,遭受永罚之人所居住的地狱)外,也可以指基督出生前死去的义人所居住的"先祖灵泊"(*limbus patrum*),有时也可以指"炼狱"(purgatory)。在此句的上下文中,先祖灵泊或炼狱里的居民都有理由"对你的到来奔走相告",期盼耶稣降生——先祖灵泊中的义人将在"地狱劫"中被基督救拔,而炼狱的宗旨在于净化,是与地狱不同的"中间状态"(Intermediate State)——唯独永罚之人所居住的地狱无得救之可能,故此处不译成"地狱",而在"先祖灵泊"和"炼狱"中取涉及范围更广的"炼狱"。参见本书第一部分第四章对《被缚的亚当躺着》一诗的解说,亦可参考杰弗里《英语文学与圣经传统大词典》中"地狱"、"炼狱"、"阴间"(Sheol)等词条。

28. 去吧,小戒指[1]

去吧,小戒指,去那甜心身边
就是那位掌控我心的甜心,
确保你跪倒在她脚前
恳求她不要拒绝
让你抱住她的小手指。
那时我要你勇敢地开口说:
"我的主人多么希望他是我。"

注释

[1]《去吧,小戒指》(*Goo, Lytell Ryng*)写于15世纪,保存在一份今藏大英图书馆、笔迹为15世纪晚期的手稿末尾(British Library, Royal MS 17 D vi, fol. 3)。这是一首情色意味明显的求爱诗,其对拟人和双关的运用巧妙而优雅,学界通常认为此诗的目标读者是贵族阶层。

29. 噢,有福的天主,为何会这样[1]

噢,有福的天主,为何会这样,
我为何如此痛心沮丧?
但我已经竭尽全力[2]
始终尽我所能去取悦他,
无论早晚,无论白昼黑夜。

注释

[1]《噢,有福的天主,为何会这样》(*O Blessed Lord How May This Be*, *IMEV* 2953.5)写于15世纪,保存于都铎时期的一本歌曲集手稿(British Library, MS Add. 5665, fol. 69v)中。此诗抒情主人公的声音属于一位女性,悲叹了爱情中尽力取悦的徒劳,参见第一部分第十二章《致我真挚有力的恋人》一诗的解说。

[2] 中古英语词组"do one's besynesse"相当于现代英语"do one's best",表示"竭其所能"。

30. 若他要在所有方面都成为爱人[1]

若他要在所有方面都成为爱人,

他必须具备三件詹姆没有的事物:[2]

第一是完美无瑕的英俊外表;

第二是构成男子气概的风度;

第三是女人无法拥有的财富。

即将要成为爱人的人啊,好好记住

这三件法宝,必须至少拥有其一。

注释

[1]《若他要在所有方面都成为爱人》(*He that Wil Be a Lover in Every Wise*, *IMEV* 1170)被保存在一部15世纪手抄本(British Library, Royal MS 18 A vi, fol. 22)中,同《噢,有福的天主,为何会这样》一样采取了女性视角。这是一首"建议诗",可参照阅读下文乔叟《诚实:提供好建议的歌谣》。

[2] 第1—2行暗含一个不带问号的问句,表面是在为"要在所有方面都成为爱人"的男人答疑,实际上提出了一个类似于《坎特伯雷故事集》之《巴斯妇的故事》中的普世问句:"女人需要什么?"参见第一部分第十二章《致我真挚有力的恋人》一诗的解读。

31. 致你,亲爱的甜心[1]

启信语:

致你,亲爱的甜心,你这轻浮而多变的人
犹如卡律布狄斯漩涡般[2]
反复无常:

哦,娇嫩的鲜花,无价之宝,
在男人眼中一如小白菊般芬芳,
你的神情在我看来十分愚蠢,
竟要去和修辞学家争个高下;
你给我寄来一封嘲讽的信件,
别出心裁地写满了古怪的从句。
为此我满有理由要感谢你。

乔叟的英语不在你脑海中,
西塞罗伟大的雄辩术语也不在,[3]
而你,本性无礼又招人烦,
从语义上看,是把词语乱堆一气;
因此,虽然无意冒犯,我斗胆
给你回信,因为这是合适的场合。

现在我就开始,好好理解我的意思。

基督出于他的善良和他的大能
造出许多生物在大地上行走;
但那日日夜夜目光落在你身上的人
永远不会有内心喜悦的理由。
记起你的大脑袋,你的圆额头,
瞪人的眼睛,肥胖硕大的面孔,
两只乳房都像水瓶子一样。

你又短又扁的鼻子,鼻孔宽阔,
在我看来,最好是被用作
教堂里的一件高贵器物:
去熄灭十字架前燃烧的蜡烛。
你神情淫荡,表里不一,
外表堂皇,都是番红花的色泽,
永不消褪,这橙色如此真实!

你外翻的嘴唇颜色黯淡如死人,
这一张嘴生得犹如雅各的兄弟,
一口黄牙完全不像白天鹅,
缝隙巨大,仿佛诅咒了彼此。
在整片土地上,有谁能找到别人

拥有这一切不堪入目的特征,
呼吸如你一样,香甜犹如接骨木。[4]

你的身材比例十分完美,
削肩膀在每一阵风中飘摇,
肚子娇小得像一只啤酒桶,
前面是一对丑足,后面是驼背。
那愿意成日家把你挂在心头、
还要为你的爱打搅我们休息的人,
我希望被逐的路西法把他锁起来。

至于你的衣着,简单说来,
你的额饰颜色就像烂布片,
头巾破碎,像顶着一块煎饼,
你的胸衣、胸饰、所有浮夸的妆扮;
在我眼中,你可真是一位美人儿!
尤其每逢节日,当你蹦跳起舞,
活像一只试图维持仪容的野鹅!

再见了,亲爱的甜心,因为我现在
要终止这时光,去寻找更好的机会。
我希望你患黏膜炎和重感冒,
并且上帝出于仁慈赐你极大的神恩,

让你在天堂里有一席之地:
在肚脐旁边,在水门旁边,
照看迟到的河水。[5]

你自个儿的爱人,可信又真挚,
你抛弃了他,另寻新欢。[6]

注释

[1]《致你,亲爱的甜心》(*To You, Dere Herte*, IMEV 2437) 是 15 世纪情信诗《致我真挚有力的恋人》一诗的应答诗,与后者保存在同一部手抄本(Bodleian Library, MS Rawlinson poet. 36, fols. 4-5)中并紧随其后,构成了一种"镜像诗"。

[2] 启信语中的"卡律布狄斯漩涡"典出荷马史诗《奥德赛》第 12 卷。卡律布狄斯漩涡与她对面的斯库拉巨岩一样是一名海怪,并与后者一同造成往来水手们的噩梦。但本诗中"卡律布狄斯"(Carybdis) 采用的是乔叟在《特洛伊罗斯和克丽希达》(第五卷,第 644 行) 中的拼法,使用的语境也与乔叟诗中悲叹克丽希达的背叛的特洛伊罗斯相同:"卡律布狄斯"成为了变心的情人的象征。

[3] 第 9 行:"Ne Tullyus termys wyth so gret elloquence", Tullyus 为西塞罗(全名 Marcus Tullius Cicero)的中间名。此行与上一行一起攻击女性收信人的文字水平,进而贬损她所写下的一切语言的权威性。

[4] 第 35 行:此行为反话,"elder tre"(接骨木)树皮和花朵本身散发臭味,和下节"肚子娇小得像一只啤酒桶"等句子一样意在讽刺。

[5] 第 56 行:"在肚脐旁边,在水门旁边"一句里中古英语名词"肚脐"(nauel)表示"中心地带",暗示"天堂里的一席之地"指伊甸园中四条河的发端处(《创世记》2:10-18),赫许认为"照看迟

到的河水"或许影射追悔莫及的夏娃(Hirsh 112)。将女性的一切实在或想象的缺陷都归于她是夏娃的后代,是本诗这样的中世纪男性沙文主义作品常用的措辞。

[6] 叙事者/男性寄信人在"寄语"部分的自我描述"可信又真挚"(trusty and trewe),措辞与《致我真挚有力的恋人》中对男性收信人的描述(trew loue and able)部分呼应,使本诗具有更显著的"应答诗"特点。

32. 风向上吹,风向下吹[1]

风向上吹,风向下吹,
风带来几滴雨点,
我的真爱只有一位,
而她一直躺在墓中,
而她一直躺在墓中。

啊,啜泣流泪,呻吟,
像许多快乐小伙都会做的那样,
并且坐在她坟头悲悼,
长达一季又一天,
长达一季又一天。

当这一季过去后,
那美丽的少女开口说:
"什么人在我坟头哭泣,
日日夜夜没个完?
日日夜夜没个完?"

"是我,是我,我年轻美丽的爱人。
我再也无法入眠,只想

从你亲爱的双唇索取一个吻,
我日日夜夜在追寻,
我日日夜夜在追寻。"

"我已是冰冷的泥土,我的唇亦然,
亲吻它们是不对的。
因为,如果你违背神的法则,
你的时日将无多,
你的时日将无多。"

"看那里,看那里,太阳已落下,
这一天已永远消逝。
你再也无法把它带回,
无论用光明还是黑暗的手段,
无论用光明还是黑暗的手段。"

"看那里,唉呀,那茵绿花园,
我们常在园中漫步,
我们见过的最美花朵
如今已枯萎入茎,
如今已枯萎入茎。"

"我们自己的心也会死去,爱人,

就像这花茎一般腐烂,
所以你能做的一切,爱人,
就是等待你的死亡的日子,
就是等待你的死亡的日子。"

注释

[1]《风向上吹,风向下吹》(*The Wind Blew Up, the Wind Blew Down*)为中古英语民谣《不安宁的坟墓》之美国现代英语版本,收入耐尔斯《民谣之书》,收录时间为 1934 年(Niles 175)。可对比第一部分第十五章《不安宁的坟墓》一诗阅读。

33. 诚实

提供好建议的歌谣[1]

(杰弗里·乔叟)

远离人群,与真诚相伴;[2]
知足常乐,即使你拥有的不多,
因为贪婪招来仇恨,攀高脚下不稳,
人群爱嫉妒,财富总使人盲目。
不要贪图享受,比适合你的更多,
好好统御自己,听取他人建议,
毫无疑问,诚实会让你解脱。[3]

不要费心去纠正所有错误
要信任她,那飞转如轮的命运;
一动不如一静,少扰则多安。
小心不要抬起脚踢到锥子,
不要像瓦罐撞墙般胡乱挣扎。
想掌控别人行为的人,先控制你自己,
毫无疑问,诚实会让你解脱。

顺从地接受那些送给你的事物;
为这世界摔跤,就注定失败,

这儿不是家园,这儿只是荒野:
前进,朝圣者,前进!前进,畜生,走出你的畜栏![4]
了解你的故乡,抬头仰望,为一切感谢上帝;
行走大路,让你的精神为你引路,
毫无疑问,诚实会让你解脱。

寄语

所以,你这瓦奇先生,抛开你昔日的不幸;
不要再在这世上继续为奴。[5]
求他垂怜,那出于他至高的善
从虚空中创造了你的神
尤其要向他靠拢,并且总要
为你自己,也为别人,祈求天上的奖励;
毫无疑问,诚实会让你解脱。

注释

[1]《诚实》(*Truth*)是乔叟较为著名的一首抒情短诗,副标题《提供好建议的歌谣》(*Ballade de Bon Conseil*)是它在一些早期抄本中的标题。

[2] 此诗通篇(包括寄语)以帝王韵(a-b-a-b-b-c-c)写就,每节七行。其道德训喻主题(鄙夷尘世、顺从命运、严于律己等)和行文基调与波伊提乌斯的《哲学的慰藉》有诸多相通之处,乔叟曾将后者翻译为中古英语并更名为《波伊齐》(*Boece*)。

[3] 第7行:此句为副歌,中古英语短语 it is no drede 相当于 there is no doubt,通篇重复这一句,强调本诗传递的信息真实性不容置疑。

[4] 第18行:"畜生"(beste)与"畜栏"(stal)的比喻与寄语中"瓦奇先生"(牛)的双关呼应。

[5] "你这瓦奇先生"(thou Vache)指乔叟的年轻朋友菲利普·德·拉·瓦奇爵士(Sir Philip de la Vache)。通常认为这首诗正是写给这位可能新近官场失意的朋友的,鼓励其振作精神。"瓦奇"(Vache)在法语中意为"母牛"(vache),乔叟在这里巧用双关,暗示不听本诗建议的人就像牛一样蠢,并且将难逃"在这世上继续为奴"的命运。

34. 缺乏恒定[1]

（杰弗里·乔叟）

曾经,世界是如此恒定而安稳
人们说出的话语就是义务,
现在,世界充满谬误和欺骗
话语和行为,到头来总是
大相径庭——因为这世界
已被贿赂和固执颠了个底朝天——
一切都因为缺乏恒定而失去。[2]

是什么让这世界如此善变
不就是人们在反对中感到的喜悦?
现在,一个人被我们看作无能
除非他能使出某种伎俩
去伤害或镇压他的邻人!
除了蓄意使坏,还有什么能造成现状:
一切都因为缺乏恒定而失去?

真理被搁置,理性被看作寓言故事,
现在,美德没有任何统御的力量,
怜悯被放逐,没有人心存慈悲,

彬彬有礼中掺入了谨小慎微。
世界发生了剧变:
从公正变得不公,从正直变得轻浮,
一切都因为缺乏恒定而失去。

给国王理查的寄语:[3]

哦亲王,渴望受尊重吧!
珍惜你的臣民,憎恨敲诈勒索!
不要宽容任何可能在你任期内
令你的地位受指责的事!
拔出你惩罚的宝剑!
畏惧上帝。推行法律。热爱真理和美德,
再一次,让你的臣民与恒定联姻!

完。[4]

注释

[1]《缺乏恒定》(*Lak of Stedfastenesse*)是乔叟的另一首以帝王韵写就的道德训喻诗,很可能写于理查二世(1377—1399年在位)执政晚期。此诗常被称作乔叟唯一一首确凿无疑的政治诗。

[2] 此句为贯穿全诗三节的副歌,不过,到了寄语部分,乔叟虽然保留了中心词"恒定",却将副歌位置的末句改成了规劝国王的祈使句:"让你的臣民与恒定联姻!"

[3] 寄语部分直接诉诸当朝国王理查二世。学者通常认为本诗的写作契机是理查二世执政期间的某次政治危机,但无法断定是哪一次。这首语气并不客气的"直谏诗"看来并未取得诗人所希望的效果——理查二世不久即被亨利四世推翻,而乔叟也不得不向新君催讨他的年薪。参见第一部分第十八章《乔叟致他钱袋的怨歌》一诗的解读。

[4]"完"(*Explicit*):原文为拉丁文,用于篇末标注。

35. 起身来,吾妻[1]

(杰弗里·乔叟)

"起身来,吾妻,吾爱,我美好的女士。
乌龟的声音被听见了,我甜蜜的鸽子。
冬日已离去,带走潮湿的雨。
现在,前来吧,带着你鸽子般的双目,
你的胸脯比醇酒更芳香。
花园的四面都封闭,
前来吧,我白皙的佳偶,别再犹豫,[2]
哦,吾妻,你刺伤了我的心!
我一生都不知你有任何污点。
前来吧,让我们共同欢愉,
我选择你作为我的妻,我的慰藉。"

注释

[1]《起身来,吾妻》(*Rys Up, My Wyf*)是一首文内"植入诗"(embedded lyric),出自乔叟《坎特伯雷故事集》之《商人的故事》第926—936行。该故事中,名叫"一月"(Januarie)的60岁瞎眼老骑士娶了名叫"五月"(May)的水性杨花的年轻女子,《起身来,吾妻》是"一月"邀请"五月"进入花园中时对她说的话。然而,"五月"却在"一月"为她建造的花园里,当着看不见的"一月"的面,与她的情人达米安(Damyan)通奸。

[2] 第7行:鸽子、醇酒般的胸脯、封闭的花园等意象,以及"佳偶"等称呼,均来自《雅歌》中对基督佳偶的描述,"花园的四面都封闭"强调佳偶的忠贞纯洁。然而在这首植入诗的特定语境中,这些表述均具有了强烈的反讽意味。

36. 圣母，基督的生母[1]

（威廉·赫里伯特）[2]

圣母，基督的生母，[3]
人类的救星，
你由天堂的喜乐所生，
你这海洋之星，托起所有
心中愿意被托举的人们。
你在体内孕育了神圣的父，
之前之后都保持处子之身，
多么神奇的秉性啊！
从加百列的口中，
你捕捉住那一句"万福。"
将我们从罪业中解放出来吧，
我们恳求你！
阿门。

注释

[1]《圣母,基督的生母》(*Holy Moder, that Bere Cryst*, *IMEV* 1232)作于14世纪早期,作者威廉·赫里伯特(William Herebert)是一位出生于1270年之后的方济各会修士,本诗是赫里伯特对拉丁文赞美诗《救主的慈母》(*Alma Redemptoris Mater*)的中古英语翻译。赫里伯特于1317—1319年在牛津担任方济各会神学讲师,并在此期间写下了17首中古英语诗歌和一系列拉丁文布道诗,前者中最好的一部分通常是基于早期拉丁文赞美诗的译文——虽然称之为重写或许更合适,因他的翻译相当自由,经常不遵守原诗的断行(本诗亦如此),但也因此在俗语中为文本注入了拉丁文版本没有的活泼与生气。

[2] 关于赫里伯特的生平我们所知甚少,生卒年月均不明确,只知道他大约在1333年去世并被葬于赫里福德郡。目前最全的赫里伯特作品选集是由雷迈(Stephen R. Reimer)编纂的 *The Works of William Herebert*, *OFM*, *Sourses and Text*。

[3] 第1—2行是赫里伯特对《救主的慈母》第1行前半句的意译。《救主的慈母》原诗共6行,以拉丁文六音步诗行写就,作者相传是"跛子赫尔曼"(Hermannus Contractus, 1013 - 1054)。乔叟曾在《坎特伯雷故事集》之《女修道院长的故事》中提到过赫尔曼的拉丁文版本。

37. 去爱你[1]

（理查德·罗尔）[2]

去爱你，

甜蜜的耶稣，

是最有回报的，[3]

最有效的，

也是最必须的。

注释

[1]《去爱你》(*To Loue The*)是一首嵌入散文作品中的"植入诗"——而不是像乔叟《起身来,吾妻》那样嵌入叙事诗中——原手稿今藏牛津大学饱蠹楼(Bodleian Library, MS e Museo 232, fol. 3v)。

[2] 虽然本诗作者理查德·罗尔(Richard Rolle)是 14 世纪英国最重要的神秘主义作家之一,位列四大以中古英语写作的"神秘主义大师"之首——另三位是《无知之云》的匿名作者(人称"云"作者:the *Cloud*-arthor)、沃特·希尔顿(Walter Hilton)、诺维奇的茱莉安(Julian of Norwich)——但对他的生平我们同样所知甚少。已知的信息包括:罗尔出生于 1290—1300 年,曾就读于牛津大学(但未毕业就中途离开),此后作为一名隐修士在约克郡的汉普尔(Hampole)生活了三十多年,并成为当地一座西多会修道院中修女们的精神导师,留下了诸多为修女们讲解神学要义的书信。罗尔主要以拉丁文和中古英语写作,作品具有显著的"移情性虔敬"倾向,体现在他时常用"炽热"(*fervor*)、"甜蜜"(*dulcor*)、"悦耳"(*canor*)等官能性词汇描述基督及其神恩。本诗虽短,亦在中古英语中体现了这种罗尔式的修辞风格。目前研究罗尔生平的最全面著作是沃森(Nicholas Watson)的 *Richard Rolle and the Invention of Authority*。

[3] 第 3 行:中古英语形容词"有回报的"(medeful)源自古英语名词"蜜酒"(medu),古英语中引申为一切(某人应得的)物质好处或回报,到了中古英语中逐渐演变为仅指精神上的回报和福祉。

38. 耶稣,成为我的欢喜[1]

(理查德·罗尔)

耶稣,成为我的欢喜,
成为我所有的甘美和旋律,
并且教会我歌唱,
你心中渴望的歌曲。[2]

注释

[1]《耶稣,成为我的欢喜》(*Ihesu, Be Thou My Ioy*)是一首屡次出现在罗尔的散文作品中的"植入诗",可以单独看作一首短祷歌。原手稿今藏牛津大学饱蠹楼(Bodleian Library, MS Hatton 12, fol. 85v)。

[2] 第4行:"你心中渴望的歌曲"(the sange of thi louynge)与上文"甘美"、"旋律"、"歌唱"等词一样,都是典型罗尔式的移情性表述。

39. 哦上帝,强力的王[1]

(理查德·罗尔)

哦上帝,强力的王,你自愿摈弃了你的力量,
变得同我一样无力,为了纠正我的错,
我说出口而盖过风的究竟是什么?[2]
我说出对你的感情,却什么都尝不到,
我在行为中处处犯错,因为人类是盲目的,
我研究我的思想,而它们错得更甚。
是我死亡的标志,还有我罪行的污秽,
谋杀了我的灵魂,在我内心下了枷锁,
让我失去一切味觉,无法感受到你,[3]
你那不真挚的叛徒就是这样可耻。

注释

［1］《哦上帝，强力的王》(*A, Lord, Kyng of Myght*)是罗尔的另一首嵌入散文作品中的"植入诗"，原手稿今藏剑桥大学图书馆(Cambrdige University Library, MS Ll. i. 8, fol. 204)。

［2］第3行："盖过风"(bete the wynd)指人类的话语即使响亮，在理解神意的过程中却无济于事。本诗行文建立在"强力的王"(基督)自愿谦卑与实质虚弱的人类刚愎自用之间的强烈对比之上。

［3］第9行：此行中的"味觉"(sauoure)与"感受"(fele，亦可解作"触目")和上文中"盲目"(blynd)、"尝"(taste)等词一样，意图借助身体性的感官词汇，帮助读者理解神恩的运作，亦属于典型"移情式虔敬"的表述。

40. 上帝之爱[1]

（约翰·奥德雷）[2]

我有一位爱人是天上的王，
我将永远深爱他付出的爱。[3]

因为爱是爱，永远将是，
而爱在我们出生前就已存在。
他为他的爱不要求更多酬劳
只要求我们也爱，再无更多，
如是我说。

我有一位爱人是天上的王，
我将永远深爱他付出的爱。

真爱是财富，信任是宝藏，
对一个令上帝喜悦的爱人来说。
但无知的爱令人们迷失，
在这里爱欲望，那里爱享乐，
如是我说。

我有一位爱人是天上的王，

我将永远深爱他付出的爱。

在良善的爱中没有罪恶,
没有爱,人就倍感沉重,
因此我不会停止去爱,
去爱我的上帝和他的良善,
如是我说。

我有一位爱人是天上的王,
我将永远深爱他付出的爱。

因为他爱过我,我了解他,
因此我在一切之中最爱他,
好不让我后悔自己的爱。
我在对他的爱中才能获得平静,
如是我说。

我有一位爱人是天上的王,
我将永远深爱他付出的爱。

在所有曾出生过的爱人中,
他的爱遍及每一个人。
要不是他爱我们,我们已迷失,

没有他的爱,真爱亦不存,
如是我说。

我有一位爱人是天上的王,
我将永远深爱他付出的爱。

注释

[1] 《上帝之爱》(*Of the Love of God*, *IMEV* 831, Greene no. 272)是一首颂歌,原手稿今藏牛津大学饱蠹楼(Bodleian Library, MS Douce 302, fol. 30v),是已知唯一保存了约翰·奥德雷作品的手稿。

[2] 约翰·奥德雷(John Audelay)是一位又聋又盲的诗人,也是西罗普郡豪蒙修道院(Haughmond Abbey)的牧师长,我们只知道他大约卒于1426年。现存的他的全部55首诗被保存在同一份手稿中,根据该手稿中一首悲叹自己的聋盲并诅咒任何偷窃或破坏此书的"护书诅咒"诗《谁都不准拿走这本书》(*No Mon This Book He Take Away*),可以推测该手稿可能是奥德雷晚年口授并命人编订的,或者是在他过世后由誊抄工根据他生前的嘱咐代为编订的。

[3] "我将永远深爱他付出的爱"(I loue his loue fore euermore)强调了人必须以爱来回报为人付出爱的上帝,这里的 fore euermore 既表示时间维度上的永久,又表示程度上的递进;这种神人之间"爱之互动"的正当性和必须性是奥德雷许多抒情诗的主题。此行与上一行是贯穿全诗的副歌。

41. 来自十字架上最后的声音[1]

（约翰·利德盖特）[2]

别再耽搁；快快打起精神
匆忙上路，赶往你的遗产所在。
每天都要继续你的朝圣之旅；
想想你在这里逗留的时光何其短暂。
你的位置在头上清澈的群星之中，[3]
不在尘世的宫殿里，即使它造得金碧辉煌。
来吧，我的朋友，我最亲爱的弟兄！
为了你，我在牺牲中献上了自己的热血。

注释

[1]《来自十字架上最后的声音》(*Vox Ultima Crucis*)是约翰·利德盖特于15世纪所作的一首民谣体训喻诗(尾韵模式为ababbcbc)。全诗只有一节,但音调铿锵有力,修辞生动具体,并且直到末句才点题——并点出全诗的第一人称叙事者"我"正是基督本人。利德盖特通篇塑造了一位平易近人,将人类看作朋友甚至与之称兄道弟的基督,并且"我"比起强调自己的牺牲(仅在末句中提到),更在意(几乎是苦口婆心地)劝诫人们为自己谋求精神福祉,这是利德盖特这首短诗与更早的中古英语受难抒情诗显著区别的地方。

[2] 约翰·利德盖特(John Lydgate, 1370–1451)是萨福克郡的伯里—圣埃德蒙兹修道院的僧侣,曾在牛津大学学习,同时也是中世纪乃至整个英国文学史上最多产的诗人之一,共有15万多行诗存世。他写于15世纪初期的那些宫廷题材的长诗深受乔叟梦幻长诗的影响,包括著名的《黑骑士的怨歌》(*The Complaint of the Black Knight*)、《礼仪之花》(*The Flour of Courtesye*)和《玻璃神殿》(*The Temple of Glas*)等;稍晚时期的代表作是史诗和骑士罗曼司的结合,包括《特洛伊之书》(*Troy Book*,译著)、《七雄攻忒拜》(*The Siege of Thebes*)和《王公落陷记》(*Fall of Princes*)等,其中不少作品是受其赞助人亨利五世委托而作。利德盖特极度崇拜乔叟并一度与乔叟的后人过从甚密,有时也因其不亚于乔叟

的修辞能力被后世称作"金口的利德盖特"。不过,许多现代学者认为比起他动辄上万行的长诗,短抒情诗才是集中体现他精湛诗艺的领域。

[3]"你的位置在头上清澈的群星之中"(Thy place is bygged aboue the sterres clere):此句与诗中"快快打起精神"(be of ryght good chere)等短语一样,成了后世中古英语诗人经常沿用的励志名句。

42. 那如今是干草的地方曾是青草[1]

（约翰·利德盖特）

爬得最高的人往往跌得最低，[2]
你可以在草甸中看到范例：
那如今是干草的地方曾是青草。

寄语

快上路吧，你这首小诗，[3]
劝人们完全不要信任这个世界，
劝他们只记挂一座城市
就是上方的天空之城；
它的城墙由宝石筑造，[4]
攀到那里的人永远不会跌倒，
从那里不会有人坠落，
那里没有干草，全是青草鲜翠。

注释

[1]《那如今是干草的地方曾是青草》(*That Now Is Hay Some-Tyme Was Grase*) 是一首比较罕见的谚语诗:诗的正文还不如诗末的寄语长。本诗借草木枯荣比喻尘世命运的善变,从而回归到"鄙夷尘世"这一道德训诫主题。利德盖特生动活泼的修辞风格在本诗中一览无遗。

[2] 第 1 行:此处影射时刻转动世人运数之轮的、盲眼的"命运女士"(Lady Fortuna)——中世纪诗歌中最有力的寓意人物之一。

[3] "寄语"部分第一句模仿乔叟在《特洛伊罗斯和克丽希达》诗末的寄语"去吧,小小书;去吧,我这部小悲剧"("Go, litel boke, go, litel myn trage")。

[4] 指《启示录》中的新耶路撒冷(New Jerusalem),即"天上的耶路撒冷"(heavenly Jerusalem),奥古斯丁《上帝之城》中"地上之城"的对立面。关于新耶路撒冷宝石城墙的描述参见《启示录》第 21 章第 15—20 节。

43. 描摹他丑陋的女郎[1]

（托马斯·霍克利夫）[2]

我可以为我的女郎欢欣鼓舞！
她黄黄的额头又窄又小；
她的眉毛如同黯淡的红芦苇；
她的双眼煤精般永远发光。

她鼓鼓囊囊的腮帮子软如陶土，
下颚却硕大无朋。

她的鼻子如同悬垂的屋顶，就算她
仰面朝天，雨水也不会淋上她的嘴。

她的嘴毫不娇小，双唇呈灰色；
几乎看不到她的下巴。

她漂亮的身型犹如一只足球，
她唱起歌来活似一只鹦鹉。

注释

[1]《描摹他丑陋的女郎》(*A Description of His Ugly Lady*)是又一首采取男性视角的攻击女性的讽刺诗,不过,我们在阅读中需要注意区分第一人称叙事者"我"和诗人本人声音之间可能存在的差异。可与上文收录的匿名氏"厌女诗"《致你,亲爱的甜心》一诗比较阅读。

[2] 托马斯·霍克利夫(Thomas Hoccleve,1368-1426)与利德盖特一样,是15世纪最重要的中古英语诗人之一。不同于以上几位"神职诗人",霍克利夫自20岁起在王室掌玺大臣处担任公务员,一做就是35年左右。其代表长诗《王政》(*Regement of Princes*)为献给即将登基的亨利五世而作,是一首论述美德和恶习的道德训喻诗,当时极受欢迎,有43份手抄本流传至今。有学者考据出霍克利夫在担任公职之外还担任誊抄工以补贴家用,甚至可能曾与乔叟的誊抄工亚当·平克斯特共事过。参见第一部分第十七章《乔叟致亚当,他的誊抄工》一诗的解读。

44. 贝茜·邦亭[1]

四月里,五月里,
当野兔们高高兴兴,
贝茜·邦亭,磨坊主的闺女,[2]
好似樱桃,嘴唇红莹莹,
她把这点牢记在心:
要在谈情说爱中欢度光阴
要把不痛快的事全部忘记。
她把自己打扮整齐,[3]
穿上一条雪白的裙,
她一点也不悲伤压抑——
她的神情充满光明。

注释

[1]《贝茜·邦亭》(*Besse Bunting*)写于15世纪,作者不详。此诗可被归入广义上的"归春诗",在传统归春诗的动植物以外,人类也加入了欢庆春回大地的行列。

[2]第3行:"磨坊主的闺女"(millaris may),诗人用 may 一词替代更常见的 maiden 等表示少女,以和第一句中的"五月"押韵。

[3]第8行:"打扮整齐"(womanly arayd),字面意思为打扮得像个(成熟优雅的)女人,贝茜实际上只是未成年少女。

45. 一支给玛丽的新歌[1]

关于玛丽

我要唱一支新歌曲。

我要拼出这四个字母:

M 和 A,R 和 Y。

它们代表少女玛丽——

我们的一切欢乐从她而出。

她的身体并未失去童贞,

M 和 A,R 和 Y,

就生出了一位国王,的确,

犹太人处死他,犯了大错。

在骷髅山顶,

M 和 A,R 和 Y,

他们在那里抽打他赤裸的身体,

用又尖利又长的鞭子。

我们亲爱的女士站在他身旁,

M和A,R和Y,
她伤心痛哭,泪流不已,
泪珠中不时有鲜血滴下。[2]

注释

[1]《一支给玛丽的新歌》(*A New Song of MARY*)作于15世纪早期,作者不详。中世纪不乏以称颂圣母名字为主题的抒情诗,比如礼拜仪式中五赞美诗的首字母正好能拼成她的拉丁文名MARIA。本诗亦是一首以圣名(圣母的英文名字玛丽)为崇拜对象的圣母颂歌,但中古英语原文中并未暗示每个字母的具体含义。

[2] 本诗涉及圣母"五种喜悦"或"五福"中的两种(圣母领报、耶稣诞生),但重心(尤其是后半首诗)放在圣母的悲伤和哀悼上,语调中充满了"移情性虔敬"。

46. 阿金考特颂歌[1]

感谢上帝吧,英格兰
为了你们的胜利! [2]

我们的国王北上诺曼底,
带着神恩,还有骑兵之力。
上帝在那儿为他制造奇迹,
因此英国要欢呼高喊:

感谢上帝吧,英格兰
为了你们的胜利!

他向哈弗路发起围城,[3]
事实是,他在那里部署王军:
攻陷了那座城,挫败强敌,
直教法兰西后悔到末日。

感谢上帝吧,英格兰
为了你们的胜利!

然后我们的国王带着所有随从

穿越法国,不管法国人如何吹嘘:
他毫不犹豫,没饶过任何人,无论地位高低
直到来到阿金考特地区。

感谢上帝吧,英格兰
为了你们的胜利!

然后,事实是,那位英俊的骑士[4]
在阿金考特的田野中勇猛作战,
凭着最强大的上帝之神恩,
他攻下了田野,取得了胜利。

感谢上帝吧,英格兰
为了你们的胜利!

在那儿,公爵和伯爵,勋爵和男爵
都在眨眼间被捉拿并屠杀,
一部分囚犯被带回了伦敦,
一路欢歌笑语,赞歌四起。

感谢上帝吧,英格兰
为了你们的胜利!

现在,仁慈的上帝,愿他拯救
我们的国王、他的人民、他的一切友人,
赐给他良善的生活,并使之死得其所,
让我们可以欢快安心地高唱:

感谢上帝吧,英格兰
为了你们的胜利! [5]

注释

[1]《阿金考特颂歌》(The Agincourt Carol, IMEV 2716)写于 15 世纪,原手稿今藏牛津大学饱蠹楼图书馆(Bodleian Library, Oxford, MS Arch. Selden B. 26, fol. 17v‑18),其主题是英法百年战争中英格兰完胜法兰西的阿金考特战役(Battle of Argincourt)。这场著名的以少胜多之战发生在 1415 年 10 月 25 日,英军由英王亨利五世(Henry V)亲自率领,在加莱以南约四十公里处的阿金考特村以骑兵和长弓力克法军(法王查理六世因精神疾病并未带兵出战),造成了(根据英方的统计数据)法军七千至一万一千人阵亡,而英军只有一百人伤亡——或者(根据法方的统计数据)法军四千至一万人阵亡,英军一千六百人阵亡。历史学家已无法精确还原六百年前这场战役的真实数据,但无论我们相信哪一方的说法(双方或许都有夸张),阿金考特战役无疑都是英国历史上对法国最辉煌的军事胜利之一,也是莎士比亚历史剧《亨利五世》的核心事件。

[2] 原文为拉丁文,为押韵对句(Deo gracias Anglia/Redde pro vicoria),《阿金考特颂歌》的别名《感谢上帝吧,英格兰》就出自这里。这两行是贯穿整首颂歌的副歌。诗人在诗歌正文中亦反复强调对上帝的感谢,暗示神意与英格兰同在,体现出一种逐日增强的对于"英格兰"作为一个民族共同体的归属感。

[3] 第 9 行:"哈弗路"(中古英语 Harflu, 中古法语 Herosfloth,

Harofluet 或 Hareflot,现代法语 Harfleur)是诺曼底的一个位置重要的海港。亨利五世的军队 1415 年 8 月 13 日在法国北部登陆后,用一万二千名士兵对哈弗路进行了围城,而这座海港小镇坚持得比亨利五世预计的要久(同年 9 月 22 日才宣布投降),其间大量英军死于水土不服和疾病。但亨利五世没有因此班师回朝,而决定率兵穿越诺曼底前往加莱(英方在法国北部的要塞),10 月 25 日,阿金考特战役打响。

[4] 第 21 行:"英俊的骑士"指英方统帅,国王亨利五世。

[5]《阿金考特颂歌》至今传唱广泛。上述饱蠹楼"赛尔顿抄本"中虽未保留原诗乐谱,但在另一份 15 世纪手稿"圣三一颂歌手卷"(Trinity Carol Roll)中却有乐谱留存,该手卷共保存有十三首颂歌,今藏剑桥大学圣三一学院雷恩图书馆(Wren Library, Trinity College, Cambridge, MS O.3.58)。

47. 只信任你自己[1]

唉呀！如今信任里掺杂欺骗，
像命运般叵测，转动如圆球，
像枯朽的树枝般轻易被折断：
谁要是轻信，就得准备跌落。
哪里的信任中都充满这种把戏，
一个人甚至再也找不到朋友：
所以，听我的话，莫要轻信！[2]
只信任你自己，学着变聪明。

注释

［1］《只信任你自己》(*Trust Only Yourself*)写于15世纪早期,是一首乔叟风格的民谣体道德训喻诗,但尾韵格式在经典八行体民谣的基础上有细微的变化,为 a-b-a-b-b-b-c-c。

［2］第 7 行:"听我的话"(after my devise),此处的中古英语名词 devise 相当于现代英语中的 advice(建议,意见)。

48. 詹金,教士勾引家[1]

垂怜,垂怜啊,
詹金欢快地歌唱,
求主垂怜。[2]

圣诞节那天,
我正参加游行,
从他欢快的声调里,
我就认出了快活的詹金,
求主垂怜。

詹金在圣诞日
开始主持弥撒,
但我觉得这样对我有好处,
于是他欢快地说道:
"求主垂怜。"

詹金朗读《使徒书信》[3]
声音优美,吐字准确,
但我觉得这样对我有好处,
因为我希望永远都走运,
求主垂怜。

詹金唱到《圣哉经》[4]
发出一个欢快的音节,
但我觉得这样对我有好处——
我为他的马厩付了钱,
求主垂怜。

詹金一次要唱出
整整一百个音节,
但他把它们切分得
比锅里的蔬菜还要碎,
求主垂怜。

詹金唱到了《羔羊经》,
递来交换和平的圣餐饼:
他眨了眨眼,但不发一言,
他踩了一下我的脚面,
求主垂怜。

让我们为主祝福,
基督保护我不受侮辱:
同时感谢天主——
唉呀!我怀上了孩子!
求主垂怜。

注释

[1]《詹金,教士勾引家》(*Jankin, the Clerical Seducer*)写于15世纪早期,作者不详。这首生动的作品从女性第一人称视角出发,"控诉"了一个道貌岸然的教士表里不一的行径,但整首诗的基调是戏谑和诙谐的,并没有表达出多少受害人的情感。

更有趣的是,这首诗男主人公的名字"詹金"(Jankin)及其身份"教士"(clerical seducer)是对乔叟《坎特伯雷故事集》中《巴斯妇的故事之序言》中巴斯妇艾莉森和她的第五任丈夫詹金之间关系的巧妙影射。中古英语名词clerk既可以指教士等神职人员,又可以指学者,或者任何受过高等教育的男性(尤其是进过大学的人——虽然未必毕业),巴斯妇的第五任丈夫就是这样一位满口之乎者也的牛津大学肄业生,同样也叫"詹金"。这位詹金经常向年纪比她大一倍的巴斯妇施暴,巴斯妇却宣称最爱他,因为他是个擅长讨女人欢心的调情高手,就像《詹金,教士勾引家》中的詹金一样。类似地,《巴斯妇的故事之序言》里的詹金经常向巴斯妇宣读、罗列历史和神话中谴责"恶妇"的文学——乔叟模仿薄伽丘《名女传》等作品写过《女杰传》(*The Legend of Good Women*),这类"恶妇文学"就如其反面。

《詹金,教士勾引家》中的"詹金"同样爱借书本说教,只不过援引的是《圣经》(《使徒书信》)和弥撒仪式中的赞美歌。由于《坎特伯雷故事集》在本诗写作的年代几乎是最广为流传的非宗教题材作品,本诗的作者看来对于他的大部分读者读过或至少听说过《巴斯妇的故事之序言》有把握;无论如何,诗人自己在写这首小诗的过程中显然得到了不止一个层面上的文字游戏和影射的乐趣。

[2] 第3行:"求主垂怜"(Kyrie eleison)为圣礼弥撒仪式中《垂怜经》(*Kyrie*)的第一句,出自七十士译本中对《诗篇》中反复出现的希伯来文词组的希腊文翻译。本节的精妙之处在于,诗人把该词组拆分成两行并填入詹金的名字(Kyrie, so kyrie, /Jankin singeth merye, /With Aleison),以谐音Aleison影射《巴斯妇的故事之序言》中巴斯妇的名字艾莉森(Alison),进一步在本诗的第一人称女性叙事者"我"和乔叟的巴斯妇之间建立了联系。因此第一节也可以翻译为:"垂怜,垂怜啊,/詹金欢快地歌唱,/和艾莉森一起。"诗人通过拆词、谐音和互文在短短三行中不动声色地完成了一种巧妙的双关,留待细心的读者解码。"求主垂怜"反复出现在本诗每一节最后一行,成为一种短副歌,除了第一节,诗人对其余各节末尾的这一词组均未进行拆分,而是按照中古英语中的惯例将之连写为Kyrieleyson。

[3] 第14行:《使徒书信》,中古英语原文为Pistle,即现代英语中的Epistle,大写时专指《新约》中的21部书信文学。书信部分有《新约》最早成文的内容和最常见的文体,其中13部被归于使徒保罗名下(包括《罗马书》、《哥林多前书》、《哥林多后书》、《加拉太书》、《以弗所书》、《腓立比书》、《歌罗西书》、《帖撒罗尼迦前书》、《帖撒罗尼迦后书》、《提摩太前书》、《提摩太后书》、《提多

书》和《腓利门书》),被统称为《保罗书信》;其余 8 部则被归于其他使徒名下。虽然现代圣经学者通常认为这些书信作品不太可能真的出自使徒们本人之手,但这 21 部书信依然被统称为《使徒书信》(*Epistles*),其中《保罗书信》各书是最常在布道中被援引的,但在《詹金,教士勾引家》一诗中,由于缺少确凿的上下文,我们把中古英语 Pistle 泛化处理为《使徒书信》,并不是说《圣经》中确有题为《使徒书信》的单部作品。

[4] 第 19 行:《圣哉经》(*Sanctus*),同下文《羔羊经》(*Agnus*)一样,均是弥撒仪式中拉丁文短祷文暨赞美歌的名字,用各自内容的第一个词语表示。

49. 耶稣伤口的深井[1]

耶稣的伤口如此宽阔
是好人们的生命之井,
尤其是他侧肋的血泉,[2]
在十字架上激烈喷涌。

如果你想要啜饮这井,
好逃离那些地狱恶魔,
你就弯下腰,直到井沿,
温顺地品尝这口甘泉。

注释

[1]《耶稣伤口的深井》(The Wells of Jesus Wounds)写于15世纪晚期,是一首典型的表达"移情性虔敬"的短诗。

[2] 第3行:诗人将耶稣的五处圣伤(和标题中一样,首行中"伤口"一词为复数)比作信徒们的"生命之井"(welles of lif)——尤其是从他侧肋的伤口(在十字架上被罗马士兵朗基努斯所刺而致)喷涌而出的"血泉"(stronde of his side)——并在全诗最后一行鼓励人们"品尝这口甘泉"(taste of the welle),从而在语言中完成了一次圣餐式(Eucharistic)的"变体"(transubstantiation),变相敦促信徒们在日常的圣礼仪式中铭记基督的神恩。与在现代英语中一样,well(e)一词在中古英语中既可指"一口井",又可指(井中涌出的)"泉水"。

50. 耶稣！带给我们和平[1]

耶稣！为了你无边的仁慈，
拯救你的人民，带给我们和平吧。

耶稣！为了你的五处伤口，
救救基督徒，不要再让他们流血；
阻止所有的恶意与纷争，
给我们带来邻人们的好消息。

有福的耶稣！
有福的耶稣！

注释

[1]《耶稣!带给我们和平》(*Jesu! Send Us Peace*)写于 1500 年前后,和上一首《耶稣伤口的深井》一样,也是一首以耶稣的五处圣伤为沉思和崇拜对象的"移情性虔敬"短诗。

51. 贬低女人[1]

我及时赞颂女人,无论身在何方,
快得像随便哪头獐子一样。[2]

贬低女人是可耻的,
因为你母亲是一位女性:
我们有福的圣母也共享
所有女人的名字,无论她们去何处。

女人是一种了不起的生物:
她们洗洗汰汰,拧干衣裳;
"睡吧,睡吧,"她向你低唱,
但她自己只有忧虑和悲伤。

女人是一种了不起的造物,[3]
她日日夜夜服侍男人;
在这事上投入了所有精力,
但她自己只有忧虑和悲伤。

注释

[1]《贬低女人》(*To Onpreise Women*)写于16世纪早期,匿名第一人称叙事者"我"似乎是一名男性,与《致你,亲爱的甜心》、《描摹他丑陋的女郎》等从男性视角出发讽刺攻击女性的"厌女抒情诗"不同,此诗对女性采取了尊重且有同理心的态度,并试图规劝读者从宗教、世俗生活、两性关系三个不同的角度出发,理解为何"女人是一种了不起的造物"。

[2] 第2行:强调"我"随时随地愿意说女性的好话,但"獐子"的比喻带入了一些戏谑成分。

[3] 第11行:与上节中称"女人是一种了不起的生物(thing)"不同,此行改称女人为"造物"(wight)——中古英语中泛指"人"(无论性别,但指男性更常见)或任何上帝的造物的名词。假如上节中诗人不是无意中暴露了自己依然将女性看作物品(thing)的男性中心主义的态度(从而对本诗正文对标题"贬低女人"的反讽构成了"反讽的反讽"),那么此处就只能看作诗人的独具匠心,通过从指物的 thing 到指人的 wight 的递进,来传达一种对待女性的"理应所是"的训谕态度。

52. 冬青树和常春藤[1]

冬青树长得绿茵茵，
常春藤也是这样，[2]
尽管冬日寒风从未如此肆虐，
冬青树长得绿茵茵。

正如冬青树一旦变绿，
就不再改变颜色，
我也是这样，始终如一，
忠诚于我的女士。

冬青树长得绿茵茵，
常春藤也是这样，
尽管冬日寒风从未如此肆虐，
冬青树长得绿茵茵。

正如冬青树变绿之时，
只有常春藤也是绿色，
那时百花都不见踪影，
绿林中树叶都已飘零；

冬青树长得绿茵茵，
常春藤也是这样，
尽管冬日寒风从未如此肆虐，
冬青树长得绿茵茵。

现在，对我的夫人
我要做出承诺，
万花丛中，我只将她一人
认作我的妻子。[3]

冬青树长得绿茵茵，
常春藤也是这样，
尽管冬日寒风从未如此肆虐，
冬青树长得绿茵茵。

再见，属于我的夫人，
再见，我特别的那位，
你确实占有我的心，
请确信，永远确信。[4]

注释

[1]《冬青树和常春藤》(*The Holly and the Ivy*)保存于一份今藏大英图书馆的 16 世纪手稿(British Library, Additional MS 31922, fol. 37v)中,这首文艺复兴时期的颂歌通常被归入都铎王朝英王亨利八世(Henry VIII)笔下,其格律与风格深受中世纪颂歌影响,而语言介于晚期中古英语和早期现代英语之间。

[2] 冬青树(原文作 holy)与常春藤(原文作 iue)原本都是具有宗教含义的植物,前者尤因其耐寒特质在一些中世纪草药书(herbal)中被看作基督的象征。但在此诗中,两者的象征义已经世俗化,赫许认为冬青树象征男性而常春藤象征女性,格林则认为副歌中的首行"冬青树长得绿茵茵"在当时的口语表达中是"永恒"的意思(Hirsh 167)。我们认为,如果亨利八世(假定本诗作者的确是这位娶了六位妻子的著名风流国君)在诗歌中自比坚忍的冬青,那么诗中的常春藤——依附墙面或其他物体而生的攀援植物——的确是王后(或者即将成为王后的他的某位情妇)的一个再恰当不过的象征。

[3] 亨利八世为了与第一任妻子阿拉贡的凯瑟琳合法离婚,进而迎娶情妇安·博林,不惜与罗马教皇决裂,使英国教会脱离罗马天主教而任命自己为英格兰最高宗教领袖。然而不到三年他又将新王后砍头,去世前再娶了四任王后——若现代读者带着历史的后见之明阅读,则本节诗(以及最后一节诗)中的"承诺"具有强烈

的讽刺意味。

［4］由于无法断定本诗的确凿写作年份（与绝大多数中古英语抒情诗一样），我们也就无从知道——依然是在假设《冬青树和常春藤》确为出自亨利八世之手的自传诗的前提下——诗中的夫人具体是指亨利的哪一任王后。至少我们可以有把握地判断，本诗的致意对象不太可能是亨利的发妻阿拉贡的凯瑟琳。亨利八世的六任王后的命运被后人编成顺口溜加以调侃："离婚;砍头;产后猝死;离婚;砍头;活过了国王。"

参考文献

Albright, Daniel, ed. and intro. *W. B. Yeats: The Poems*. London: Everyman's Library, 1992.

Andrew, Malcolm and Ronald Waldron, eds. *The Poems of the Pearl Manuscript: Pearl, Cleanness, Patience, Sir Gawain and the Green Knight*, 5th edition. Exeter: University of Exeter Press, 2007.

Astell, Ann W. *Song of Songs in the Middle Ages*. London: Cornell University Press, 1995.

Atkinson, David. "The English Revival Canon: Child Ballads and the Invention of Tradition". *The Journal of American Folklore* 114: 453 (2001): 370 – 380.

Augustine of Hippo. *Confessions*. Trans. Henry Chadwick. Oxford: Oxford University Press, 1992.

Augustine of Hippo. *On Christine Doctrine*. Trans. D. W. Robertson, Jr. New York: Liberal Arts Press, 1958.

Benson, Larry D., ed. *The Riverside Chaucer*, 3rd edition. Oxford: Oxford University Press, 2008.

Black, Joseph. *The Broadview Anthology of British Literature*. Calgary: Broadview Press, 2011.

Boffey, Julia. *Manuscripts of English Courtly Love Lyrics in the Later Middle Ages*. London: Woodbridge, 1985.

Boklund-Lagopoulou, Karin. "*I Have a Yong Suster*": *Popular Song and the*

Middle English Lyric. Dublin: Four Courts Press, 2002.

Bonvesin da la Riva. *Volgari Scelti: Selected Poems*. Trans. Patrick S. Diehl and Ruggero Stefanini. New York: Peter Lang, 1987.

Bradley, S. A. J., trans. and ed. *Anglo-Saxon Poetry*. London: Everyman's Library, 1995.

Brown, Carleton, ed. *English Lyrics of the XIIIth Century*. Oxford: Clarendon Press, 1932 (rpt. 1965).

Brown, Carleton, ed. *Religious Lyrics of the XIVth Century*, 2nd edition. Oxford: Clarendon Press, 1957.

Brown, Carleton, ed. *Religious Lyrics of the XVth Century*. Oxford: Clarendon Press, 1939 (rpt. 1962).

Brown, Carleton and Roseell Hope Robbins, eds. *The Index of Middle English Verse*. New York: Columbia University Press for the Index Society, 1943.

Brown, Peter, ed. *A Companion to Chaucer*. Hoboken, NJ: John Wiley & Sons, 2002.

Burrow, J. A. *Medieval Writers and Their Works: Middle English Literature and Its Background 1100 – 1500*. Oxford: Oxford University Press, 1982.

Burrow, J. A. "Poems Without Contexts". *Essays in Criticism* XXIX. 1 (1 Jan. 1979): 6 – 32.

Camargo, Martin. *The Middle English Verse Love Epistle*. Tubingen: Niemeyer, 1991.

Chance, Jane. "Chaucerian Irony in the Verse Epistles: 'Wordes Unto Adam', 'Lenvoy a Scogan' and 'Lenvoy a Bukton'". *Papers on Language and Literature* 21 (1985): 115 – 129.

Child, Francis James, ed. *The English and Scottish Popular Ballads*, 5 volumes. Boston and New York: Houghton, Mifflin; London: Henry Stevens Sons and Stiles, 1882 – 1898 (rpt. New York: Dover Publications, 1965).

Clifton, Harry. *Ireland and Its Elsewheres*. Dublin: University College Dublin Press, 2015.

Coffin, Tristram Potter. *The British Traditional Ballad in North America.* Austin and London: University of Texas Press, 1977.

Crocker, Richard. "Polyphony in England in the Thirteenth Century". *The New Oxford History of Music: The Early Middle Ages to 1300.* Eds. Richard Crocker and David Hiley. New York: Oxford University Press, 1990, pp.679 – 720.

Curtius, Ernst Robert. *European Literature and the Latin Middle Ages.* Trans. Willard R. Trask. Princeton: Princeton University Press, 1991.

Davies, R. T., ed. *Middle English Lyrics: A Critical Anthology.* London: Faber and Faber; Chicago: Northwestern University Press, 1964.

Dickinson, Emily. *The Manuscript Books of Emily Dickinson.* Ed. R. W. Franklin. Cambridge & London: Belknap Press of Harvard University Press, 1981.

Dobson, E.J., ed. *The English Text of the Ancrene Riwle: Edited from British Museum Cotton MS. Cleopatra C.vi.* (EETS 267). Oxford: Oxford University Press, 1972.

Donardson, E. T. "Patristic Exegesis in the Criticism of Medieval Literature: The Opposition". *Critical Approaches to Medieval Literature.* Ed. D. Bethurum. New York: Columbia University Press, 1960, pp.1 – 26.

Drogin, Marc. *Anathema! Medieval Scribes and the History of Book Curses.* Totowa, NJ: Allanheld & Schram, 1983.

Dronke, Peter. *Medieval Latin and the Rise of European Love-Lyric*, 2nd edition. Oxford: Clarendon Press, 1968.

Dronke, Peter. *The Medieval Lyric.* New York: Harper & Row, 1966.

Duncan, Thomas G., ed. *A Companion to the Middle English Lyric.* Cambridge: D. S. Brewer, 2005.

Duncan, Thomas G., ed. *Late Medieval English Lyrics and Carols, 1400 – 1530.* Harmondsworth: Penguin Books, 2000.

Duncan, Thomas G., ed. *Medieval English Lyrics, 1200 – 1400.* Harmondsworth:

Penguin Books, 1995.

Duncan, Thomas G. *Medieval English Lyrics and Carols*. Cambridge: D. S. Brewer, 2013.

Eco, Umberto. *Art and Beauty in the Middle Ages*. Trans. Hugh Bredin. New Haven: Yale University Press, 1986.

Eco, Umberto. *The Book of Legendary Lands*. Trans. Alastair McEwen. London: MacLehose Press, 2013.

Ellmann, Richard. *Yeats: The Identity of Yeats*. London: Faber & Faber; New York: Oxford University Press, 1954.

Ferris, Sumner J. "The Date of Chaucer's Final Annuity and 'The Complaint to his Empty Purse'". *Modern Philology* 65 (1967): 45 – 52.

Fletcher, Alan J. "'I Syng of a Maiden': A Fifteenth-Century Sermon Reminiscence". *Notes and Queries* 223 (1978): 107 – 108, 541.

Fletcher, Alan J. "The Lyric in the Sermon". *A Companion to Middle English Lyrics*. Ed. Thomas G. Duncan. Cambridge: D. S. Brewer, 2005.

Fowler, David C., "Ballads". *A Manual of the Writings in Middle English, 1050 – 1500*. Ed. Albert E. Hartung, vol. 6. New Haven: Connectinut Academy of Arts and Sciences, 1980, pp.1753 – 1808.

Galway, Margaret. "Chaucer, Graunson, and Isabel of France". *The Review of English Studies* 24. 96 (1948): 273 – 280.

Gragnolati, Manuele. "Body and Pain in Bonvesin da la Riva's *Book of the Three Scriptures*". *Last Things: Death and the Apocalypse in the Middle Ages*. Ed. Caroline Walker Bynum and Paul Freedman. Philadelphia: University of Pennsylvania Press, 2000, pp.83 – 97.

Gray, Douglas. "Fifteenth-Century Lyrics and Carols". *Nation, Court and Culture: New Essays on Fifteenth-Century Poetry*. Ed. Helen Cooney. Dublin: Four Courts Press, 2001.

Gray, Douglas, ed. *A Selection of Religious Lyrics*. Oxford: Clarendon Press, 1975 (rpt. 1992).

Gray, Douglas. *Themes and Images in the Medieval English Religious Lyric*. London: Routledge and K. Paul, 1972.

Greene, Richard L., ed. *The Early English Carols*, 2nd edition. Oxford: Clarendon Press, 1977.

Greene, Richard L. "The Meaning of the Corpus Christi Carol". *Medium Aevum* 29 (1960): 10-21.

Hall, Alaric. "The Images and Structure of *The Wife's Lament*". *Leeds Studies in English*, New Series 33 (2002): 1-29.

Heaney, Seamus, trans. *Beowulf: A New Verse Translation* (Bilingual Edition). London: Faber & Faber, 2007.

Hippocrates. *Hippocratic Writing*. Ed. G. E. R. Lloyd. Trans. J. Chadwick and W. N. Mann. London: Penguin Books, 1983.

Hirsh, John, ed. *Medieval Lyrics: Middle English Lyrics, Ballads and Carols*. Oxford: Blackwell Publishing, 2005.

Horace. *Odes and Epodes* (Loeb Classical Library 33). Ed. and trans. Niall Rudd. Cambridge, MA: Harvard University Press, 2004.

Hugh of St. Victor. *The Didascalicon of Hugh of St. Victor*. Trans. Jerome Talor. New York: Columbia University Press, 1963.

Huizinga, Johan H. *The Waning of the Middle Ages: A Study of the Forms of Life, Thought, and Art in France and the Netherlands in the Fourteenth and Fifteenth Centuries*. Trans. F. Hopman. Harmondsworth: Penguin Books, 1965.

Hume, Kathryn. "The Conception of the Hall in Old English Poetry". *Anglo-Saxon England* 3 (1974): 63-74.

Jeffery, David Lyle, ed. *A Dictionary of Biblical Tradition in English Literature*. Grand Rapids: Wm. B. Eerdmans Publishing Co., 1992.

Jemielity, Thomas. "'I Sing of a Maiden': God's Courting of Mary". *Concerning Poetry* 2 (1969): 53-71. Reprinted in Luria & Hoffman, pp.325-330.

Klink, Anne L. and Ann Marie Rasmussen, eds. *Medieval Woman's Song: A Cross-Cultural Approach*. Philadelphia: University of Pennsylvania Press, 2002.

Lewis, C. S. *The Allegory of Love: A Study in Medieval Tradition*. Oxford: Oxford University Press, 1936.

Lewis, C. S. *The Discarded Image: An Introduction to Medieval and Renaissance Literature*. Cambridge: Cambridge University Press, 1964.

Luria, Maxwell and Richard Hoffman, eds. *Middle English Lyrics*. New York: W.W. Norton & Company, 1974.

Manning, Stephen. "I Syng of a Myden". *PMLA* 75 (1960): 8–12.

Manning, Stephen. *Wisdom and Number: Toward a Critical Appraisal of the Middle English Religious Lyric*. Lincoln: University of Nebraska Press, 1962.

Marsden, Richard, ed. *The Cambridge Old English Reader*. Cambridge: Cambridge University Press, 2004.

Matsuda, Takami. *Death and Purgatory in Middle English Didactic Poetry*. Cambridge: D. S. Brewer, 1997.

McLean, Teresa. *Medieval English Gardens*. New York: Dover Publications, 2014.

Middle English Dictionary (*MED*). Http://quod.lib.umich.edu/m/med/.

Millett, Bella, ed. *Ancrene Wisse, A Corrected Edition of the Text in Cambridge, Corpus Christi College, MS 402, with Variants from Other Manuscripts* (EETS 325). Oxford: Oxford University Press, 2005.

Minnis, A.J. et al. eds. *Medieval Literary Theory and Criticism c.1100–c.1375: The Commentary Tradition, Revised Edition*. Oxford: Clarendon Press, 1992.

Mooney, Linne. "Chaucer's Scribe". *Speculum* 81 (2006): 97–138.

Moore, A. K. *The Secular Lyrics in Middle English*. Lexington: University Press of Kentucky, 1951.

Moorman, Charles, ed. *The Works of the Gawain-Poet*. Jackson: University Press of Mississippi, 1977.

Morris Richard, ed. *Cursor Mundi: A Northumbrian Poem of the XIVth Century*, edited from British Museum Ms. Cotton Vespasian A.3, Bodleian Ms. Fairfax 14, Göttingen University Library Ms. Theol, 107, Trinity College Cambridge Ms. R.3.8. (EETS OS 62). London: Oxford University Press, 1874 (rpt. 1966), pp.985–991.

Murphy, Gerard, ed. *Early Irish Lyrics: Eighth to Twelfth Century*. Dublin: Four Courts Press, 1998 (rpt. 2007).

Niles, John Jacob, ed. *The Ballad Book of John Jacob Niles*. Boston: Houghton Mifflin, 1961 (rpt. New York: Dover Publications, 1970).

O'Connell, Brendan. "'Adam Scriveyn' and the Falsifiers of Dante's 'Inferno': A New Interpretation of Chaucer's 'Wordes'". *The Chaucer Review* 40 (2005): 39–57.

Oliver, Raymond. *Poems without Names: The English Lyric, 1200–1500*. Berkeley: University of California Press, 1970.

Olson, Glending. "Author, Scribe, and Curse: The Genre of Adam Scriveyn". *The Chaucer Review* 42 (2008): 284–297.

Ovid. *Metamorphoses*. Trans. A. D. Melville. Oxford: Oxford University Press, 2008.

Percy, Thomas and Henry B. Wheatley, eds. *Reliques of Ancient English Poetry*. London: British Library (Historical Print Editions), 2011.

Perrota, Nino. "On the Problem of 'Sumer Is Icumen In'". *Musica Disciplina* 2 (1948): 205–216.

Reimer, Stephen R., ed. *The Works of William Herebert, OFM*. Toronto: Pontifical Institute of Medieval Studies, 1987.

Reiss, Edmund. *The Art of the Middle English Lyric: Essays in Criticism*. Athens: University of Georgia Press, 1972.

Robertson, Elizabeth and Stephen H. A. Shepherd, eds. *Piers Plowman*. New York: W.W. Norton & Company, 2006.

Robertson Jr., D. W. "Historical Criticism". *English Institute Essays, 1950*.

Ed. A. S. Downer. New York: Columbia University Press, 1951, pp.3 – 31.

Robbins, Rossel Hope. "Middle English Carols as Processional Hymns". *Studies in Philology* 56 (1956): 559 – 582.

Robbins, Rossel Hope, ed. *Secular Lyrics of the XIVth and XVth Centuries*, 2nd edition. Oxford: Clarendon Press, 1955.

Rubin, Miri. *Corpus Christi: The Eucharist in Late Medieval Culture*. Cambridge: Cambridge University Press, 1991.

Sidgwick, Frank and E. K. Chambers, eds. *Early English Lyrics*. London: Sidgwick & Jackson, 1907.

Speirs, John. *Medieval English Poetry: The Non-Chaucerian Tradition*. London: Faber and Faber, 1957.

Spitzer, Leo. "*Explication de Texte* Applied to Three Great Middle English Poems". *Archivum Linguisticum* 3 (1951): 1 – 22, 137 – 165.

Stanbury, Sarah Smith. "'Adam Lay I-Bowndyn' and the *Vinculum Amoris*". *English Language Notes* 15 (1977 – 1978): 98 – 101.

Steffes, Michael. "'As Dewe in Aprylle': I Syng of a Mayden and the Liturgy". *Medium Aevum* 71 (2002): 63 – 73.

Stevick, Robert D. *One Hundred Middle English Lyrics*. Urbana: University of Illinois Press, 1994.

Tamburr, Karl. *The Harrowing of Hell in Medieval England*. Cambridge: D. S. Brewer, 2007.

Tolkien, J. R. R., ed. *Ancrene Wisse: Edited from MS. Corpus Christi College Cambridge 402* (EETS OS 249). London: Oxford University Press, 1962.

Tolkien, J. R. R. *The Lord of the Rings*, 3 volumes. London: HarperCollins Publishers, 2012.

Vendler, Helen. *The Art of Shakespeare's Sonnets*. Cambridge, MA: Harvard University Press, 1999.

Vendler, Helen. *Poems, Poets, Poetry: An Introduction and Anthology*, 2nd edition. Boston and New York: Bedford Books, 2002.

Watson, Nicholas. *Richard Rolle and the Invention of Authority*. Cambridge: Cambridge University Press, 2007.

Weber, Sarah Appleton. *Theology and Poetry in The Middle English Lyric: A Study of Sacred History and Aesthetic Form*. Columbus: Ohio State University Press, 1969.

Wenzel, Siegfried, ed. and trans. *Fasciculus Morum: A Fourteenth-Century Preacher's Handbook*. University Park: Pennsylvania State University Press, 1989.

Wenzel, Siegfried. *Preachers, Poets and the Early English Lyrics*. Princeton: Princeton University Press, 1986.

Wilson, R. M. *Early Middle English Literature*, 3rd edition. London: Methuen, 1968.

Wrenn, C. L. and W. F. Bolton, eds. *Beowulf, with the Finnesburg Fragments*. Exeter: University of Exeter Press, 1988.

Wright, Thomas, ed. *Songs and Carols from a Manuscript in the British Museum of the Fifteenth Century*. London: T. Richards, 1856.

Woolf, Rosemary. *The English Religious Lyric in the Middle Ages*. Oxford: Clarendon Press, 1968.

［意］安伯托·埃柯著：《玫瑰的名字》，谢瑶玲译，张大春导读，北京：作家出版社，2001年。

包慧怡著：《翡翠岛编年》，上海：上海三联书店，2015年。

包慧怡：《感官地图上的灵魂朝圣之旅：中古英语长诗〈珍珠〉的空间结构》，载《外国文学评论》2017年第2期，第128—150页。

包慧怡著：《缮写室》，上海：华东师范大学出版社，2018年。

包慧怡：《〈亚瑟王之死〉与正义的维度》，载《上海文化》2011年第6期，第99—110页。

包慧怡：《中古英语文学中的"死亡抒情诗"主题解析》，载《外国文学》2018年第3期，第50—59页。

陈才宇著:《古英语与中古英语文学通论》,北京:商务印书馆,2007年。

陈才宇译:《英国早期文学经典文本》,杭州:浙江大学出版社,2007年。

[法]达尼埃尔·亚历山大—比东著:《中世纪有关死亡的生活(13~16世纪)》,陈劼译,济南:山东画报出版社,2005年。

[英]霍斯曼著:《西罗普郡少年》,周煦良译,长沙:湖南人民出版社,1983年。

李赋宁、何其莘主编:《英国中古时期文学史》,北京:外语教学与研究出版社,2006年。

施耐庵、罗贯中著:《水浒传》,北京:中华书局,2009年。

邱方哲著:《亲爱的老爱尔兰》,上海:上海三联书店,2015年。

沈弘选译:《英国中世纪诗歌选集》,台北:台湾书林出版有限公司,2009年。

[英]莎士比亚著:《莎士比亚十四行诗》,梁宗岱译,刘志侠校注,上海:华东师范大学出版社,2016年。

[英]莎士比亚著:《辛白林》,朱生豪译,昆明:云南人民出版社,2009年。

[英]雪莱著:《雪莱诗歌精选》,江枫译,太原:北岳文艺出版社,2010年。

[荷]约翰·赫伊津哈著:《中世纪的秋天:14世纪和15世纪法国与荷兰的生活、思想与艺术》,何道宽译,桂林:广西师范大学出版社,2008年。

后　记

《中古英语抒情诗的艺术》的撰写是在我从爱尔兰都柏林大学英文系中世纪文学专业博士毕业，到进入复旦大学英文系工作的最初三年内完成的。由于本书主题与我的博士论文内容并无直接关联，某种意义上可谓"白手起家"——虽然建立在之前多年课堂学习、文献搜集和笔记积累的基础上。对于本书内容可能存在的诸多匆促不周之处，恳请方家指正。

就中古英语抒情诗这一题目撰写论著的想法由来已久，但若没有丛书主编的邀约，本书的写作可能会延后好几年；也感谢顾晓清女士耐心见证这本书的诞生，这是我们的第二次合作，很幸运还有未知的漫漫前路可以同行。

13—16世纪以中古英语写就的匿名氏抒情短诗不仅在整个英语文学研究领域，即使在已经较为冷僻的英国中世纪文学研究领域也是一片边缘之地。在中文领域，除了少量诗作的翻译之外，中古英语抒情诗的专题研究近乎空白，与这些匿名中世纪作者诗作的成就不成正比。唯愿《中古英语抒情诗的艺术》能够为中世纪文学研究者和一般诗歌爱好者提供一些启发，将这些作品引到注定遇到它们的读者身边。

本书中许多章节的第一读者是我在复旦大学外文学院的同事,也是"十九首"丛书作者的德语系姜林静老师,2017年夏天书稿写作进入白热化阶段时,她在香港,我在上海,每周我们都会通过电子邮件用各自新出炉的章节远程"互砸"。好的peer pressure可遇不可求,那个同时异地搬砖的暑假充满了苦中作乐的回忆。

另一些章节的初读者是我的先生谢鹏。谢谢你为了拯救我半毁的腰椎,组装和拆卸了数款站立书写台,并包容我在写作障碍症爆发期间的种种坏脾气。

小白猫Pangur Bán是我在本书写作期间见得最多的活物。谢谢你一遍遍舔我打字打到酸痛的手指,并且每夜在我枕边发出酷似中古英语柴郡方言的治愈系呼噜声。

最后要谢谢我了不起的妈妈。"母亲是一位女性……但她自己只有忧虑和悲伤"[1]——请把这本谈论遥远时代的匿名诗人的小书,看作一个任性而匮乏的女儿的献礼。

包慧怡

2018.6

上海

---

[1] 参见本书第二部分扩展阅读篇目第五十一首诗。